Ronso Kaigai
MYSTERY
278

嘆きの探偵

Bart Spicer
The Taming of Carney Wilde

バート・スパイサー
菱山美穂［訳］

論創社

The Taming of Carney Wilde

1954

by Bart Spicer

目次

主要登場人物

カーニー・ワイルド……………………フィラデルフィアの私立探偵
ジョン・グロドニック…………………フィラデルフィア警察殺人課警部
ポール・ケブル…………………………フィラデルフィア警察殺人課巡査部長
チャールズ・アレクサンダー・スチュワート……元銀行の出納補佐
ループ・ジェリコー……………………蒸気船の船長
T・P・グルニエ………………………蒸気船のパーサー
ラッセル…………………………………蒸気船のアシスタントパーサー
ドクター・ジョゼフ・リッグズ・
　トレッドウェイ（ドク・リッグズ）……元香具師。民俗学者
エレン・ジェーン・ポメロイ…………商業写真家
ダンバー師………………………………聖職者
エド・ボルティンク……………………銀行家兼製造業経営者
ジョン・カールトン・バットラム……隠居老人

嘆きの探偵

第一章

現場をほぼ包囲したのは午後七時少し前だった。裏庭を取り囲む塀に隠れるように隣で身を屈めている巡査が、そろりと一歩前に出た。その幅広の靴が雪で凍てついた地面を静かに踏み砕く。冬の夜の薄闇の中、巡査の懐中電灯の反射光の瞬きがかすかに見え、巡査の顔がぼんやりと浮かぶ。こちらにうなずいてみせてから身体を門へ向け、ホルスターの垂れ蓋を上げてリボルバーを出し、親指で門の掛け金を上げた。

おれはオーバーコートに手を突っ込んで三八口径のリボルバーを取り出し、屈んで巡査の後に続いた。カーテンを引いたキッチンの窓から漏れる鈍い光が庭に積もる雪に反射して、左手に低くしゃがみこんでいる巡査の金ボタンや制帽の帽章を照らす。おれは慎重に門を閉め、かすかに前進して並んだブリキのごみバケツの陰にうずくまった。

これで態勢は万全だ。

巡査がもどかしげに足を動かした。口を覆う両手から漏れる温かな吐息が聞こえていたが、それも静まった。警笛が鳴るのを待つばかりだ。

市庁舎のチャイムが妙に落ち着いた調子で鳴り響き、冬の夕暮れにしばらく残響していた。午後七時。日もすっかり暮れて辺りに夜の帳が下りる。おれはうずくまり忍び寄る寒さに背中を丸め、手袋をしたまま引き金にかけていた指を外した。

玄関に向かって無警戒に三歩近寄った人影が見えたかと思うと、玄関のドアを乱暴に叩いた。おそらく強盗特派隊から援軍に来た粗野な警部補マッキーだ。そばにいた巡査が塀からさっと離れ、暗いところを選んでつま先立ちで裏手のキッチンドア近くに移動する。威圧的に再びドアを叩く音が聞こえた。おれはマッキーに毒づきながら前傾姿勢になり、焼却炉として使うよう通気口を開けたらしいごみバケツの蓋に右手を乗せ、銃口をキッチンのドアに向けた。がらくたや紙くずを燃やしたと思しき臭いが鼻をつく。

情報によると室内には男がひとりだけ。こっちは表に三人、裏にふたり待機している。どう転んでも対応できる人数のはずだ。

緊張の時がしばらく続いたが、何も起こらない。家のすべての出口を封鎖するためマッキーは部下に家の側面ぎりぎりへ移動するよう指示した。おれは痺れた足を動かした。すると突然、玄関そばで銃声がした。確認のためにかすかに頭を上げて様子を見る。おおかたマッキーがドアの錠を撃ったのだろう。間髪入れずにさらにふたつ銃声がした。

キッチンのドアが開き、灯りが消えるまでのわずかな間に、若い男の張り詰めた表情が見えた。ミスター・チャールズ・アレクサンダー・スチュワート、元銀行の出納補佐。端正という言葉がぴったりの美しい青年だ。誰からも好かれ、信頼されるだろう。だからこそ二十万ドル（強奪金額に関しては「訳者あとがき」もご参照下さい）もの金を盗めたのだ。

スチュワートがドアを開けたまま裏口のポーチへこわごわ歩み出る。若い警官が勢いよく出て正面に立ち、射程圏内であるかのごとくピストルの先をしっかりスチュワートに定め、抵抗するな、と叫んだ。

スチュワートは銃撃戦のルールに煩わされることなく、いきなり三発ぶっ放した。警官は応戦する間もなく、ゆっくりと弧を描くように地面にくずおれた。スチュワートがポーチから突進してくる。

おれは奴を待ち受けた。

恐怖に駆られているのだろう、奴は全速力だ。この間まで有望な運動選手だったのもうなずける引き締まった体つき。歩幅を不自然に変えた。どうやら裏塀を飛び越すつもりらしい。おれはごみバケツの横に進んだ。

「止まれ！」おれは叫んだ。

走り続ける奴に銃口を向け、脚を狙って下方へ一発撃った。その閃光で何も見えない奴は、ピストルに残っている弾丸を闇雲に撃った。

そして一発がおれに当たった。

小口径の弾丸が左肩に当たり、おれは小さく円を描いて倒れた。頭をぶつけたごみバケツが市庁舎のチャイムのように鳴っては響き、鳴っては響いた。おれはその音を数えていたと思う。あれは七回聞こえただろうか。だが実際にはごみバケツに頭をぶつけた瞬間、気を失っていた。

第二章

撃たれても最初の数分は何ともない。初期の衝撃反応で全神経が麻痺してしまい、運がよくても、しばらく経たないと感覚が戻らない。気を失ったおれは、感覚が戻る前に救急車の隊員に投与されたモルヒネのせいで、痛みに襲われたのは後になってからだった。

肩を撃たれた。スチュワートが持っていたのは二二ターゲットピストルという銃身の長い遊戯銃《トイガン》で、急所に当たらなければ損傷を与えない。だがむやみに撃った奴の弾は四日前から狙いをつけていたかのようにおれの肩にまともに当たり、骨を砕いた。おまけに弾が散って筋肉を破壊した。

五週間の入院と三回の手術の結果、骨のかけらは取り除かれた。鎖骨の二インチほどは金属になった。完治するまであと数か月かかるらしい。そして肩関節が滑らかに動くように少し削る必要が生じるかもしれない。

白髪交じりの外科部長は椅子で背筋を伸ばしてやや肩をすくめると、濃い眉を片方上げて、憐れむような表情で朗報を伝えてくれた。

「……ああ、痛みは次第に引いていきますよ、ミスター・ワイルド」ラジオのアナウンサー張りに滑舌よく朗々とした声だ。「まだ半信半疑でしょうが、信じてください」おれの反応を見るためにいったん区切る。五週間どれほどの痛みとつき合ってきたか知っていればこそだ。医師は細長い指でタバコの箱を取り出すと、おれにも勧めて火をつけてくれ、共に一服した。

タバコをくゆらせながら医師が言う。「それに、肩は完治すると思います。ですが……その……」

医師は再びタバコをくわえ、おれに顔を近づけると、間を置いた。

「でも、何だ?」おれは問いただした。

医師は微笑んだと思うと、少し歪んだ笑みをまた見せた。「回復の兆候が見えなかったら、改めて臼状関節を成形する可能性もあり……」

「オーケイ」おれは即答した。医学用語はもうご免だ。これまでも何人もの医者たちが最善を尽くしてくれて、今後の経過について散々話してくれた。いまじゃおれもいっぱしの肩の専門家だ。これ以上聞きたくなかった。

タバコの灰を椅子の横のスタンド式灰皿に落とし、しばらく厄介になっている病室を見回した。

外科医が立ち上がり、いまにも出ていくそぶりを見せる。おれは顔を上げた。

「ご親切にどうも、ドクター」くぐもった声で言う。「それで、いつわかる?」

「そうですね、早くて半年後」医師は愛想よく言う。「また半年後に様子を診させてください、でもそれまでは診察は……」

半年か。おれは呆然とした。ギプス姿の左腕をウエストから数インチ離れた場所に金属製のブレースで固定され、肩の関節は金属メッシュで覆われたまま、半年も過ごすのか。加えて、この鈍痛ともつき合うのだ。あと半年も。

外科医が続ける。「確かに辛抱していただかねばなりませんが、すっかり完治すると請け合いますよ。ただ……」

「ただ、何だ？」先を促す。

「くれぐれも使い過ぎないようにしてください。片腕は負傷しているんだと肝に銘じて。これから物理療法チームと相談して、明朝にはドクター・ボーマンから詳しく説明させましょう。片腕での生活では……」

「オーケイ」おれは話を遮った。

医師は悟って立ち上がると、両腕が正常な状態にある人ならそうするであろう、自然に腕を振る歩き方でドアへ向かった。その様子を見て、おれは自分がみじめに思えた。医師はドアノブに手をかけると、ドアを開けずに振り返った。

「スチュワートなる人物はまだ捕まっていないんですか？」

おれは医師をねめつけ、「まだだ」とだけ答えた。

医師は軽くうなずいた。「それは残念」むしろ愉快そうにそう言うと、再び微笑んでドアを開け、タバコを持つ手をおざなりに振ってから出ていった。

おれは窓からの見慣れた景色へ目を移した。いまは二月で、病院のレンガ造りの塀に降り積もる雪は絶え間ない粉塵のせいで薄汚れている。飛び回っていた薄黒いツバメが裏手のキッチン棟を目指して飛んでゆくのをしばらく目で追った。

ベッドの向かいにあるクロゼットに視線を移す。おれのスーツケース、コートと帽子が入っている。荷造りして小切手を切るのに二分とかからないが慌てることはない。あと二時間いたって夜の病院食の前に出ていける。ご親切にも外科医が手配してくれた明日の物理療法チームの説明とやらを待つまでもない。

ベッドのそばのテーブルに置かれている小型電話が静かに鳴った。しばらく鳴るがままにして、先ほどのツバメが牛の脂肪の塊をくわえ意気揚々と塀に戻ってくる様を見ていた。タバコの火を消し、ふらつきながら立って三歩ほど進んでベッドの足元に腰かけ、受話器を取った。

「ミスター・ワイルド、あなたの事務所からお電話です」電話交換手が言う。

繋いでくれと言うと、ペン・マクスウェルの声が聞こえた。「もしもし、カーニーさんですか？もしもし？」

「ああ、何の用だ？」

「よかった」無事電話が繋がって安堵した様子だ。「気分はいかがです、ボス？」

「余計なお世話だ」

「いや、あの、その……」マクスウェルは電話口でいつもそうなるように、つっかえつっかえ話す。

「すみません、カーニーさん。あの、会いに行っていいですか？　もうすぐ自由になるんですよね？」

これには思わず吹き出したが、あくまでも不機嫌そうな声でおれは言った。「ああ、そうだ。来るなら来い。でも急ぐんだな、おれはそう長くはいないから」

マクスウェルが慌てて言う。「十分で行きます。恩に着ます、ボス」

おれは受話器を置きながら、恩を着せるようなことをしただろうかと思った。うちの探偵事務所で働くようになって三年近くになるマクスウェルは、この一か月余り毎日のようにここへ電話してきたが、今日は来たいという。敢えて深追いはしない。奴が来れば自ずと知れる。

おれは立ち上がり、椅子に戻った。窓の外では例のツバメが塀に片足でとまって戦利品をつついている。雪が一フィートも積もる冬の午後に、クルミほどの大きさの脂肪にありつけたのなら、なるほどご機嫌だろう。

背後でドアが静かに開いたが、敢えて振り向かなかった。タバコの箱を取り、一本だけ出るよう箱を操り、口にくわえる。ポケットのライターを出そうとしたら視線の端に台所用マッチの火が見え、それが口元に近づいてきたので、うつむいてタバコに火をつけた。視界の外にいるのはあの大柄な男だ。男はマッチを吹き消し、几帳面に灰皿に捨てると、オーバーコートの裾が床につかないよう注意しながら、もうひとつの椅子に座った。

「外は寒いだろう、警部?」おれは尋ねた。

グロドニック警部は肩をすくめ、おれと話している時お定まりの、悪い歯並びを見せた笑顔で応えた。黒いコート姿だといつもよりさらに大柄に見える。両手で縁を支えるようにしてフェルト帽を脱ぐと、膝に置き、帽子の山に両手を落ち着かせた。

いでたちはいつも通り、清潔なシャツは糊付けされて輝かんばかり、ネクタイは地味で控えめな色、杉綾織のギャバジンスーツは銀行員並みのグレー。だが何を着ていようと、ジョン・グロドニック警部はいつだって見るからにサツだ。奴の目を見ればわかる。斑点のある薄いゴールドの瞳はとにかく鋭い。ほとんど髪はなく、鉢の張った大きな頭の長い耳たぶの辺りにわずかに生えているだけだ。帽子なしだと恰幅のいい優しい男に見えるが、それこそ警部の思うつぼだ。改めて見ると、引き締まった口元やしっかりしたあご、瞬きもせず警戒を怠らない目に気づく。

「外科医のオフィスに寄ったら」警部はさりげない口調で言った。「おまえの退院時の請求書を作るよう部下の女性に指示していたぞ」

気づくとおれは笑っていた。外科医も助言はしたものの、おれが言うことを聞かないと気づいたらしい。散々病院の世話になった。「勘がいいドクターだ。おれはちょうどベッドから起きて、着替える気力を出していたところさ」

「だろうな。それを確かめにきたんだ。入院が続くようなら顔を出さないつもりだった」グロドニック警部は即座に立ち上がり厚いコートを脱いでベッドに放り投げ、窓の下枠に慎重に帽子を置いた。取り出した黒い安葉巻のセロファンをもったいつけてはがすと、新たな台所用マッチで火をつけた。

「行く当ては」煙をくゆらせながら警部が言う。「当てはあるのか？」

おれは肘をわずかに持ち上げた。そんなこと訊かれるまでもない。グロドニックはいつもならそんな野暮な質問をしないのに。

おれはやんわり答えた。「家さ。アパートメントだよ。オフィス兼自宅の。まだ仕事があるだろうから」

警部はおれの正面に立った。再び椅子に腰かけ、葉巻を口から離して灰皿の上に煙を吐いた。静かに咳払いする。

「またクライアントに逃げられたか？」

おれは顔が紅潮するのがわかった。「いい質問だ、警部。気の利いたジョークか？」

「そんなつもりはなかった」警部が静かに言う。「そんなこと言うはずないだろう」

長い沈黙の間に指のこわばりは和らぎ、怒りの感情が治まった。おれはうなずいた。

グロドニックは再び葉巻をくわえて話を戻した。他人事のようにゆっくりと話す。「モート・メッツガーという同窓生がいて、いまでもときどき会う。先週は昼食を共にしたんだが、食事の後イーライ・ジョナスに電話をして少し話をした」

おれは仕方なく再びうなずいた。モート・メッツガーは百貨店協会の会員で、老イーライ・ジョナスは会長だ。そしておれのスポンサーでもある。郊外の支店を含む全店舗対象の保安警備契約をイーライと結んでいた。奴は借りがあると思っていて、契約はおれへの罪滅ぼしだ。そのおかげで探偵事務所はフル稼働で探偵十二人と共に切り盛りしている。だがミスター・チャールズ・アレクサンダー・スチュワートのせいで、おれは羨望の眼差しを誰からも向けられない立場になった。

「メッツガーによると、協会はおまえと契約更新をしないつもりらしい」グロドニックが淡々と続ける。「だが実際の更新時期の六月になったら、会員の気も変わるかもしれない、とミスター・ジョナスは考えているようだ」

「変わらないさ」おれはあっさり言った。

警部はその大きな顔に感情を出すことなく静かにこちらを見ていたが、確信したようにうなずいた。

「その通りだと思う。更新しないだろう。おまえが行動しない限り」彼は葉巻を喫うと、床に向かって煙を長く吐き出した。

おれは両手で膝を握るようにして左肩の刺すような痛みを堪えようとした。落ち着いて話せるようになるまで待つ。「おれもそれは考えていた。スチュワートはジョナス・バンクの出納補佐だった。もっとも預金者は店舗と消費者信用組合と組合員だけで、たいした銀行じゃない。とはいえ連邦準備制度理事会に預金が保護される銀行には変わりなく、そうなるとＦＢＩの管轄だ。奴を見つけてサツへ引き渡したい。もちろん、それがどういう意味か、わかる程度の頭は持ち合わせている。けど自分に嘘はつけない。ＦＢＩと張り合えるわけがない。おれが情報を得たところで——仮の話だ——ＦＢＩ《J・エドガーズ・ボーイ》の連中が放っておくまい。力ずくで排除されるのがおちだ」

グロドニックは賛同するようにうなずいた。できの悪い生徒を励ます教師のようだ。「それは構わない」物憂げに言う。「でも何か忘れてやしないか」

おれはその先を待った。

警部が穏やかに話す。「現場でおまえと一緒にいた若い巡査がいたろう。ピート・フォンタナだ。奴は殉職した。スチュワートは殺人犯だ。おれはぜひとも逮捕したい」確固たる思いに駆られている時の常で、感情を必死に抑えている彼の声は低く静かで、喉を鳴らしているように聞こえる。「銀行強盗より殺人のほうが重罪だが、FBIは聞く耳を持たないだろう」

相手がよほどのばかでもなければ、そうだろう。思わずおれはグロドニックを見た。

「なるほど。スチュワートは殺人犯でもあり銀行強盗でもある。それにおれがどう絡むっていうんだ？」

グロドニックは椅子の下で大きな両足を揃えて、しかめ面をした。両手を椅子の肘に当て、立ち上がらんばかりだ。

「考えがある」静かな声とは裏腹に、その眼差しは険しい。「だが切れ者のおまえには飲めない話かもしれん」

おれは首を横に振った。「切れ者じゃないさ、警部」それが正直なところだ。「さっきも訊いたが、おれはどう絡むんだ？」

一瞬だがグロドニックの太い眉の下の目にねめつけられた。彼は大きく息を吐くと深く座り直し、大きな手で額を拭った。葉巻を取り出し、作り笑いをする。「おれたちはこの件にかかりきりだ」いら立ちを示すように手ぶりを交える。「この五年余りというもの、警官を殺したホシを二日以内に挙げなかったためしがない」

警部は立ち上がってベッドに歩み寄り、オーバーコートを手に取ると、ポケットを探りながら言った。「おまえなら突破口を見いだせるんじゃないか。おれたちじゃ八方塞がりでも。おまえがごみバケツを倒した時、中身をぶちまけてくれたおかげで見つけられたんだ」

おれは肩越しにグロドニックを見た。「見つけたって何を？」

警部は無言で向き直ると、一部に燃えた跡のある紙を手渡した。硬い厚紙の台紙に貼られ、透明防水シートで覆われていて、あたかも地方検事が証拠物件Aとして陪審で示すために用意されたかのようだ。

グロドニックは再び椅子に座りながらゆっくり言った。「まずおれのところに来たんで本部長に見せた。他にこんな代物に詳しい奴はいないからな」

紙自体は深い青色をしている。上部には白い正三角形があり、その頂点には〝デルタライン〟と印字され、底辺の下には〝乗船予約〟とある。その下には空欄に続いて罫線が引かれ、運航会社からの連絡事項が書かれている。その箇所はおおかた焼け落ちているが、一行目には、ブルーのインクで〝Ｄｅｌ Ｂｄｒ〟と走り書きがある。

警部が重要証拠と認識しているので、おれはじっくり目を通した。日付や乗客名と思しきものは見当たらない。しばらくして目を上げて警部を見た。

「調べてみたのか？」

「捜査で浮上した住所に居住するホロウェイという人物へ十一月に郵送されたところまではわかっている。そこは夏までは空き家だったが、持ち主はスチュワートだ」

「でも……」

「聞いてくれ」グロドニックが静かに言い、紙を指さした。「この〝デルタライン〟というのは輸送会社だ。旅客船を所有している。夏場も稼ぐが、最も収益が上がるのは、冬季のシンシナティ発オハイオ経由ニューオリンズ着のクルーズだ。マルディグラ（謝肉祭の期間。仮装やパレードが行われる国がある）に合わせて就航される。この紙はホロウェイと名乗る男宛てに送られた乗船券入り封筒の切れ端だ。男は一名でデラックスベッドルームを予約した。二名ならひとり当たり五百ドルだが、一名だと七百五十ドルかかる」

グロドニックはしばらく葉巻を噛んでいた。「この船にはデラックスベッドルームが十室だけで、ミスター・ホロウェイは五号室を予約した」

「支払いは？」

「同住所のホロウェイの名で前金二百ドルが郵便為替で支払われた」

おれは厚紙を爪で軽く叩き、じっくり観察した。「ならどうしてその人物を追跡しない？」

警部が肩をすくめる。「七百五十ドルだぞ」ぶっきらぼうに言う。「警察はクルーズツアーなんぞに署員を派遣しない。シンシナティで男に追いついて、船が出る前に乗客を確認できるなら別だが」

「でも後のほうの停泊地で乗船したら？」

「ニューオリンズにも署員を送るだろうな」グロドニックは答えた。

「途中で下船する可能性もあるだろう？」

警部がうなずく。「おれもボスにそう言ったら、地理学の講義を賜ったよ。ボスの読みが当たるかもしれない。望みをかける価値があるか疑問だが、何しろ奴はボスだ」

「講義って？」

「ニューオリンズについてだ。どこへでも高飛びできる。メキシコ、南米、極東、ヨーロッパ。巨大海港で麻薬の密輸入が横行している港でもある。ギャングが幅を利かせてるってことだ」

「いや、スチュワートはそんな輩じゃなかった。確か……」

グロドニックが静かに口を挟む。「そう、アイビーリーグ出身だ。恵まれた家庭に育ちテニス・チームに所属、前途有望で将来が約束されていた。それにもかかわらず二十万ドルを盗み警官を殺して逃走している。奴はギャングと繋がりはないはずだ、とおまえは言ったが、思ったより予想のつかない男だ。まだ逃走経路がつかめていない。タレコミ屋連中も奴の名を知らないが、それは参考にならない。予約は去年の十一月にされていた。三か月ほど前だ。手配したのがスチュワートなら――おれはそう願いたいが――奴は現金をせしめて高飛びする計画を立てていたんだ。たっぷり時間をかけて計画を練った。誰からも急かされずに、機が熟すのを待つことができた」グロドニックが毅然とした様子で首を振る。「スチュワートについては何も把握していない。何ひとつ」

「でも知ってるじゃないか、スチュワートが……」

ドアを二回ノックする音がしてドアノブが回った。グロドニックがおれの持つ紙切れを見て意味ありげに眉をひそめる。おれがかろうじてシャツポケットに紙を滑り込ませた時、ドアが少し開き、ペン・マクスウェルが薄茶色の頭を覗かせた。外の冷気で赤らんだ顔がやけに健康的で、白ずくめの病室の中では浮いている。

「お邪魔では……」

「いいから入れ。とっとと……」

ドアが大きく開きマクスウェルの後ろにいる人物が見えたとたん、おれは言葉を失った。目の端でグロドニックがしきりに葉巻を口元で動かしている。おれは右に体をねじり、椅子の肘を支えにして立ち上がろうとした。

第三章

「妻と落ち合いまして」マクスウェルが誇らしげに深く腰を屈め、ドアの向こうへ腕を伸ばす。

ブロンドの長い髪を揺らしながら入ってくる若い女性の顔は幸せに満ちあふれている。ヒールを鳴らしながら両手を広げてこちらに近づいてくると、冬の冷気をはらみつつもどこか柔らかな空気がおれの手を撫でた。

「ああ、カーニー！　まずあなたに報告したくて……」女性はグロドニックを認めると困惑気味に言葉を飲み込んだ。「父さん！　まさかここで会うとは……」

「だろうな」警部が唸る。「そのはずだ」

ジェーン・グロドニックからミセス・ペン・マクスウェルとなった女性が、不機嫌な父親を宥めるように挨拶のキスをする。

「さあ、機嫌を直して。ここに寄ってから父さんに話すつもりだったの。でも真っ先に……」

「もちろん、そうだろうとも」ドアに背を預けて新妻に場を仕切らせているマクスウェルを睨みつけながら、警部は言った。

「こいつは驚いたな、ペン」おれはドアのほうへ手を伸ばし、マクスウェルをそばに来させて手を握った。奴は水難事故に遭った水兵が命綱をつかむように強く握ってくる。

「よかったじゃないか。おめでとう」おれは心底驚いていた。ジェーンと奴が親しいことすら知らなかった。

すらりとした彼女の幸福そうな姿に目をやる。十分前に恋人の名を訊かれていたら、おれは迷わずジェーンと答えたはずだ。それも即答で。いまさら考えても仕方ないが、現実を受け入れるにはしばらく時間がかかった。

くるりとこちらに向き直ったジェーンが冷気の香りをまとった毛皮のようにおれを包み込む。「嬉しいわ、カーニー。どうかわたしたちを温かく見守って」

彼女はさりげなくキスしてくれた。婚礼の後に昔のボーイフレンドが受けるたぐいの、挨拶のキスよりましなものだった。

「あの……今夜のパーティーに来てくれませんか、カーニーさん？」マクスウェルがおずおずと尋ねる。「結婚披露なんです。その、警部も……よかったら……」

グロドニックが答える前におれは行動に出た。警部とは娘を紹介される前からの長いつき合いだ。彼はいまでも一緒のチームのつもりで、とうの昔に試合が終わったにもかかわらず、点を入れようとしている。警部には何も言う隙を与えなかった。

「ふたりで行くよ、ペン」おれは即座に言った。「必ずな。でもさすがに結婚祝いを探す時間はくれないか。パーティー会場はどこだ？」

おれはジェーンを軽く押し、彼女が後ずさってドア口へ向かうよう促した。うまい具合にマクスウェルも察したようで、改めてドアを大きく開いた。

「ええと……〈ザ・ベルヴュー〉です、カーニーさん」マクスウェルが言う。「個室を取りました。

七時だったかな？　来てくれますね？」

「よし。警部と行くよ」楽しみなふりをして言った。「この街じゃないところで祝おうとは思わなかったんだな」

「それには……ぼくたちでは……どうしても……」マクスウェルはしどろもどろになり、すがるようにジェーンを見つめた。彼女はこちらに微笑みかけ、警部の手に軽く触れると、おれの怪我をしていないほうの肩を軽く叩いてから、これから伴侶となる男に腕を巻きつけて落ち着かせたが、その様は気まぐれな雄馬を宥める調教師のようだった。

「さっさと行け」おれは引き続き、できるだけ陽気に言った。「グロドニック警部とおれが会場に先回りしちまうぞ」

ジェーンはおれの頬に軽くキスして父親に愛らしく手を振ると、ダンサーのごとく優美に身を翻してドアから出ていった。マクスウェルはドアを閉めるとこちらを向いてしばらくじっとしていた。いつものあどけない表情だ。奴は六十歳になっても円熟味のあるしわが深く刻まれることはないだろう。心配そうに、そして思わしげにこちらを見てはいるが、安堵しているのは明らかだ。

「ありがとう、ボス」マクスウェルが小声で言う。

おれはにっこり笑いながら手を振って、奴が廊下に出てドアを閉めるのを見守った。座ってグロドニックに目をやる。

警部はこみ上げる怒りを抑えようと口元を強く引き結んでいたため、頬に深いしわが刻まれている。寝耳に水だったのだろうと察しはついた。ジェーンとマクスウェルはことを急ぎ過ぎた。警部はしばらくしてからこちらを向き、おれの目を見て何か言おうとした。と、その時急におれは彼の妻メアリーを思い出した。血色のよい丸顔の彼女は家を温かく居心地のよい空間にしている。ジェーンにせめて母親に前もって話す程度の分別があるのを期待した。

「あんな若造を……」グロドニックが低い声で憎々しげにつぶやく。

おれは物憂げに言った。「いいじゃないか。ペンはとびきりいい奴だ」

「奴が？」警部が鼻を鳴らす。「何でまた……」

おれは口を挟んだ。「銀星章（戦闘に勲功のあった者に与えられる）ふたつだ。奴は二十三歳の時、工兵中隊を率いていた。二百人の部隊だ。その中で一番優秀だったのは明らかだよ。あんただって勤務中の奴を知っているだろう。ペンはいい若造だ」

「しょせん若造だろ。おまえを娘婿にと望んでいたのに……」

おれは再び口を挟んだ。警部が腹立ちまぎれに話すのを聞きたくなかった。おれに話したと後々まで憶えていてほしくなかった。言葉にしたのだから、娘の父として後には引けないと思うだろう。それにおれが感じた困惑や驚きを少しでも気取られて言葉にされたくなかった。「若造と呼ぶのはビング・クロスビー並みの童顔だからさ。これからだってそうさ。でも実際にはおれの二、三歳下なだけだ。奴は大丈夫だよ、警部。温かい目で見守ってやってくれ」

グロドニックは腹立たしげにこちらに向き直り、傷ついたバッファローのように頭を低くしておれを睨んだ。「おめでたい男だな？」小声だがとげがある。「常日頃からおまえとジェーンが……」

何を思ったのか警部は口を閉ざした。おれの表情を見てのことかもしれない。責め立てる言葉を喉に抑え込んだままグロドニックは向かい側に座り込むと、慣れないおれのライターで葉巻に火をつけた。

続いておれのタバコの箱を振って一本出すとおれに差し出し、ライターの火を向けてきた。火をもらったおれはスタンド式灰皿を奴のほうに押し、ばつの悪い時を過ごした。まるで年増女中たちが新しい主人の若い妻の奔放さを噂するように、ふたりで間抜け面をさらしている。

何も聞こえなかったふりをしておれは言った。「おれだってその気だったさ、警部。でも世の中ままならない。そのつもりだったんだが街を離れることが多かったし、百貨店協会の仕事をこなすのに事務所をでかくしたから、休みが一か月以上取れない時もあった。おれはそれでよかった。ただ、ジェーンがどう思うか訊くべきだったかもしれない。もう手遅れだ」

おれは無意味にタバコを振り回した。「おれの業界に女房持ちはいない。所帯が持てるような真っ当な暮らしじゃないからな」

「でもマクスウェルだって……」

おれは切り返した。「奴には一年ばかり中の仕事をやってもらってる。細かい仕事に長けてるんだ。事務所に必要な男だ。それにいまは……」

おれはタバコを喫い、寒々とした窓の外に目をやった。「いま奴は決まって一日中、中にいる。毎日午後五時一〇分に退勤したって構わない」

警部が物憂げに言う。「オーケイ、カーニー。それでも気に食わないのは娘たちがこそこそと……」

「その割には何もしなかったじゃないか？　娘の恋愛対象についてアドバイスのひとつもしなかったのに、結婚する段になって急に騒がれちゃジェーンだって困るだろう？　よく考えるんだな、警部。めでたい話じゃないか。内緒にしていたほうがうまくいくと思ったのかもしれないぜ」

「ひどい言葉をかけた覚えはない」グロドニックが唸る。「それに、何も……」

おれはしつこく言った。「そのくらいにしておけ。何でこんな話になったんだか。ふたりはあんたに何も言わなかったように、おれにも内緒にしていた。あんたもおれも褒められたもんじゃないよ。敢えて秘密にしておこうとペンとジェーンが思ったのなら話は別だけど」

グロドニックが辛そうに言う。「ジェーンは娘なんだから、父親のおれには……」

おれは口を挟んだ。「あんたの娘であり、おれのガールフレンドだった。おれたちはへまをしたのさ。もう手遅れだ。へたに首を突っ込むと、かえってふたりの生活を面倒に、下手すりゃ不幸にさせかねない。それでも事実は覆せない。ふたりは結婚する。一緒に家庭を築こうとしているんだ。あんたら夫婦がそうしているように。驚いたのはこっちだって同じだけど、そもそもおれはとやかく言える立場じゃない。それはあんたも同じじゃないか」

グロドニックはうつろな目でこちらを見ると、葉巻をくわえたまま押し黙った。ゆっくりと顔をそむける。「メアリーか。おまえに言われて気づいたが、女房は知っていると思うか？」

「そう願いたいね」おれはきっぱりと言った。「ジェーンだってさすがに……」

「かみさんはドレスを新調していたっけ」警部は窓のほうを向いたまま力なく言った。「ちょうど一週間前だ。シルク製の高価な代物だった。ドレスなんて一年以上前に買って以来だ。ということは、かみさんは……きっと……」

「だといいな、警部」

グロドニックがゆっくりうなずいてから小声で言った。「そうだな。まかり間違っても……何しろ新調したんだから。メアリーが新しいドレスを買う時は……」彼は両手をきつく握りしめながら雪の積もる窓を力なく見ている。葉巻が口からまっすぐ突き出ている。

彼が外を見るがままにさせておいた。おれは口が過ぎたと反省していた。と、急に警部が向き直った。彼の声はもう弱々しくなかった。いつものようなしゃがれ声を聞くとなぜか嬉しかった。

「強盗特派隊のメンバーが、事件当夜、銃撃戦に巻き込んですまなかったと言っていた」

「マッキーのばかが」おれは苦々しげに言った。

「まったくだ。ハンネマン警部は彼を譴責処分にしたよ、お粗末な作戦だった。彼の手を弾が貫通したそうだ。でもおまえは奴らとうまくやることだ。スチュワートの潜伏先をどうやって見つけたのかおまえに訊いておいてくれと頼まれた」

「言わぬが花だな」おれは笑いがこみ上げてきた。「手柄を立てたままにしておいたほうが謎めいていていいじゃないか」

「どうして?」グロドニックはおれの答えを期待してか、わずかに顔つきが和らいだ。

「スチュワートは一年半前、出納補佐に昇進していた。おれたちはすでに奴と信頼関係を築いていたが、改めて身辺調査をした。そのおかげであの家を知ったんだ。あれは数年前に実母が他界した際に奴が相続した家だ。公園のそばの古ぼけた家と敷地。アパートメント運営をする不動産屋に土地を売りたいとスチュワートは話していた。だがなかなか売れなかった。値が高すぎたんだろう。計画倒れになり、隣にアパートメントが建ってしまった。スチュワートは利益を得られなかっただけでなく、隣地の騒音のせいで借り手も出ていってしまった。最初は建設工事の作業音、アパートメントが建ってからは私車道と通用口の騒音。スチュワートが銀行強盗をしたと聞いた時、マッキーと制服警官数人とでその家に行った。奴がまだ街中にいるなら、逃亡の機会を待ってその家に潜伏しているに違いないと思った」

警部は考え深げに頭を撫でた。「素人はそうやって尻尾を出すんだ。いいデカが熟練した記憶術と手順で、ほぼ毎回正解を導き出すのを、奴らは忘れているんだ」

いいデカだと褒められ、それが言葉の綾であれ、おれは悪い気はしなかった。

警部が続ける。「だが奴は隠れていただけじゃなかった。実に賢い奴だ。頭が切れる。それに犯行後逃げおおせるには時間が足りなかったのか、少し不注意だった。新たに発見したんだが、バスルームのランドリーシュート（階下の洗濯機置き場に洗濯物をすべり落として送るための装置）の途中に小箱があった」

グロドニックはいったん区切るとポケットから安価なメモ帳を取り出し、湿った親指で数ページ繰ってから読み上げた。「銀紙の箱、空瓶二本入り。商標〝ティントエアー〟、種類はナンバー八、モナリザ・ブラウン」

「毛染めか？」

「その通り。短時間で染まるタイプだ。十五分で染まり、髪が伸びるまでは持つ。だからスチュワートはもうブロンドじゃない。このモナリザ・ブラウンというのはかなり濃い色だ、ちょうどおまえの髪くらいだな」

メモ帳を閉じて丸めると尻ポケットにねじ込んだ。「奴はまんまと変装したと思っている」警部は鼻を鳴らした。「べっこう縁のメガネも買ったに違いない。ばかな奴だ」

「まったく余計なことをしたもんだ。でも逃亡できたんだから役には立ったんだな。サツはどこまで追跡したんだ？」

グロドニックが説明する。「パオリまで。駅の駐車場に自家用車を残したままだ。西部行きの高速列車を利用したか、街に引き返してニューヨークかワシントン経由で南部へ行ったか。パオリではそれ以上の形跡はつかめなかった」

「つまり逃げおおせたわけだ。何か手がかりは？」

警部がわずかに肩をすくめる。「ジョナス・ストアの広告部門に交際相手がいた。氏名はメアリー・マクヴィッカー。二十四時間体制で尾行したが動きはない。彼女以外、スチュワートと親しい人物はいない。九番街の柄の悪い辺りにあるスポーツクラブの会員だが、奴と交流のある者はいない。週に二回ほどハンドボールの試合に姿を現し、シャワーを浴びて帰宅していた。デランシー街にはワンルームを借りている。借りて四年になるが、アパートメント内に友人はいない。実に地味な生活ぶりだった」

おれはゆっくり言った。「ずっと前から計画していたに違いない。それに行方をくらましてもう五週だ。奴はどこへでも行けた。どうしたものか……」ポケットを探ってデルタラインの紙切れを取り出す。「本気でこの線を洗うつもりか？」

グロドニックは断定的なことを言わなかった。「シンシナティに船を確認する人員を送っている。乗客名簿も入手し次第、調査する。シンシナティで空振りだったら、終点のニューオリンズへも誰かしら派遣するつもりだ。だがクルーズに潜入となると話が違ってくる。費用もかさむ。でもひょっとして……」警部は言葉を濁し、だいぶくたびれた葉巻を噛みながら思わせぶりにこちらを見た。

そう来るのなら乗るまでだ。事務所に新規の案件はないし、そもそも本事案が決着しなければ、次に進めない。少なくとも犯人逮捕に貢献して評判を上げる必要がある。スチュワートのせいで、こっちは散々だ。

出納補佐のチャールズ・アレクサンダー・スチュワートは、ジョナス・ストアの従業員の給与のため、大量の小額紙幣の受取と計算を担当していた。確認と検算が済むと、屋内での現金輸送に金庫から直通のエレベーターを利用した。通りに面した建物の角にある金庫から九階の会計室へ通じるエレベーターは各階に乗降り口がない。つまりスチュワートが現金を輸送する際に警備は必要とされなかった。五週間前、現金の詰まった大きなズック袋を持ったスチュワートは警護されてエレベーターに乗った。警備員がドアを閉めると彼はボタンを押し、かごがゆっくりと九階に上がっていき、途中で彼は姿を消した。

実に謎めいている――たった十分ほどだ。火災や停電に備えてエレベーターには緊急避難口があり、木製の避難区画から非常階段に通じている。彼は警報装置に銅線で細工をして回路をショートさせてエレベーターを停めると、ジョナス・ストア従業員の給与と金庫から盗んだ札束の入った袋を持ったまま、避難口から這い出て非常階段から外に出た。総額二十万ドル（強奪金額に関しては「訳者あとがき」もご参照下さい）。

一番の謎は彼が街に居続けた点だ。何らかの理由で犯行後も逃走しなかった。午後三時に強奪した金を手にジョナス・ストアを出たのに、午後七時に公園そばの古い家に留まっていた。もちろん変装は不可欠だから手当たり次第に活用し、現金も目立たない入れ物に移し替えただろう。それで相当手間取ったとしても、逃亡すべきだった。

これらがスチュワートについて把握している点だが、この一年で一番この街をにぎわせた強盗事件となったのだから、ほかにも要因があるはずだ。

スチュワートが金を盗んで銀行から逃げたちょうどその時、おれは百貨店協会の会合を終えて帰るところだった。協会全般の警備にかかわるようになったのは半年ほど前からだが、ジョナス・ストアは数年前から警備していた。イーライ・ジョナスが協会に推してくれたのもそのおかげだ。これまで一番損失を削減できたので店舗から表彰状を授与するから、と会合に呼ばれたのも、彼の配慮によるものだった。おれは表彰されたと同時に、強盗犯を取り逃がしたと酷評された。エレベーターや緊急避難口など考えたこともなかったが、防犯のために雇われていたのだから文句は言えなかった。ずいぶん叩かれもしたが、それも受け止めた。それを思い出すと、ミスター・チャールズ・アレクサンダー・スチュワートをこの手でつかまえたくてたまらなくなる。

退院後はこのフィラデルフィアでの生活も窮屈になるだろう——それに金も稼げない。クルーズ旅行への潜入が名案だろうが何だろうが、この街からしばらく逃げる言い訳ができれば、それでよかった。

「指令書か何かあるのか？　もしおれがそのヤマに……」

グロドニックはいかめしい顔をほころばせると、署の封筒を取り出しておれの膝に滑らせた。「本部長に書いてもらった。サツに見せれば署で一番いいブタ部屋があてがわれるぞ」

相好を崩している警部をしばらく眺めて、おれは気弱に微笑んだ。「なあ警部、あんたはよっぽどおれの扱い方がうまいらしい」

「目の前にニンジンを吊るしてやるのが仕事だからな」グロドニックが笑い声を上げる。「誰も抵抗できないよ」

「確かに目の前にぶら下げられるとたまらねえな。でも笑い過ぎると葉巻を落とすぞ」おれは椅子の背にもたれて怪我をしていないほうの腕を伸ばした。「捜査する前にスチュワートが南米辺りに高飛びしていたら、おれたちはいい笑いものだ」

警部が機嫌を悪くする。「いまだってそんなものだ。奴は穴に潜り込んでいて、ほとぼりが冷めて安全に高飛びできる機会を狙っている」

「オーケイ、警部。船が出るのはいつだ？」

「明日の晩だ」

おれはやにわに背筋を伸ばした。「間に合うか？」

「楽勝だ。おれの言葉を信じろ。おまえが加わるなら今日が最後のチャンスだが急ぐ必要はない。船着き場へは今晩なら列車で、明日なら飛行機で行ける。念のためデラックスベッドルームを予約しておいた。とっとと行け」

「わかったよ。今夜列車に乗る。冬に山の上空を飛ぶのは好みじゃないからな。旅支度を手伝ってくれ。それに今夜は〈ザ・ベルヴュー〉でも一緒だな、覚えてるか？」

グロドニック警部の顔から笑みが消えていったが、質問に答えるようにうなずき、おれと同じタイミングで立ち上がった。

第四章

列車は、国内の他の鉄道路線と同じように低いエンジン音を立てながら、薄汚い倉庫群や家並みを抜けてシンシナティへゆるやかに入ってゆく。みぞれ交じりの雨が車窓に当たり、灰色の線となって流れる。駅に静かに到着した時には水栓を止めるように雨が止んだ。

コンパートメントの中にいるとひどく静かだったが、すぐに車両内のざわめきが個室のドア越しに感じられた。乗客が荷物を手に通路に並ぶ気配、子供たちの興奮気味な話し声が壁を越えて伝わる。ホームではポーターが積み下ろした荷物を山積みにしている。誰かがホームに降り立つと車中に激しい風の音がした。おれはそっと寝台にもたれて汚れた窓の外を見た。ホームの電灯は湿気で白く霞んでいる。じめじめと陰鬱な外の世界に慌てて出てゆく必要もない。

ポーターがノックしたかと思うとすぐにドアを開け、おずおずと言った。「お客様、シンシナティに到着しました。荷物をお持ちしましょうか?」

「乗客が降りきるまで待ってくれ。赤帽を連れてきてくれないか?」

そのポーターには、乗車時に配慮してくれるよう依頼していた。朝食を個室に持ってきてくれるなど特別な計らいをしてくれたので、十ドルとお礼の言葉でおれは感謝の意を表した。依頼はまだ有効らしく、彼は微笑みながらうなずくと、さらなるチップを期待しつつ残りの客たちに下車を促した。

おれはタバコの箱の最後の一本に火をつけ、箱を小さく丸めて手のひらの上で弾ませた。寝台ではよく眠れた。片手で器用に髭を剃ったし、朝食は充分な食べ応えだった。分別ある人物なら、自分が恵まれているのを実感して満足げにタバコを喫うだろう。おれは灰皿にタバコを押しつぶして火を消し、渋面で窓の外を見た。

昨夜は実に目まぐるしく、列車に乗る前から眠気が押し寄せていたくらいだった。退院して十二時間で疲れ果てるほど、盛りだくさんな半日だった。ペンとジェーンの結婚披露パーティーは試練のようなものだった。グロドニック警部は不機嫌で誰に対しても喧嘩腰、夫人は話そうとするたびにすり泣き、新婚夫婦は終始頬を緩めていた。その後グロドニック夫妻と夕食を共にし、それから旅支度をして駅に向かった。見送りに来てくれた警部は、いまさらながらパーティーに文句を言い、自分勝手な娘だと嘆き悲しむばかりだった。確かに深い悲しみだろう、実際、警部はひどく傷ついている。だがどんなに悲しみが深かろうと、列車に乗るかなり前から、おれは辟易していた。

グロドニックには嘆き悲しむ理由がある。取るに足りないが正当な理由だ。おれにだって理由はある。正当でないだけに、さらに辛い理由が。ジェーンの幸せそうな花嫁姿を見るたびに、決して楽しくは振り返れない数々の思い出がよみがえる。彼女といると、理想の自分に近づいている気がした。いつどうやって――ジェーンとの――幸せがすり抜けていったのか、おれにはわからなかった。何かが余計で、何かが足りなかったにせよ、もう手遅れなのが一番きつい。以前は恋人がいて仕事があった。いまは、少なくとも当面は仕事がある。仕事まで失うとしたら、それは身から出たさびだろう。ジェーンを失ったのも自業自得だ。そう考えたところで気は晴れない。

「お客様、どうかご用意を」ポーターが言い、バッグを棚から下ろして通路に置くと、重いコートを広げておれが羽織れるようにしてくれた。

おれはジャケットのボタンをかけて立ち上がり、右腕をコートの袖に通した。ギプスをした左肩にゆとりがありつつ前面を覆えるよう、青いダブルのコートを着てきていた。ポーターは慎重にコートを着せかけて、彼がポケットの内側に昨夜縫い付けてくれた二つのボタンを探り当てると、ボタン穴に通してコートがまっすぐになるようにした。

おれは財布を取り出して差し出した。ポーターは思慮深く紙幣から十ドル札を選び出してうなずくと、制帽の内側に札を挟んだ。

ポーターが半ば囁くように言う。「ありがとうございます、お客様。列車の旅をお楽しみいただけましたか」

おれは帽子を棚から取るとポーターにウインクして、彼の胸を帽子で軽く叩いた。ポーターが後ずさりしてにっこり笑う。その歯は真っ白で歯並びがきれいだ。先導されて急な梯子段を使ってホームに降り立つ。寒さに震えていた痩せっぽちの赤帽がカートにおれのバッグを載せてくれた。上り傾斜のあるホームを彼について歩く。

ホテルの部屋に着くまで誰かしらに先導された。ポーターから赤帽、そしてタクシー運転手、ホテルのドアマン、フロント係と続き、最後のベルボーイは数歩歩くごとに心配そうに振り返っておれがついてきているか確かめながら、部屋まで案内してくれた。まるで自分が壊れやすい年代物の陶器のような気がする。その感覚はベルボーイが五十セント銀貨を受け取って部屋のドアを閉めるまで続いた。おれカーニー・ワイルドは毎度同じく己の愚かさと肩のしつこい痛みを感じながら、初めての町にいるわけだ。

コートのボタンを外して椅子に滑り落とし、部屋の向こうの電話機へ歩いた。内線でボーイを頼み、柔らかく広いベッドに横になる。豪華な内装など目に入らないが、列車のコンパートメントもそうだったように、この町一番のホテルを選んでもらったのはわかった。そしてニューオリンズ行きの外輪蒸気船では最高のデラックスベッドルームだ。しばらくはたいそう贅沢に過ごせるだろう。もっともその後はもろもろ見直さなきゃならないが。

滑るように静かに部屋にやってきたボーイは、おれの要望を訊くと即座に荷ほどきを始めたので、詳細を伝える暇がなかった。

おれはベッドの端に座って言った。「実は洋服の直しをしてほしいんだ。バッグにはスーツが三着あるから、その分といま着ているジャケット、それにオーバーコートも。袖を広げてくれないか」

「広げるんですか？」

「左袖だけ。そうしないとギプスが入らない」おれは体を回して左腕を見せ、ボーイが納得するのを待った。

愛想のよい丸顔のボーイは湿り気のある柔らかい手でおれの肩を触りながら、結び目を作った短い撚り糸で長さを測ると、バッグからジャケットを出し、縫い目に切れ目を入れて中の素材を確かめた。おれが着られるよう全部の袖に布を縫い足してもらう、と話がつく。余計なことはせず完璧な仕事ぶり。対応は実に快かったが、ボーイが部屋を出る時には、その笑顔に嫌気がさした。そんな日だった。

ボーイが出ていった後、窓の外の家々の屋根に目をやり、何も考えないようにした。船は午後三時に出航する。いまはまだ一〇時だ。昼過ぎには乗船できるだろうが、早く乗っても仕方ない。二十万ドルをせしめたスチュワートが乗船する見込みは薄いが、そのチャンスにすがりたかった。

ボーイがベッドの足元の荷物置きに広げたままにしていったバッグのシャツの山の下に、光沢のあるマニラフォルダーが見えた。立ってフォルダーを取り、ベッドに座る。

中にはうちの事務所の一月分の報告書が入っている。表向きにはおれの承認後に書類がファイルされてしまい込まれる。だがペン・マクスウェルが書類を作成してから会計係のチェックが入り、おれの承認は形式的だ。ベッドの上にフォルダーを広げ、領収書の束の一番上にホチキス留めされた要約ページを眺める。見なくても総額はわかる。固定費は変化無し。事務所賃貸料も同様。給与は微変動。わがカーニー・ワイルド探偵事務所の所員十二人分の週給は平均千五百ドルだ。事務費は高が知れているが、必要経費はジェットコースター並みに上がり下がりしている。一月が妥当な数値だったのは、ほぼ通常任務だったためだ。利益は前月より微増。おれは週二百ドルを自分の給与にして、毎月千ドルは貯金するようにしている。一月のおれの儲けは千三百だった。

見たところ安泰だ。一月分を加算するとランド・タイトルのおれ個人の口座には八千ドルあまり預けているし、事務所としては五千ドル以上資金がある。その大半が百貨店協会での任務によるものだ。契約満了となる六月にさらに六千ドル前後は銀行に置いておきたい。一万九千ドル。更新されずに全所員で事務所を続けるといまから八、九か月しかもたない。そう思うと笑えてきた。

契約が切れたら、事務所を畳むと同時に私立探偵を辞めるしかない。役立たずとみなされて協会の契約を失ったら、うまい仕事にありつけるはずがない。役立たずで済めばいいが、物笑いの種になったら目も当てられない。離婚調査の仕事はいつだってできるが、嫌いなのを別にしても儲けが少ない。離婚訴訟の証拠集めに探偵を雇う連中は、金をせしめる幸運を願っている。そんな連中にとって金銭的和解は不可欠だが、調査はたいてい運任せになる。有効な証拠を見つければ御の字だが、そうでなければ日当のみ。髭を剃る時にいい気分で鏡を見られないだけじゃなく、金も底をつく。離婚調査は切りがない。そういう仕事を好むあさましい奴にとっても儲けの多い仕事じゃない。おれは再び伸びをして、天井に埋め込まれている美しい照明に目をやった。

とにかくスチュワートを逮捕することだ。奴さえつかまえれば協会の契約だって難なく更新される。逮捕劇に参加さえしていればいい。だが取り逃がしたり、誰かにお株を奪われたりしたらおれは廃業だ。どう考えてもそうなる。是が非でもスチュワートを見つけなくては。

ドアに手を滑らせるような控えめなノックの音がしたので、入れとどなった。誰であれ、おれよりはましな奴のはずだ。

件のボーイがオーバーコートとスーツジャケット一着を腕にかけて毛足の長いカーペットを静々と歩いてくる。

「お急ぎかと思いまして、お客様」ボーイは丸顔を紅潮させ、えくぼを見せて愛想よく言った。

「悪いな。椅子に放っておいてくれ」

コートを畳み、ジャケットと一緒に椅子に掛けたボーイは、感心するかのようにコートの生地を撫でた。残りの服は一時間以内に持ってくると言い、名残惜しそうに一礼して立ち去った。

コートをぼんやりと見ながら事務所の運営費を計算する。出費を抑えれば百貨店協会の契約無しでも続けられるかもしれない。でもイーライ・ジョナスはおれを雇ってくれるはずだ。利益の項目で一番大きい収入だ、イーライ爺さんなら……。

背筋を伸ばしてポケットのタバコを探す。爺さんはこれからも雇ってくれる。イーライならきっと。もじゃもじゃの白髪頭でおれをじっと見上げ、警備員にでもしてくれるだろう。スチュワートが盗んだのは爺さんの銀行の金だとは、少なくともおれの前ではおくびにも出さずに。だが事実は常に目の前にあり考慮に値する。とにもかくにも、スチュワートをつかまえないことには、イーライ・ジョナスの下で働けないどころか、そばにも寄れない羽目になるのは明らかだ。

第五章

タクシーは速度を落として角を曲がると、急に前傾しつつ川に面する幅広の長い土手を進んだ。道路に敷き詰められた丸石がタイヤの下で鳴り、凍てつく鉛色の川から雪混じりの風が気まぐれに吹く。桟橋には二本の煙突から黒い煙を吐き出しながら船が停泊していて、その上甲板が臨めた。白い塗料や磨きぬかれた金具に冬の柔らかな陽光が反射する。船首の旗竿にはゴールドで縁取られた社旗がはためき、ハリヤード（帆・帆桁・旗などを上げ下げする動索）や支索には、色とりどりの小旗がいくつも揺れている。タクシーはゆるやかにカーブして、船から掛け渡されているタラップぎりぎりに横付けされた。

下甲板は厚いガラスで覆われている。二重ドアを押し開けて慎重に甲板に踏み出す。ここまで案内してくれた親切な若手航海士が、チケットやパンフレットの束のある小さなテーブルに腰かけた。浅く被っているブルーのキャップの下にブロンドが覗く。シルバーのバッジに〝アシスタントパーサー〟とある。その陽気で気さくな笑顔に、どういうわけかチャールズ・アレクサンダー・スチュワートを思い出した。奴もこんな見とれるほどの笑みをたたえるだろう。おれは相手を睨みつけないよう努めた。

「チケットはございますか?」

「予約したんだ。名前はワイルド」右手の手袋を口に挟んで外し、現金七百五十ドルと予約表の入った封筒をポケットから取り出す。封筒をテーブルに置いて手袋をポケットにしまった。

「ミスター・ワイルドですね」リストに名前を見つけた若きアシスタントパーサーはすばやく紙幣を確かめ、引き出しに保管した。

「七号室です」パンフレット数冊を手渡す。「いろいろなご案内です。後で目を通していただければ」

彼はベルを鳴らし、やってきたボーイにおれのバッグを運ばせた。「この者がお部屋までお連れします」

おれが上甲板に通じるマホガニー製の巨大な二重階段へ向かって進むと、アシスタントパーサーが追いかけてきた。「部屋を確認なさったらパーサー室に立ち寄っていただけませんか?」明らかに抑えた声でおれの耳元に囁く。

「なんでだ?」

「ボーイに案内させますから。パーサーがぜひお目にかかりたいそうです、ミスター・ワイルド」

おれはうなずいて階段を上がった。先を行く荷物持ちのたくましいボーイは二階分上がると、果てしなく続くと思われる長い通路を進んでいく。休暇に船旅を楽しむ高揚感に満ちた乗客でにぎわっている廊下を、おれはボーイとはぐれないよう注意して進んだ。

ボーイが振り返りながらにっこり笑う。「ずっと船の後ろに進むんですよ、お客様。ちょうど外輪の上辺りですね」

そのまま歩いていると羽板張りのドアの前でボーイがようやく立ち止まり、錠を開けて力ずくでバッグを中に入れて荷物棚に載せた。薄暗い室内はカーテンの引かれた窓の下で唸るヒーターのおかげで温かい。ボーイがカーテンを開くと一気に視界が開け、広いプロムナードデッキとシンシナティのすすけた倉庫群が一望できた。ボーイはバスルームで設備を稼働してからドア口に戻り、期待の面持ちで佇んでいる。おれはスプリングの効いたダブルベッドに座り込んでオーバーコートを脱いだ。

いかにも親切そうにボーイが言う。「空調もついていますから、お好みの温度にセットしてください」

「それはありがたい」

「大げさだと思われるかもしれませんが、ニューオリンズへの航行中にはお使いになる機会もあるでしょう。上等な部屋にのみ設置されています」おれが寒いと思う間もなくボーイは調節つまみを操作してくれた。

「ちょうどいい」ポケットの中を手探りして二ドル五十セント取り出す。「悪いがパーサー室まで案内してくれないか?」

ボーイがパーカーの内側のポケットに金を突っ込む。「来た道を戻ればいいんですよ。一階下りてテキサス・デッキに出たら前に進むんです。ご案内しますよ」

ドアを施錠して船の長さだけ戻ってパーサー室へ到着した。立ち去るボーイの姿が見えなくなるのを待って、ドアをノックする。

ドアはウエストの高さで別々に開閉できる上下二段式で白く塗装され、下部には狭い棚がついている。どちらのドアも閉まっており、上のドアにはT・P・グルニエと書かれたマホガニー製の看板がかかっていた。看板をコツンと叩くや否や、その音をいまかいまかと待っていたかのように、どうぞ、という几帳面そうなか細い声が聞こえた。おれはドアガードに引っかかりそうになりながらドアを押し開けた。

パーサー室は紫檀材の羽目板張りで居間のように内装されている。ドアの向かい側にある同じく紫檀材の長机は一目見ただけで、川船業のかつての栄華を彷彿とさせた。乗客の安全を守る立場として、さりげなく接するのがベストだとパーサーは思っているらしい。この部屋にはそういった雰囲気が漂っており、デスクの向こうの親切そうな小太りの男がそれを体現していた。血色のよい頭皮にまばらな白い髪が張りつき、政治家のような湿っぽく厚い唇をしている。

「あなたがミスター・ワイルドですね」男はすばやく立ち上がり、おれの訪問がすばらしい一日の締めくくりであるかのように、嬉しそうな笑みを浮かべた。

乗客全員に名前を知られる前に、おれはとっととドアを閉めた。握手する手を彼が上下させる間、おれはパーサーの冴えない制服を見ていた。海軍風の精悍なデザインが、やや暗いブルーのフランネル生地のせいで台無しだ。かろうじて役職は伝わるが、威厳は感じられない。鈍く輝くピューター製と思われるボタンだけが豪華さを演出している。

と、どなり声がした。「さあ座るんだ、腕利き探偵さんよ。つまずいて物でも壊されちゃたまらん」

船首旗竿や社旗、暗灰色の川面が臨める幅広い船窓のそばの大きな肘掛椅子に、体格のいい男が座っている。おれは背もたれのまっすぐな椅子をデスクから引き、男の向かい側に座った。

「やあ巡査部長、いい旅だったか？」

「そんなのどうでもいい」

「そう来なくちゃな」おれはタバコの火をつけ、ポール・ケブル巡査部長のほうに煙が漂うに任せた。これまで一、二度会ったくらいの殺人課のデカで、事件を任されることは後にも先にもないだろう。もっぱら近隣への訊き込み担当だ。親戚にいそうな鈍重な顔つきの男で、笑うといくらか見られる顔になるから、家にひとりでいる主婦だって、ためらうことなく部屋の中に入れて訊き込みに応じるはずだ。奴の長所はそれくらいだ。あと一、二年で退職する——巡査部長のままで。この男だけを送り込むとは、グロドニックもよほど手が足りないのだろう。

巡査部長がくぐもった声で言う。「口を閉じて、じっと座ってりゃいいんだ、スチュワートが乗船したかどうかはおれが確認する。二度も逃がされちゃたまらんからな」

奴をじっと見つめながらおれは少し口を開けた。明らかに悪意がある物言い。ろくに会ったことも無い奴なのに。フィラデルフィアに戻ったらこんな扱いを受けるという予兆か。おれは顔が紅潮するのがわかった。

「あんたもようやく手柄を立てられるってわけか、巡査部長？」

とげのある言葉に応酬すると、ケブルはほくそ笑んで言った。「逮捕は任せとけ、若いの」巡査部長は太い葉巻をくわえてゆっくりと喫った。

パーサーはおれの手のほうに紫檀材の箱を差し出して陽気に言った。「いかがですか。ケブル巡査部長にもお勧めしたんです、あなたの感想も伺いたいですね。ニューオリンズで特注したもので、クレオール人が巻いたハバナ葉巻ですよ。最高級です」

「ありがとよ」おれは首を横に振ってタバコを上げてみせてから、ケブルに問いかけた。「どんな捜査計画なんだ？」

巡査部長が横柄に答える。「万事手は打ってある。心配には及ばない」

おれは右手首を窓からの日差しに向けて腕時計を見た。「出航まであと二十分。どんな……」

「乗船口にアシスタントを配置していて、五号室を予約したお客様が到着したら、すぐ知らせてくるようになっています」パーサーはあくまで愛想がよい。

「なるほど。スチュワートが当日客として乗船して、出航するまでチェックインしなかったら？」

パーサーの顔から和やかな笑みが消えたが、相反してケブルは歯を見せて笑った。親指をこちらに向け、パーサーのほうに頭を傾ける。「探偵さんは取り逃がさないそうだ。ミスター・ワイルドにはかなわないな、まったく。警察よりさぞご立派な……」

「仕事そっちのけで葉巻をくわえて座ったきりのデブに言われたくないね」思ったより気色ばんだ言い方になった。

巡査部長が愉快そうに笑う。「探偵さんは一か月かそこら休んでいらしたから短気になったようだ。まあ落ち着けって、若いの。スチュワートに関しては対策済みだ。こっそり乗船していたら、それから捜索すればいい。それでいいだろう？」パーサーに派手な目くばせをする。

おれは言い返した。「それはたいそうなことだ。あんたの懸命な働きぶりを知ったら、グロドニック警部が喜んで巡査に戻してくれるさ。懐かしいだろう」

ケブルに嫌味は効かなかった。そもそもおれなど気にかけていない。「警部は貴様の意見など聞く耳を持たないはずだ。これまではうまくいってたかもしれないが、もう使い物にならないのじゃないか。おまえみたいな役立たずが出入りするのを見てきたが……」

「それで結局、巡査部長止まりか。グロドニックは話を聞いてくれるさ。だからこそ奴は警部であんたは下っ端なんだ」おれは立ち上がってくずかごにタバコの灰を落とした。「引退までどれくらいだ、巡査部長？」

ケブルは口元から葉巻を乱暴に外し、肘掛椅子から立ち上がった。「まったく」絞り出すような高い声だ。「自分のことは棚に上げて……」

電話の呼び出し音が低く響き、パーサーが静かにするよう片手を上げたので、巡査部長は言葉を飲み込んだ。パーサーは黒字体の手書き文字で名前が刻まれた真鍮のネームプレートを人差し指で軽く叩きながら、落ち着いて電話に応対する。「ちょっと来てくれ」そう言って受話器を置いた。

パーサーがケブルに言う。「アシスタントが五号室の予約受付をしたそうです」

巡査部長はおれの存在を忘れたように葉巻をくずかごに投げ捨てると、慌ててウエストのホルスターを引き上げてドアへ向かった。

「おまえはここにいろ、ワイルド。行こう、ミスター・グルニエ。頼みたいことが……」

「若いご婦人だったそうです」パーサーが告げる。

巡査部長は片足を軸にして振り返った。口をあんぐり開けている。おれはパーサーを見ていたが、彼が感情の起伏を表さない立場でありながらも、一瞬愉快そうな表情をしたので、おれは罰当たりな言葉を吐きそうになった。

「な……なんだって……」ケブルが言い淀む。

パーサーが控えめに話しかける。「スチュワートという人物は男性ですね？　確か……」

巡査部長が噛みつく。「その通り、奴は男だ。どこにその……」

「アシスタントはじきにここへ参ります、巡査部長。ドアを開ければいるかもしれませんよ？」

ケブルと鉢合わせしかけた若いアシスタントパーサーは、部外者の存在に気づいて緊張気味に敬礼した。

パーサーがじれったそうに声をかける。「そんなのはいいんだ、ラッセル。五号室を予約していたご婦人について、この方々に説明しなさい」

アシスタントはきびきびと話し出した。「まるでマネキンのようです。長身ですが、わたしほどではありません。そしてあのスタイル！　上品で落ち着いた感じで、さぞ立派な後ろ盾が……」

パーサーが遮る。「そのくらいでいい。そのご婦人は自分で予約を？」

「いいえ。表通りの店でチケットを購入していました。通し番号は……」アシスタントが持っていた半券を確かめる。「二二六番です。当初の予約は受取手なしで、いったんキャンセルされています」

パーサーが巡査部長を見て少し姿勢を正した。「出航前日の午前零時に支払いのない予約は一度キャンセルされます。当然ながらミスター・ワイルドのような例外はございます。明らかにホロウェイ、いやスチュワートという人物は姿を見せずに……」

おれは口を挟んだ。「てっきり代金を支払ったと思った」

パーサーが説明する。「一部だけでした。全額でしたらキャンセルされません」

「とんだ話だ」ケブルの口調はとげとげしい。「その女はどこだ？　会いたい。ワイルド、おまえはここにいろ」

「巡査部長殿を五号室にお連れして、ラッセル君。それともここでミスター・ワイルドに飲み物をお出しするか。それならわたしがご案内する」

ケブルが壁に当たるほど勢いよくドアを開けて大股で廊下を進んでゆく後ろを、小柄なパーサーが必死についてゆく。アシスタントパーサーは静かにドアを閉めると、帽子を脱いで控えめに口笛を吹いた。おれに興味津々らしい。

ラッセルはおずおずと尋ねた。「どうしてパーサーはあんなに張り切っていたんです？　失礼ですが議員さんか何かですか、ミスター・ワイルド？」

　おれは思わず吹き出した。「そんな肩書じゃないことは確かだ。さっき飲み物がどうとか言ってなかったか？」

「そうでした。パーサーのコレクションはすばらしいんですよ。豪華船室のお客様用です。あなたのようなお金持ちのためにね、議員さん」

　アシスタントパーサーは、窓際の紫檀材の羽目板を横に動かして狭い棚を引き出すと、腕を伸ばしてグラスセットを取り出して愛想よく言った。「なんでもありますよ。ライウイスキーに……」

「それがいい」彼の持っているボトルがオールド・オーバーホルトだと気づいておれは言った。「ほんの少しだけ」

「いいご選択です」ラッセルはメジャーカップで二杯注いでデスク越しに手渡してくれた。

　グラスはクリスタル製でところどころ金の筋が入り、縦溝彫りの縁にも金が施されている。金属のようにひどく重い。

　ラッセルが笑いながら言う。「ミスター・グルニエは張り切ってそのグラスにまつわる話をしてくれるはずですよ。何年も探して、バイユーテキーに住む年配女性からやっと購入したんですから。前の持ち主はその価値を知らなかったんですが、かつてこのグラスセットは……」

「アンディー・ジャクソン（〔１７６７―１８４５〕米国第七代大統領）のだろう」

「もしくはジャン・ラフィット（〔１７８０―１８２６〕フランスの海賊。１８１３年の米英戦争で米国に味方してニューオリンズ防衛のために戦った）です。それともジェフ・デイヴィス（〔１８０８―１８８９〕アメリカ合衆国およびアメリカ連合国〔南部連合〕の軍人、政治家）か。パーサーのことですから、何を訊いても話は尽きません。いつかアメリカ連合国旗について訊いてみてください。このデスクの中に大切にしまってあるんです。別に北部者を目の敵にしているわけではないですし、高価なものでもありませんが」

「誰の旗だったんだ？」おれは頬を緩めた。

「パーサーに言わせると、その旗はいまを去ること……」

ドアが開く音がするとラッセルは腰をかがめてグラスを高く掲げて厳かに言った。「輝ける南部よ」

「さあ皆様方」パーサーがすかさず続ける。「少しお時間を。それをこっちに」グラスを取るとウイスキーを少し注いで掲げ、抑揚をつけて言った。「懐かしきあの頃に」

パーサーたちはおれがゲームに加わるのをいまかいまかと待っている。

「南部はまた復活する」おれは調子を合わせた。

みなでウイスキーをあおり、空いたグラスをバーカウンターに置いた。

ミスター・グルニエは透けるほど薄いハンカチで口を拭いながら言った。「ケブル巡査部長という方は――あなたのお仲間ではないようですが――怒りっぽくてどうにも……」

「むべなるかな。何があった？」

「とにかくあの方は……」パーサーはいったん区切ると考え込むように一瞬アシスタントパーサーを見て肩をすくめた。「きみには後で詳しく伝えよう、ラッセル。あのですね、ミスター・ワイルド、巡査部長はずかずかと五号室に入って、お客様のミス・ポメロイに身元を証明する物を出せと迫ったんです。実に高飛車でした。お客様が、何も見せるつもりはないから出ていってくれ、とおっしゃったのも当然です。かえって同情してしまいました」

アシスタントパーサーがにやにやする。「さっき説明した通り、マネキンみたいだったでしょう」

パーサーは言い換えた。「魅力的なレディーだ。さて……」深く息をつくとデスクを回ってゆっくりと椅子に座った。紫檀製のデスクの上に両手を置いて、パーサーが眼光鋭くおれを見上げる。「お帰りになるケブル巡査部長をタラップまでご案内しましたが、立ち去り際に不穏なことをおっしゃいましたよ。ミスター・ワイルド、あなたについて」

「なるほど。なんて言ってた」

「あなたが所持している銃は、フィラデルフィア郡の外では不法所持になるはずだ、と」

「ふざけた話だ」おれはつぶやいて椅子に座った。しばらく床に目を落としてから、パーサーに目を向けた。「それで?」

「そうとなると許可できかね……」

おれは割り込んだ。「待ってくれ。あんたに言われるまでもなく、許可証はある」札入れを開けてパーサーに渡した。「それのおかげで、国中どこで銃を持っていようとサツは認めることになってんだ。それにこれも見てくれ」この任務のためにグロドニックが本部長宛てに書いた手紙を手渡し、ミスター・グルニエが読むのを椅子の背にもたれて待った。ラッセルはおれの様子を窺いながらゆっくりとデスクを回り、好奇心に勝てないようでパーサーの肩越しに手紙を読んでいる。

ふたりとも読み終わるとパーサーは札入れを返し、手紙は丁寧に畳んで封筒に戻してから、ネームプレートを封筒で軽く叩いた。

「ラッセル、きみの意見は?」ミスター・グルニエが厳かに言った。

おれはすかさず口を挟んだ。「ほかにも言っておきたいことがある。忙しそうなんで言い損ねたが、おれは少し不自由な身だ。右腕は使えるが数か月前にスチュワートのせいで左肩を痛めた。奴に肩を撃たれたんだ」

おれは考える時間をやった。銃を取り上げられるつもりはさらさらなかったが可能性はある。ここはパーサーの厚意に甘えたかった。いろいろと説明し、銃を没収するつもりなら力ずくでやれと伝えた。

「ミスター・グルニエ、まさかおれから銃を取り上げて追い出しゃしないよな。スチュワートが乗船しているかもしれないと知ってるんだから。奴はおれを見たら追跡されたと気づいて、即座に撃ってくるだろう」

「おっしゃる通りです、ミスター・ワイルド」パーサーは歯切れが悪い。「そのような事態は避けたいものですが……」

ラッセルが静かに切り出す。「銃など持っていないとミスター・ワイルドがおっしゃるなら、これっぽっちも疑いません。ギプス姿のお客様にボディーチェックをしようとは思いませんから」

ミスター・グルニエは相好を崩した。もったいつけるように手紙を差し出すと、陽気に言った。「わたしだってこの方が銃を所持しているのを黙認はできないが、われわれはお客様にボディーチェックなどしない。めっそうもない、観光のお客様ばかりなんだから。かえって妙なものが見つかりはしないか、びくびくしてしまう」

どっと座が沸き、ラッセルは全員のグラスにお代わりを注いだ。

パーサーはおれを見てからグラスに口をつけた。「どうかご用心を、ミスター・ワイルド。思い切った行動に出る時にはわたしかラッセルに必ず知らせてください、それが何であれ」

おれは文句を言わずに請け合い、本題に入った。「ところでミス・ポメロイだが、予約がキャンセルされたチケットをどんな経緯で入手したか気になる。もともとそういう手はずだったのかもしれない。予約したスチュワートが代金を支払わず、キャンセル扱いになったチケットがあると知っているミス・ポメロイがぎりぎりになって現れる。その可能性はあるか？」

パーサーはポケットを探って腕時計を取り出した。「ラッセル、外線電話がまだ通じるか確かめてくれ」

ラッセルがデスクに身を乗り出して受話器を取った、ちょうどその時に巨大な蒸気船が激しく振動した。パーサー室の窓に水蒸気の細かい粒がかかる。船が再び振動する。もう船首旗竿は土手に沿っておらず、高層建築を指している。船は川の流れに乗っていた。

ミスター・グルニエが諦めたように言う。「明朝ルイビルに到着するまで、陸と連絡が取れません。緊急でしたら電動船載雑用艇《パワーヨール》で陸にお送りするよう、指示できますし……」

おれは首を横に振った。「明日で構わない。船ってのはいいもんだな。一度乗ったら簡単には降りられない、何でも先延ばしだ。ラッセル、さっきの話に戻るがミス・ポメロイについて他に何か気づかなかったか？」

「特には。少しいらついていたようで、なかなかチケットが見つかりませんでしたけど。それに手荷物の件でタクシー運転手と揉めてました。ずいぶん大荷物なんですよ。それでも彼女自身はいたって普通の……」

おれは割り込んだ。「荷物だって。そんなに多いのか。トランクもあるか？　かなり大きいサイズのは？」

ラッセルは即座にうなずいた。「結構な大きさの衣装トランク（一方の側に服をつるすようにハンガーが付き、反対側に小物を入れる引き出しが付いていて、立てると衣装だんすとなる）が……」

おれは身体を回してパーサーのほうを向いた。「この船では、荷ほどきを手伝うようなメイドサービスはやってるか？」

「特別にご依頼があれば。お年寄りや病気の方や……」

「ミス・ポメロイの部屋にメイドを送ることはできるか？」

「可能ではありますが……」

「メイドをすぐにその部屋へやってくれ。トランクの中身を確認して、できるだけ早く報告させるんだ」

ラッセルはパチンと指を鳴らすと興奮気味に言った。「お任せください。さっそく手配します」受話器を取ってダイヤルを一度回し、電話口のメイドに話しかける。「忙しいだろうけど、もうすぐ持ち場から離れるだろ？」

目を輝かせながら指示をし、電話を切ってすぐさま報告した。「タオルを届けに行かせました。すぐに報告が入るはずです」

「上出来だ」飲み込みが早くて機転が利くアシスタントパーサーだ。

「カリガリ博士を思い出しますな」ミスター・グルニエはそうつぶやいて背筋を伸ばすと、ボトルを持って三人のグラスに注ぐ。「ミス・ポメロイのトランクにスチュワートが隠れている、と本気でお思いですか？」そして首を静かに振り、グラスを上げた。「ボニー・ブルー・フラッグ（南北戦争時に南部連合で非公式に国旗として用いられた旗。マーチ曲名でもある）に」

「キング・コットン（南北戦争前の南部で、経済・政治においてきわめて重要な要素であった綿および綿生産を擬人化した呼称。マーチ曲名でもある）に」おれもウイスキーを味わいながらつぶやいた。「偉業をたたえて」

「デキシーに生きてデキシーに死す（マーチ曲名）」ラッセルも続けて言い、グラスを置いて屈託なく笑った。「『キング・コットン』に捧げていいんですかね、ボス？」

パーサーが物わかりのよさを見せる。「いいんじゃないか、ミスター・ワイルドは場慣れしていないから。指導としてもう一杯注がないと。もっとうまいフレーズが出るように」

「そりゃきついな」おれはボトルを持ち、ウイスキーを勢いよく揺らした。「あんたらにはまいるよ」おれはグラスを上げた。「『川を渡って……木陰で休もう……』（南北戦争時代の南部連合の軍人トーマス・ジョナサン・ジャクソン〔1824－1863〕の最期の言葉。彼はその戦いぶりから石壁〔ストーンウォール〕・ジャクソンという渾名がついた）、どうだい？」

「やっぱりあなたも石壁《ストーンウォール》ですね」ラッセルは腰をかがめた。「ミスター・ワイルド、ようこそ。あなたは全会一致で選ばれました」

そしてにっこり笑ってグラスを置くと、その手で受話器をしきりに触った。電話が鳴ったとたんに受話器を取る。「パーサー室。はい、はい、わかった。いや、これで終わりだ。エドナ、お疲れさん」

ラッセルは電話を切ると、グラスを見ながらしばらく呆然としていた。そしてにわかにグラスを持ちウイスキーを注ぐと、かすかに震えながら言った。

「空です。トランクはいま空だそうです」

第六章

「空だって！」グルニエが目を丸くしてアシスタントを見る。「ミス・ポメロイは十五分前に乗船したばかりだ。そんなに速く空にできるはずがない！」

「確かに無理だ。ミス・ポメロイに話を訊かなければ。でもまずはその部屋へ行きたい」おれはラッセルの腕を軽く叩いた。「部屋を確かめる間、彼女をしばらくここに引き留めておいてくれないか？」

「やってみます」ラッセルはつぶやくと、上司の意向を窺うようにグルニエを見つめた。

パーサーは歯切れが悪かった。「そうですね、お客様なので本来は詮索しない方針ですが。それにどうやって部屋に入るというんです。ミス・ポメロイがいたら……」

おれは噛みついた。「つべこべ言うな。スチュワートが殺人犯なのを忘れたか。あんたが渡してくれる鍵でミス・ポメロイの部屋に入るさ。おれが合図するまで彼女をここに引き留めておけ」

「でもどうやって……」グルニエは及び腰だ。

ラッセルが勇気づける。「大丈夫ですよ、ボス。ミス・ポメロイには、予約についてパーサーが確認したいそうです、と伝えてここに連れてきますし、合図をいただいてから部屋へ戻ってもらいます。少し間の抜けた計画ですが、きっとうまくいきますよ」

おれは具体案を出した。「何か用紙に記入してもらってもいいし、個人情報を細かく訊いてもいい。

保険補償額の関係で必要だ、とまことしやかに説明するんだ。とにかくここに引き留めてもらわないと困る。さあ、ラッセルに案内してもらうから鍵をくれ。彼女の部屋はどこだ?」

「一階下のキャビンデッキです」ラッセルはそう言ってグルニエのデスクの引き出しを開け、書類を脇に避けて再び上司の指示を待った。

パーサーは鈍く光る真鍮の鍵をようやくつまみ上げると、もったいぶって言った。「こんなことをするのは初めてですよ、ミスター・ワイルド。あなたを信頼しているからこそです」

おれは切り返した。「心配するな、慎重にやるから。もっともラッセルに急かされてミス・ポメロイがドアを開けたまま出てゆくかもしれない。そうすれば鍵も無用だ。さあ行くぞ」ラッセルの先に立ってドアへ向かう。

「あくまでも穏便にな、ラッセル」パーサーが釘を刺す。

アシスタントパーサーはにっこり笑ってみせてから、身を屈めておれの前に進んだ。

「パーサーは納得していないんでしょうね?『あくまでも穏便にな』だなんて。もっとも、あんなすらりとした美人を騙して部屋を捜索するんですから。彼女をオフィスまで案内してきますので、どうか穏便に捜索してください」

「とにかく引き留めておいてくれ。さあ、どっちだ?」

「階段を下りて船尾のほうへ」ラッセルは廊下にあふれる客を押し分けることなく上手にかわしてゆく。速度を緩めず進んでいくので、おれは追いつけなかったが無理はしなかった。観光客たちはひところに留まらず、アシスタントパーサーに目もくれない。ぶつかったとしても気にしないだろう。おれは左肩を壁側にして慎重に歩いた。ある程度の空間を確保するため何人かを押し分けたし、寄りかかったりしてきそうな、足元のおぼつかない客がいないか用心した。少し先にラッセルのブルーのキャップが見えた。おれが追いつくのを待ってくれている。

「すぐそこの、あの部屋です」ラッセルは興奮で横隔膜が緊張しているのか、途切れ途切れに囁くように言った。「スチュワートが中にいると本気で思っているんですか？」

「どうかな」おれは唸った。「女を連れていってくれれば確かめられる」

ラッセルはうなずいて深呼吸をすると、ゆっくりと言った。「ミス・ポメロイが出てくる時には、人混みに紛れていたほうがいいですよ」そしてキャップのつばを小粋に横にすると客室の前に進んで勢いよくノックした。

「アシスタントパーサーです」

おれは何列にも人が行き交う廊下へ戻ってから、わずかに奥まっている出入口で左肩をかばうようにして佇んだ。ラッセルは何分も待たされている。キャップを取って髪を撫でつけては、また被ったりしているので、彼が気を揉んでいるとわかった。ようやくドアが開くとラッセルは身を乗り出して簡単な敬礼をした。おれは背を向け、きわめてゆっくりと歩き出した。

陽気な客から話しかけられた時にはおれは極力立ち止まり、機械的に微笑んだり相槌を打ったりした。階段まであと半分ほどの距離まで進んだところで、ラッセルとミス・ポメロイが横を通り過ぎていった。

「……あくまで形式的なもので、お手間は取らせません」ラッセルが説明している。

きちんとセットされた薄茶色の艶やかな髪しか見えなかった。なるほど聞いていた通りミス・ポメロイはとても長身で、肩の高さなどほとんどラッセルと同じだ。おれはすぐに踵を返して五号室へ向かった。

部屋にスチュワートがいると考えるのが土台無理な話だ。トランクに入ったまま移動する人などそうはいない。たとえそれが名案だとしても、スチュワートならもっとましで安全な方法を思いついただろう。窮屈なだけでなく、思わぬ事態にならないとも限らない。ミス・ポメロイに何かあったら閉じ込められたままだし、トランクが雑に扱われたら彼が中にいるとわかってしまうかもしれない。いや、実にばかげている。あの部屋にスチュワートがいる可能性はない。グルニエから預かった合鍵を手に廊下を進み、ドアの前に立つ。錠に鍵を差し込んで回すと脈が上がった。鍵を引き抜いてポケットにしまう。

急いで開けたのでドアが壁にぶつかった。ショルダーホルスターの銃に手を置きながら中に入る。壁にバウンドして戻ってきたドアを蹴って閉めた。

その場で頭を低く下げたまま立ち、何も起こらないだろうと思いつつも緊張を解かずに万事に備える。

室内はベッドが二台あるほかは、おれの部屋と似ていた。両側の窓から吹きさらしのプロムナードデッキが見える。カーテンが半ば引かれている室内はしんと静まりかえり、奥の窓の真下で回っている外輪の音だけが響いている。それに廊下の物音も聞こえてくる。慎重にバスルームのドアに近づきすばやく中を窺う。異常なし。銃から手を離すと次第にふだんの息遣いに戻った。二台のベッドの足元に荷物棚があり、それぞれにスーツケースが二個置いてある。手前のスーツケースの上には、裏地に毛皮が施されているツイードのコートが載っている。バスルームに近い部屋の隅には、だいぶ使い込まれたブタ革の大きなショルダーバッグがある。確かにミス・ポメロイはひどく荷物持ちだ。奥の壁沿いにはトランクが置いてある。

黄褐色にこげ茶のストライプが入った大きな羽布（気球やグライダーの翼・胴体などに用いる木綿または亜麻布）張りの衣装トランクだ。立てて開いてあるが、こちらからは中が見えない。さらに前進する。

薄暗い中でも、そのトランクには新品ならではの光沢があった。補強されている角には傷一つない。トランクを壁から離し、右手と右足を使って開いている角度をさらに広げると、金属製の洋服ハンガーのぶつかる音がした。耳障りな音が静かな部屋で異様に鳴り響く。

と、背中に銃を突きつけられてバランスを崩したおれは、とっさに右腕で体を支えた。

「そのままで」こわばった声にためらいが感じ取れる。「あなた誰？」

ゆっくり振り返ると銃口が数インチのところにあった。おそらく三二口径と思われる小型銃だが、それでも相当な大きさだ。スチュワートが撃ってきた銃より、よっぽど大きい。見ているうちに肩に刺すような痛みが走り始めた。おれは動かなかった。動けなかった。銃と、ひどくなる肩の痛み。その恐怖の中、銃を突きつけている人物を確かめようと、おれは目を上げた。

第七章

　フェンシング選手のように身構えて立っているのはミス・ポメロイだ。両足ですっくと立って膝をかすかに曲げ、全神経を注いでおれのベルトのバックルを銃で狙っている。おれは顔を上げた。彼女の濃い眉は吊り上がり、ふっくらした唇は緊張で引き結ばれている。左手に持っている口の開いたハンドバッグは高く掲げられ、おれが反撃しようものなら顔をひっぱたかれそうだ。ミス・ポメロイはこういった状況に慣れている、おれは直感した。

　相手との距離が少し近すぎる。おれは肩に痛みを感じながら思った。肩さえ悪くなければ楽々と反撃できるが、いまは無理だ。空しく銃を見る。もっと気力でもあれば。まるでおれの心の内を読んだかのように彼女がすばやく後ずさりする。

「灯りが必要ね」独り言のように言う。ハンドバッグを右肘に滑らせて口を締めると、おれから一度たりとも目を離さずに壁を手探りして電気スイッチを探した。素人の動きとは思えない。おれは右手をトランクの上に置いたまま、ゆっくり両足に重心を移した。天井のライトがついて、一瞬目がくらむ。

　ミス・ポメロイはそのすんなりした体型にぴったり合った、ヘザーツイードのスーツを着ている。襟元からブルーのセーターが覗く。女性にしては背が高い。五フィート九、いやそれ以上か。その上コードバン革（柔らかいなめし革）のハイヒールを履いているので、おれとほんの二、三インチしか変わらない。それにしても、すべてが見事な調和を成している。

　おれは彼女に釘付けになった。理想の女性と言っていい。引き締まった肌を見ていると、高性能なヨットや名馬を目にした時のように喉が詰まった。肩の痛みと同じくらい何ともいえない、思いもよらない強い感覚だ。彼女に見とれたまま、いささか長すぎるほどの時間が沈黙のうちに過ぎてゆく。眉を吊り上げていた彼女だったが、いまは当惑するように眉根を寄せ、口元の緊張は解かれている。

「いったい……ここで何をしているの？」静かに囁いた。先ほどの戸惑いゆえの厳しさは消えている。

「とんだ番狂わせだ」おれの声はかすれていた。まったく、彼女にはまいる。巷ではショートヘアが流行っているが、ミス・ポメロイには似合わないだろう。余計なお世話だが、あのヘアスタイルをするには背が高すぎる。彼女は色味が薄く艶やかで豊かな髪を、やや膨らみを持たせて後ろでまとめ、うなじ辺りでシニョンにしている。

　おれは顔が紅潮し、喉が詰まる感じを覚えながらトランクに載せた両手を見下ろした。この部屋に忍び込んだ理由すら忘れかけている。

「トランクが空だった」おれは絞り出すように言った。「パーサーが指摘したんだ。もしかして……逃亡者が……乗船したんじゃないかと……」なぜか息が乱れて思うように話せない。思考回路も停止している。

　ミス・ポメロイが尖った声で言う。「それであなたがパーサーの代わりに？」

「そうだ」おれは愚かにもそう答えた。

「嘘おっしゃい」もう彼女の声に不安な様子はなかった。「あなたはフィラデルフィアの私立探偵、カーニー・ワイルドという名の荒くれ男。そう、あなたのことならなんだって知ってるのよ、ミスター・ワイルド。さあ、この船の警備員に電話をしましょうか」

戸惑うのはこっちの番だ。「まいったな」おれはつぶやいて彼女を見上げた。「どうやって……」

「前にあなたの写真を撮ったわ」ミス・ポメロイはおれから目を離さないようにしながら左手を壁沿いに長く伸ばして電話を探している。「あの気の毒な青年に自白を強要した人物ってことで、時の人だったでしょう。相当なやり手ね、警官からも一目置かれている」それに異論があるような眼差しをこちらに向ける。

おれは言い返した。「無理に自白などさせていない。一度だって……」

「ジェラルド・ドッジも？」彼女が冷笑を浮かべる。

「奴だってそうさ。ドッジは人殺しだった。三人も犠牲になった。大物を襲ったんだ。全員の名も覚えているか？　おれたちがいい加減な情報で奴を逮捕したとでも？」

電話はドアの反対側にあったので、彼女は進めば進むほど電話から遠ざかった。

「電話はドアの向こう側さ。パーサーを呼べばいい。ラッセルと一緒にここへ来るように言って、ついでに……」

ミス・ポメロイが前につんのめり、膝をつきそうになるのを堪えている隙に、おれはトランクにぶつかりながら彼女に突進して銃を奪おうとした。

「ラッセルですがお呼びですか。お呼びになる声が聞こえたものですから」

部屋に入ってきたアシスタントパーサーはおれに笑いかけようとしたが、状況を察して顔をしかめた。ドアを開けた時に一瞬よろめいたミス・ポメロイをラッセルは案じ、大事に至らなかったと気づいて安堵したものの、まだ動揺しているようだった。

「いい子だ」おれは声をかけた。

ミス・ポメロイがトランクを支えにしてなんとか体勢を保つ。床に落ちたハンドバッグの口が開いてこぼれた中身を、おれは前に出て拾った。

「これを持ってろ」彼女の銃をラッセルに投げる。バッグをベッドの上で逆さまにして、ハンカチやタバコ、マッチに櫛をぶちまけながら財布を探したが、肝心の財布はファスナー付の中袋に入っていて、片手では開けられない。中には五十ドルの札束が入っていた。五、六百ドルくらいか。現金と一緒に赤いやぎのなめし革《モロッコ》製の薄い名刺入れがあったおかげで、多くのことがわかった。

薄紙に包まれた名刺によると、ミス・E・J・ポメロイはフィラデルフィアの郊外ではあるが都心部に近いナーバース在住。カメラクラブ、赤十字社、外国戦争退役軍人会、海軍予備役将校会の会員で、E・J・ポメロイ・アンド・アソシエイツの代表を務める商業写真家でもある。バッグの中身でそのほかに目を引くものといえば、ティッシュペーパーに包んである小さなダイヤモンドくらいだった。できるだけ丁寧にバッグに戻す。

それからラッセルのほうへ向き直って銃を受け取り、ベッドの上へ放り投げた。おれはベッドの足元の板に腰かけ、ラッセルへ椅子に座るよう手振りで促してからミス・ポメロイに視線を向けた。

「プロに撮られていたとは知らなかったな」おれはそっけなく言った。相手が怒りで顔が紅潮するのを無視して話し続ける。「さっき言ったのは紛れもない事実なんだ、ミス・ポメロイ。この船に逃亡犯が乗っているかもしれない。殺人犯だ。犯人は六週間前にこのクルーズのこのデラックスベッドルームを予約した。それがぎりぎりになってあんたが代わりに現れたってわけだ、空のトランクと一緒に。ほかのやり方にすべきだったろうが、さっきのケブル巡査部長の訊き込みでうんざりして、協力してもらえないんじゃないかと思った。それでパーサー室に来てもらうよう頼んで、その間に探ることにした。それはそうと、なんでこんなにすぐ戻ってきたんだ?」

ラッセルが控えめに口を挟む。「それがさっぱり。階段を途中まで上がった時、ミス・ポメロイがはっとした様子で踵を返して戻っていったので、追いつけませんでした」

「よく戻ってきてくれたな」おれはミス・ポメロイにすぐ戻ってきた理由を尋ねた。

彼女は肩をすくめた。「数分前パーサーにチケットを見せたから、改めて見たいんだと思ったの。それをコートに入れっぱなしだと気づいて戻ってきたのよ。そうしたらキャビンで暴漢を見つけたわ」

ラッセルが割って入る。「こちらはデラックスベッドルームです。ミスター・ワイルドの行動につきましては手前どもとしましても……」こちらににっこり笑ってみせて、微笑んだまま椅子に深く座った。

おれは後ろに手を伸ばして毛皮の裏地のツイードコートをつかみ、ポケットから丸まった紙の束を取り出した。一番上に〝デルタライン〟とある公式領収書。残りは見なかった。

「なるほど」おれは立ち上がり、何の気なしに部屋を横切って窓辺に行き、濁った水面や凍てついた川岸を眺めた。「で、あの空のトランクは?」

「トランクが何か?」ミス・ポメロイが気色ばむ。

おれは静かに語りかけた。「空のトランクは不自然だ。たいていの客は中にいっぱい詰め込んで来る。中身はいったいどうしたんだい、ミス・ポメロイ?」

「どうもしないわ」

おれが肩越しにラッセルを見ると、首を横に振ってみせた。「乗船時には空ではありませんでした」淡々と報告する。陽気な雰囲気は消え、いまは疑わしげに彼女を見ている。

ミス・ポメロイは背筋を伸ばして髪を撫でつけ、トランクの上部にしっかり両手を置くと、笑い声を上げた。

「身分証を見せてよ、おまわりさん。そうやって根掘り葉掘り訊いてくるからにはさぞかし立派な肩書なんでしょうね」

「そこなんだよ。逃亡者を探していると言っただろう。何しろ殺人犯だからあんたも無関係ではいられないのさ。でも厳密に言えば、取り調べる権利なんておれにはない」おれはグロドニックの手紙の入った封筒を彼女に差し出した。「おれを知ってると言ってたな。これを読めば協力する気になるかもしれない」

ミス・ポメロイはすんなりした手を反射的に出したが、視線はずっとおれをとらえていた。もう笑い声はなく、高飛車な様子も消えた。おれの切迫感を察してこちらを観察している。

「わたしは……別に……」彼女は言い淀み、前かがみになって手紙を受け取った。

字面を眺めただけで畳んで再び封筒の中に戻し、視線を逸らしたまま両手で封筒を撫でつけた。

「ポケットの中よ」そっけなく言う。「コートのポケット」

おれはまたベッドの上のコートを取り、今度はすんなりと紙の束を出した。デルタラインの領収書は飛ばした。その下にはホテルの精算書があった。次はシンシナティのメイブリー・アンド・カリューズ百貨店の領収書。品名は衣装トランクで日付は本日、支払いは現金で行われている。

紙の束をベッドに落とし、座り直す。「買ったのは今日だ」おれはラッセルに言った。「本当に空じゃなかったのか?」

「さっきまでそれが入っていたわ」ミス・ポメロイが壁際にあるふたつの大きな革バッグを手振りで示す。「わたしの荷物よ」

心得顔でラッセルがうなずく。「確かそうです。トランクと二、三のバッグをお持ちでした。いや四つでしたか」そう言って室内を見回した。「これらの荷物でちょうど乗船時と同じ量になるはずです」

床にせりふが書いてあるかのように、ミス・ポメロイが下を向いて話し出す。「ずっと前からトランクが欲しかったの。フィラデルフィアでは買う暇がなかったから、出発直前に買ったのよ。バッグを五つも持っての移動はもう限界だった。荷物をトランクとバッグひとつにすればトランクはポーターか誰かに持ってもらえる。だからトランクを買ってバッグをいくつか中に入れて運びやすくしてから乗船した。そうしたら体格のいい男に追い回されて葉巻の煙を顔に吹きかけられるわ、出生地を訊かれるわ、おまけに……」

彼女の声は次第に高くなり、痛烈になった。話し終わった挙句に平手打ちしてくる前に、おれは割り込んだ。

「おれたちは武骨でね、ミス・ポメロイ……」

「それにミスター・ワイルドは葉巻はお喫いになりません」場の緊張をほぐそうとラッセルが口を挟む。「ミスター・ワイルドは断然タバコ派ですよ。世間のレディーが思うような暖炉脇でパイプをくゆらせるタイプじゃない、とまでは言いませんが、それでも……」

「それくらいにしておけ、ラッセル。ミス・ポメロイは何も……」

「あら、わたしはそう思ってるわ」顔を上げた彼女の目が意地悪そうに輝く。ラッセルが取り繕えば取り繕うほど、彼女におれを嫌う理由を与えてしまう。「不思議だけど、ミスター・ワイルドは頭脳を使わない筋骨隆々タイプにはなりそうにないわ。そう思わない、ミスター・ラッセル？　でもこの人がいつも野性的に行動するのには感心する。どうせなら……」

「この方は常に頭を働かせてらっしゃるんですよ、ミス・ポメロイ」ラッセルが調子に乗って嬉しそうに言う。「大事な肩を悪者に撃たれたので、ミスター・ワイルドは……」

「まあ……」ミス・ポメロイがうつむく。両耳の先が真っ赤になった。

焦れたおれはラッセルに睨みを利かせながら言った。「ミス・ポメロイ、あともうひとつ訊きたい。前もって予約せずに出発ぎりぎりに乗船したのはなぜだ？」妙な心地悪さを感じて咳払いする。「言わなきゃならない理由がないのは認める。でもどうしても知りたいんだ。どうせなら……」

「ヴァケーション誌の仕事が入ったから来たのよ」あっさりしたものだ。「編集者の気まぐれでね。某所にいる彼から通知をもらったの。何の予告もないも同然よ。でもヴァケーション誌はあまりに魅力的で断れないわ。それでチケットオフィスに飛び込んで、一番のお勧めを売ってって頼んだの」

「ヴァケーション誌ですか？」ラッセルが低く口笛を吹く。「ならそう言ってくだされればよかったのに？　まったく、それなら大荷物も納得です。当船はヴァケーション誌に協力して……」

「そういうのが嫌なの」ミス・ポメロイがぴしゃりと言う。「肩を組んできたり、ポーズを取られたり。写真家と知られないうちに撮りたかったのよ。最終日の頃には少し手伝ってほしいけれど、それまでは結構。それであなたは……」

ラッセルが必死に言う。「おっしゃる通りです。どうぞお望みのままに。ヴァケーション誌の仕事の邪魔をしたら本部にきつく叱られます」

「わたしの名前はポメロイ。ヴァケーション誌じゃないのよ」彼女が揚げ足を取る。

アシスタントパーサーは嫌味とも思っていない。「わたくしはラッセルです。お役に立てればと思い、この面倒なお方、ミスター・ワイルドのためにこうしてはせ参じた次第です」

「ふざけ過ぎよ。それにできるだけ内緒にしてね。さあ、ミスター・ワイルド、ほかに何か？」

「銃だな」おれはゆっくり言った。「なぜ携帯している？」

「わたしは独り身なのよ、ミスター・ワイルド。それに仕事柄、物騒な所にも行くから常に銃は持っているの。バッグに許可証が入っているし、使い方も知っている。ほかには？」

「じゃあ、謝らなきゃいけないな」おれは彼女の濃い瞳が暗さを増すのを見ていた。「こういうのは苦手なんだ。どこかで練習してきてから戻ってこようか？」

「そうね」ミス・ポメロイはつぶやくとその場を収めるためにおれの手を取り、ラッセルにうなずいてみせた。彼女は空のトランクを支えにして立ったまま、おれとアシスタントパーサーが廊下に出るまで動かなかった。

ドアを閉じながら目をやると彼女はそのままの位置で背筋を伸ばしてすっくと立っていた。天井の灯りで薄い色合いの髪が艶めき、あごの輪郭が際立つ。頰骨の下にかすかなえくぼが見え、豊かな唇が輝いている。ドアを閉めるまでおれから少しも視線を逸らさなかった。

「やれやれ」ラッセルが安堵の声を漏らす。「ミセス・ジョージ・ラッセルの末息子は、華々しいリバークルーズ船でのキャリアのしょっぱなからトラブルに巻き込まれるところでした。あの様子だとあの方は……」

「ああ」

「撃ったかもしれませんね、ミスター・ワイルド?」ラッセルは冗談半分で言った。「普通の人相手なら背が高すぎますけど、あなたにはそうじゃないですもんね、それにわたしにも。本当にマネキン並みですね?」

「乗務員をそのうちチェックしないといけないんだ、ラッセル」おれは物憂げに言った。「手配してくれるか?」

「お安い御用です」ラッセルはふざけるのをやめた。「航行中はそう重労働ではなくて二交代制になっています。シンシナティの積荷には別に人を雇っていますし。客室係を一度に集めるのは難しいかもしれませんが……」

おれは口を挟んだ。「その必要はない。そのうち乗務員全員と顔を合わせられるかどうか知りたいんだ」

「可能です。それで乗客はどうしますか?」

「そうだな、どうだろう。何人になる?」

「全部で二百人ほどですね」

「名簿を見せてくれないか」

「わかりました。そういえば今夜、船長主催の歓迎パーティーがあります。おいしいパンチやクッキーをご用意してクルーズのご案内をしますから、お客様は全員いらっしゃいますよ」ラッセルは帽子を脱いで髪を掻いた。「お探しの人物がデラックスベッドルームを予約したんですから、デラックスルーム滞在のお客様全員を確認するといいんじゃないでしょうか。いかがです?」

「まあな。おまえ、見分けがつくのか?」

「もちろんです。パーティー会場にいる予定ですから。声をかけてくだされぱご紹介しますよ。その頃には全員把握しているはずです」

「頼もしいな」おれは笑った。

「そういえばミス・ポメロイの件はどうします? パーサーに報告なさいますか?」

「そうしたほうがよそさうだな」おれはうんざりして言った。

「いや、それには及びません。少しお休みになられては? 目に隈ができていますよ。グルニエにはわたしから報告しておきます。ヴァケーション誌の件はどうしましょう?」

「言わなくていいんじゃないか? 乗務員にはじきに知れるだろうから、わざわざ話すことでもあるまい」

「わたしもそう思います。ヴァケーション誌にデルタラインを誤解されたくないですし、ミス・ポメロイからお咎めを受けたくないですから。聞かなかったことにしておきます」

「パーサーに礼を言っておいてくれ」おれはラッセルに合鍵を渡した。

「承知しました。捜査の際には事前に教えてくれますね?」

「もう終わったさ」嫌味を含んで言ってやった。「おれはひとりの乗客に過ぎない」

第八章

自分のベッドルームに戻ると、ドアに錠をかけて柔らかいベッドに大の字になった。乗客の華やいだ声が収まり、耳にする物音は妙に日常的なものとなった。目的があって歩いているのがわかる、きびきびした靴音が響き、夕食の時間はいつだろうか、とか、保育室はあるのだろうか、とか、いったいどこに自分の服をしまったらいいのか、などという会話が聞こえる。さらに、冷たい川を進む蒸気船の最後尾についている外輪が水を叩き、リズミカルな音を響かせている。

プロムナードデッキではしゃぐ果敢な人たちもいたが、一度で懲りるようだ。細かい水しぶきが船に打ちつけるので、若い女は悲鳴を上げるし男は悪態をついて船内の暖かいバーへ逃げ込んでしまう。

船が進む規則的な音を聞きながら、見るともなしに天井を見上げていた。おれはひとりの乗客に過ぎない。ラッセルに言ったのは本心だ。捜査の流れからすると、乗務員と乗客全員を確認する必要はあるが、そのほかにやることはない。それが終わればひとりの乗客だ。いまはスチュワートが乗船している可能性が低いとわかっている。奴の家の外にあったごみバケツから出てきたデルタラインの領収書の意味を説明するつもりはない。この船の予約に二百ドルの保証金を払ったわけだ。かなり前に銀行で盗んだ金から支払ったのだろう。警察を混乱させようと意気込んだのかもしれないが、二百ドルをつぎ込むとは、スチュワートにしては景気がよすぎる。奴は――もしくは何者かが――ホロウェイという名で予約をした。本来の休暇旅行ではないと思わせる唯一の事実がそれなのだ。だが、ホロウェイもスチュワートもチケットを取りに来なかった。結果として二百ドルは没収され、ミス・ポメロイがその部屋のチケットを買った。

ミス・ポメロイ。フィラデルフィアから来たプロの写真家。主義主張を持ったすらりとした美人。すでにおれを知っていて、おれを嫌っている。だが肝心なのはフィラデルフィアだ。イーライ・ジョナスの銀行の金を札袋ごと盗んでスチュワートはフィラデルフィアから逃げた。奴を追っておれはフィラデルフィアから来た。そしてミス・ポメロイはヴァケーション誌の仕事で来ている。一見すると何の問題もない。その雑誌はフィラデルフィアで出版されている中でも全国展開している六誌のひとつで、厚手の光沢紙を使って、毎号、多くの写真を掲載している。必然的に特に急ぎの仕事では雑誌社はフリーの写真家を使う。別に問題はないが、ちょっとフィラデルフィアが多すぎやしないか。単なる偶然と何とか割り切れなくもないが、ミス・ポメロイを無視することはできない。

それに無視したくもない。彼女に対する想定外の反応は自分でも説明できないし、説明したいとも思わない。そういうのを古くから失恋の反動と言うが、身の毛がよだつ。ジェーン・グロドニックに振られた反動というわけではない、少なくとも自分ではそう思う。ジェーンとペン・マクスウェルが結婚したのは彼女と彼の意思による。おれはいままで真剣に考えようとしなかった。かつて思ったように、ジェーンがいまでもおれにとって大切であるなら、ペンに入る余地など与えなかったはずだ。実に単純な話ってわけだ。おれに何が起ころうと、失恋の反動なんかじゃない。それはあくまでも初動、正真正銘初めての行動なのだ。

興奮して起き直ったおれは、脚を勢いよく回して立ち上がった。この船に乗ったのはスチュワートを追跡するためで、それ以上いまできることはほとんどない。ミス・ポメロイと出会いはしたが、やはりできることはほとんどない。タバコを出して火をつけながら、彼女とおれは同じ銘柄が好きらしいな、と思い出してわれながら呆れた。くすんだバラ色のカーペットに向かって煙を吐く。どんなに高価なカーペットであっても船室にしては凝り過ぎている。ぐるりと室内の家具を見る。だいたいが華美なのだ。ゆったりした肘掛椅子にはシルバーを基調とした絹織物がかけられ、黒檀でできた小ぶりの書き物机と椅子は、角がゴールドで繊細に縁取られている。ドアの両側には金糸で織られた布が飾られた仰々しいパネルがある。ベッドルームは非常に考えられた内装だ。立ち上がって部屋を横切り、奥の鎧窓に取りつけられた小さな飾り板を見る。家具や調度品はすべて、ニューオリンズまでの航行距離の記録を持つ、かの有名な蒸気船グランドターク号のものを受け継いでいます、と簡潔かつ誇らしげに書かれている。この部屋がいい例だ、グランドタータク号はさぞきらびやかだったのだろう。

この寒風の中、誰かがドアを開けたかのような激しい風の音が急に廊下から聞こえてきた。続いて、音量は絞ってあるが澄んだ高らかな声が聞こえてきた。船内スピーカーからラッセルが語りかけてくる。

「ご乗船の皆様、船長主催の歓迎パーティーがダイニングサルーンで行われます。サルーンは船のセンターデッキに当たるテキサス・デッキの前方にございます。ぜひお気軽にお越しください。ルールなんて堅苦しいことは抜きです。船長が開くパーティーではこの家の、いや、この船のすべてをお楽しみいただけます。皆様どうぞお越しください」

ラッセルの声が止むと、蓄音機が鳴り出した。レコード盤の上を滑る針の音の後に演奏が聞こえると、おれは図らずも口元が緩んだ。カリオペという、蒸気オルガン独特の音で〝バッファローギャル

（フォークダンスの曲としても知られる十九世紀アメリカの人気曲）〟が奏でられている。ガキの頃はカリオペが世界で一番だった。かなり前になるが、デラウェア伝いに航行する遊覧船にはカリオペがあった。波止場に停泊して客が乗り降りする時、おれは何時間も近くをうろついて音色を楽しんだものだ。ゴム引きコートと雨避けハットに厚いゴム手袋を身に着けた赤ら顔の太った男が、黒い安葉巻を喫いながら演奏していた。音を鳴らすたびに降りかかってくる蒸気をものともせずに弾いていた男のレパートリーのひとつが〝バッファローギャル〟だった。それに〝レッドウィング〟、〝ビューティフル・オハイオ〟、〝アイム・フォーエヴァー・ブローイング・バブル〟、〝ダーダネッラ〟。あの妙な音色もいま聞くとよい兆しに思える。バスルームで髪をとかし、湿っぽいタオルで顔を拭いてジャケットのボタンを留める。それからドアを開けて船長のパーティーへ出かけた。歌詞を思い出そうとしながら鼻歌で〝バッファローギャル〟を歌った。

前方階段の磨き込まれた親柱にもたれて、ラッセルが立っていた。こちらに背を向けた小柄な白髪の男性と和やかに談笑している。ラッセルは胸ポケットに〝アシスタントパーサー〟の縫い取りのある、真鍮のボタンのついたブルーのブレザーに着替えている。

「どうも、ミスター・ワイルド」十分前まで会っていた相手にでも言うように親しみを込めてラッセルが言う。「こちらはドクター・リッグズです。おふたりは同じテーブルですから、ご挨拶されてはいかがですか」

ラッセルは小柄な白髪の男を巧みに促して、おれと対面させた。ドクター・リッグズは痩身で、軍人さながらに姿勢がよく、あごを高く上げている。おれの手をすばやくつかむと強く握った。

「ドクターはご勘弁を」耳障りなかすれ声だ。「ドクで結構。老いぼれドク・リッグズです。お会いできて嬉しいですな、ミスター・ワイルド。不快な体験から回復なさっている途中とお見受けします」

「気の利いた言い方だな」おれは笑った。

「お世辞なんておよしなさい。お見通しですよ」彼は鳥のように頭を片方に傾げ、すべてわかっているというように自信に満ちた薄いブルーの瞳でこちらを見た。体にぴったりした細かいチェックのスーツに、ちょうど瞳の色と同じブルーの色合いの、半インチほどの幅の蝶ネクタイ。アスターをボタンホールに飾っているのが実に様になっている。散歩に出る時には金の柄のついた杖を持ち、パールグレーの山高帽を被るに違いない。彼は笑みを見せた。薄い唇を横に広げるその笑い方には、おれの地元の四つ角で荒っぽい商売をしている連中のような粗暴な様子こそないものの、抜け目のなさを感じた。ドク・リッグズは手練れの香具師のように見える。服装もそれっぽいし、かさついた耳障りな口調は一マイル先まで聞こえそうだ。喉がかれるほど長年話し続けた者ならではの声だ。そのだみ声にはどこか面白みがあったので、彼に笑い返して尋ねた。

「ドク、物売りだったのかい？　それとも巡業芸人か？」

「どうお呼びになろうとご自由に」ドクが笑い声を漏らす。「訳あってあの大騒ぎからもう手を引きましたが、正直言って、グレートレークス商店が金無垢や真鍮の腕時計の販路を地方に求めている時には、いつだって声がかかりました。ベンボウで開かれる盛大なカーニバルでは、ホイール・オブ・フォーチュン（回転車輪型ギャンブル装置）をうまく操って手際よく儲ける達人として、〝スピンドル・ジャック・リッグズ〟とみなから賞賛されたもんです。それも昔の話で、いまじゃ新時代の香具師が全国に散らばっているのを、高みの見物と洒落込んでいます。ガキの頃十セントあったら三十五セントの葉巻を喫いましたね、もっともその十セントすら持ち合わせていませんでしたが。それに活動的な若い男たちが手持無沙汰でいる間に、年寄りの酔っ払いの酒をいただいて英気を養っていました。あなたはポートフォリオにハイ・リッキング・オイルやコールやコーク・アンド・コッパー社の株を持っていますか、ミスター・ワイルド？　わたしに任せてもらえば確実な利益を上げてみせます。損益はさじ加減ひとつです、請け合いますよ」

　すばやく釣り糸は垂らすが、催眠術のような独特な話し方で客に逃げる余地を与える、手練れの物売りならではの度胸のよさを見せながら、口が達者な老人が話し続ける。実に見事な話芸で、ドクが持ち株を売りに出すと言った時には、ラッセルと一緒に相好を崩した。

「ちょうど欲しいと思っていたところです」アシスタントパーサーが笑う。「どうせ買うなら……」

「若いあなたたちを見ていると、商売の引き立て役をしていた二人組を思い出しますね。テネシー州のヘイルズバーのひどい奥地で、たまたま一緒に働いていました。ここから南に行った、すぐのところです。その二人組の片方はアイルランド人のヘビー級ボクサー、ガンブリヌス・マクロスキーといい、名前からもわかるように、うまそうなビールの香りに目がありませんでした（〝ガンブリヌス〟はビールを発明したという伝説上のフランドル王の名前）。もう片方の若いボストンっ子は、クレイジー・ホース・キャボットと呼ばれていました。南北両ダコタ州で北部の平原インディアンが法と秩序に抵抗した戦いについてめっぽう詳しかったのでね。その二人組は仲間うちでは風変わりだと……」

「ドク、お話し中すみません」ラッセルが申し訳なさそうに割り込む。「ミスター・ワイルドに船長を紹介する約束をしていますし、仕事もまだ残っているので、この続きはぜひ今度お会いする時に聞かせてください」

「この続きを忘れたら、もっといい話をこしらえるまでです、ミスター・ラッセル」ドクはあくまでも機嫌がいい。「楽しかったですよ、ミスター・ワイルド。ディナーの時にまた会えますね」

ラッセルに促されて小柄で粋な香具師と渋々別れた。ドク・リッグズはおれが最近会った中ではすこぶる魅力的な人だ。

「人混みの周りを歩きましょうか」ラッセルが提案する。「ところでドクはデラックスベッドルーム六号室です。重要なお客様を全員お教えしますよ。船長が来るまでに間に合うと思います」

アシスタントパーサーに連れられて、船の幅いっぱいに広がるロビーに移る。ここにはバーがあり、おおぜいの客がたむろしている。人の群れを押し分けてダイニングサルーンへ進む。テキサス・デッキの船首部分に当たる開放的な空間だ。全面ガラス張りで夜にもかかわらずカーテンは開けられている。ときおり波の向こうに岸辺の灯りが瞬く。日中にはさぞ絶景だろう。室内にはいくつかの集団ができているが、合わせて百人足らずだろうか。ほとんどの客はドリンクを提供するカウンターのそばにいて、そのほかはサルーンの中央にある丸テーブルの周りにいる。もっとも奥の船首に近い部分には、アマチュア演劇用と思われる小さなステージ台がある。白いピアノが窓際に追いやられている。ステージ台の側面にはなじみのない緑と白の旗や国旗が飾られている。

ラッセルが囁く。「窓の外を見ているのはダンバー師とその奥方です。彼らは怪しいですか？」

いや、まったく。ダンバー師は国教会員なのだろう、聖職者カラーのシャツにグレーの色調のぶかぶかの厚手のツイードジャケットを着ている。幅広の顔で血色はいいがどこか悲しげだ。妻の言葉に頭を後ろへ傾けて笑うたび、鉄灰色のもじゃもじゃ頭が揺れる。妻は痩せて老いているが人好きのするタイプだ。暗色のシルクのドレスが骨ばった肩にぴったり合って様になっている。くたびれた顔は笑うと驚くほど快活さを見せる。

アシスタントパーサーは続ける。「前方の、ピアノに寄りかかっているのはミスター・エド・ボルティンクです。イリノイ州ゴルコンダで製造業を営んでいて、銀行家でもあります。彼が妻と呼ぶ女性もいますね。名前はベベ、なかなか魅力的な方ですよ。カミツキガメ並みに元気です。なにせまだ若いから、とご自分でおっしゃっています。ほんの五十五歳だそうですよ。でもご主人のエドは寄る年波には勝てないようですね。部屋は八号室のデラックスベッドルームです。彼の近くに行ったら腕時計を見てみてください。アイゼンハワー大統領と同じモデルですから。ぼくも長年憧れていますが腕時計に千ドルもつぎ込めません」

エド・ボルティンクはこれといった特徴のない男で、ぱっとしないスーツを着てぱっとしない顔をしている。もたれるものが必要らしく、体をピアノに預けて、手に持ったカクテルグラスをうさんくさそうに眺めながら薄い唇を引き結んでいる。

「ミスター・ボルティンクも容疑者から外そう」おれはうんざりして言った。「ほかには?」

「壁際にいるのがジョン・カールトン・バットラム夫妻、デラックスベッドルーム一号室です。ちょうどわたしの真後ろです。見えますか?」ラッセルがこちらを向いたので夫婦を確認できた。

「職業は?」

「リタイア組ですよ。だから我慢してお相手するんです。あの夫婦は疲れ切っていますよ、ミスター・ワイルド。長年余裕のない暮らしをしてきたらしく、天国に呼ばれるまで楽しもうとしているようです。もっとも、天からお呼びがかかるのも先でしょうし、楽しむのも苦手なご様子です」

背もたれのまっすぐな椅子に老夫婦が並び、かかとを揃えて両足を床につけて座っている。ふたりともピンク色のパンチの入った分厚いグラスを手に背筋を伸ばして、無意味な笑みを浮かべながら部屋をじっと見ている。その表情には不満も疑念もないが、参加意識も感じられない。どちらかが失敗したらもうひとりが後始末をして、後で反省会でもするのだろうか。彼らの声が囁くようでなくても、部屋の外に漏れることはあるまい。

「バットラム夫妻は銀行強盗なんかしないだろう」おれはつぶやいた。「そんなエネルギーはなさそうだ」

ラッセルが言う。「彼女たちがいませんね。女子大生が数人いるんです。ツーリストクラスで乗船していますが、デラックスベッドルーム三号室を使用するだけの金の余裕があります。彼女たちとは、そう会う機会はないでしょう。ああ、船長が来ますね。彼のコートを受け取らないと。ご案内は以上ですよ、ミスター・ワイルド。女子大生を除いてですけど。ずっと奥のステージの右側が船長のテーブルです。ほかの豪華なお部屋のお客様と一緒に、あのテーブルについてください。しばらくしたら女子大生たちも受付に来るかもしれません」

ラッセルは巧みに人の波を縫い、捕まったら一時間は取られるであろう、アシスタントパーサーに質問したがる客をうまくかわしてゆく。ダークブルーの制服に身を包んだ小柄できびきびした男性の後について、小さなステージに上がった。おれは壁際を慎重に進み、サービス・バーで薄いマンハッタンカクテルを取ってから船長のテーブルに向かった。

ラッセルはステージ上にひざまずき、なんらかの準備をしてから立ち上がって船長にうなずくと、すその広がったスタンドを壁から出し、船長の身長に合うようにマイクを調節して後ろへ下がった。

船長が慎重にマイクへ近づく。スイッチボタンを押し、用心深く軽く叩いて、壁に内蔵されているアンプから聞こえる耳障りな音を確認する。頭を下げてマイクに息を吹きかけると、部屋中にその音が響いた。船長がにこやかに笑う。

「皆様」船長が大声で言う。「〝ディキシー・ダンディー〟号へようこそ！　この船は皆様方のものです。わたしたちはニューオリンズへ向かっています。大いに楽しんでいただけるマルディグラとすばらしい船の旅です。わたしも含め〝ディキシー・ダンディー〟号の乗務員はみな、お客様に喜んでいただくのをモットーとしております。加えてお伝えしたい点がございます」

喝采を待っていた船長は、まばらな拍手を受けた。

「この船のルールは最低限しかございません。遠洋定期船と異なり、川船は形式を重んじる必要はないので、ドレスコードはありません。お好きな時にお好きな服装でお過ごしください。食事の時間帯が定められているのは、美味なる料理を最高の状態でお召し上がりいただきたいからです。サンデッキとキャビンデッキには軽食堂がございます。何か飲みたい時のためにエントランスホール入口には充実したバースタンドがあります。船内はすべてお客様に開放されていますので、お好きな場所にどうぞ。機関室でも操舵室でも、どこへでも。体を動かしたい方にはデッキでスポーツ大会がお勧めです。アシスタントパーサーのラッセルが……どこにいるかな、ラッセル？」

ラッセルが前に歩み出ると、船長に促されて先ほどより早く拍手が起こった。と、おれは肘を軽く叩かれたので視線を下げるとドクター・リッグズの薄いブルーの瞳と目が合った。

「船長は少し陳腐ですな？」ドクがぼやく。「プロの大道商人からレクチャーを受けたほうがいい」

彼は一口カクテルを飲み、その味に口元をゆがめると、グラスを簡易テーブルに置き捨てた。

船長の話はその後も続き、ディナー前に楽しめるスポーツ、バーでのブリッジ・トーナメントやレース形式のギャンブル、食後のダンスタイム、今後の着岸予定地について説明し、この若いラッセルに何でもお任せください、と折に触れて言った。船長は苦労をしょい込むつもりなど、さらさらないらしい。

話の最後のほうでは勢いもなくなった。引き継いだラッセルが、試合や興味あるアトラクションへの参加を希望する方は、早めに登録してくださいと説明した。その間、ブルー・ブレザーを着た四人の男性がにわかにステージへ上がり、ケースから楽器を取り出してピアノの周りに集まった。ラッセルがステージを下りると、男性たちはリズムを合わせて例のグレン・ミラーが編曲した〝サマータイム〟を演奏し始めた。その静かで美しい調べはダンスにうってつけで、二コーラス目には小さなダンスフロアで六組ほどのカップルが踊っていた。おれはドクのグラスの隣にグラスを置き、張り出し窓のそばの、船長の座る上座のテーブルへドクと向かった。

そのテーブルの奥の席には、青白いミスター・ボルティンクが座っている。彼の耳に甲高い声でまくし立てているのは、しわの刻まれた顔に干からびた藁のように張りがなくごわついたブロンドの髪の大柄な女性だ。おそらくラッセルが言っていた女房だろう。ボルティンクはうなずいて身を乗り出しながら、片腕を大きく振って乗務員を呼ぼうとしている。おれはテーブルを回り、ダンバー師と夫人のほうにやや身を乗り出して話しかけている船長の横を通り過ぎた。このディキシー・ダンディー号内で礼拝が行われない理由を無理やり聞かされている、もの悲しげなダンバー師は、興味がなさそうな表情を浮かべつつも我慢強く話を聞いている。

テーブルの奥に広がる窓の下の腰掛のそばでおれは足を止め、ガラス窓に寄りかかった。背筋に鋭い冷気を感じる。初対面同士の集まりによくあるように、不安から、そして真に友好的でありたいという願望から、サルーンはにぎわいを増していた。ラッセルはふたりの乗務員と共にテーブルについて、シャッフルボード（長い棒を用いて点数のついた盤上に円盤を押し出して競う遊戯）やデッキテニス（テニスやバドミントンに類似した遊び）、ブリッジ競技の参加受付で忙しそうだ。おれは広い室内の全員を落ち着いて観察するため、部屋を四つに区切ることにした。後頭部をちらっと見たところではスチュワートかどうかわからない。そもそも奴をろくに知らないのだ。だが手がかりが見つかる予感はある。背を向けている間にスチュワートが入ってきたら、気づくと思う。どういうわけかわかるはずだ。そう考えていたら肩の痛みがぶり返し、数分後には頭まで響くほど痛みが増した。おれは人込みをゆっくり観察した。

「あなたの階級はなんですか、ワイルド？」ドク・リッグズが静かに尋ねる。

隣にドクがいるのをすっかり忘れていた。窓下の腰掛にちょこんと座る、こざっぱりした男に目を落とす。「なんだって？」

ドクは薄い唇をすぼめ、抜け目なさそうに、こちらへ頭を傾げた。

「あなたの歳なら警部補でしょう。ひとりで嗅ぎまわっているところをみると刑事部かな。それとも頼もしきわれらがＦＢＩですか？」

ドクは意地の悪い笑顔を見せると、きつく結んであるシルクの蝶ネクタイを軽く叩きながら引っ張った。

「東西はグリニッチからゴールデンゲートまで」彼が囁く。「南北はキーウェストからカムチャツカまで。誠実さや節制度合いまで、実に多種多様な連中ですよ。わたしらのような庶民は、サツの臭いにピンと来るもんです。本当は臭いなんかないだろうけど、ウサギがオオカミに感づくように、警察がいるなって気づきます。なんだか似てるんですね」

ドクが軽く鼻にかかった声でひそひそと話してくるのを聞き流す。おれも見るからにサツなのかもしれない、と苦々しく思った。ラッセルから聞いたのだろうか？　それとも当てずっぽうか？

「休暇で来てるのさ、ドク」なるべくさりげなく言った。

ドクが切り返す。「上等ですよ、お若いの。鉱山はへたに探るべからずってね」彼は右手を上へ突き出し、おれの三八リボルバーをポンと軽く叩いた。「背中を見ればわかってしまいます。胸のベルトがひだになるから。それに左腕を少し後ろに引いている」

おれは前に進んで奴の隣に座った。「何が言いたいんだ、ドク？」もうさりげなさを装う気はしなかった。

「老いぼれ悪党の覗き見趣味ですよ」彼が即答する。「砂漠で喉の渇きに苦しむ男が水を探しているかのように、船内のお上りさんたちをじっくり観察していらしたんでね。あの目的意識のある表情でわかりました」彼はすばやく室内を見回すと薄いゴールドのタバコケースを出して勧め、唐突に言った。「助けはいりませんか？」

おれはタバコをもらいジッポライターをつけて、問いの答えとして首を横に振った。

ドクはかすかに肩をすくめ、おれのライターの火でタバコをつけると、深く座り直した。細い脚を上品に組んで片足を揺らす。少年のような小さな足に、つま先が丸みを帯びた靴を履いている。とても柔らかい革でできていて、手袋のようにひだが寄っている。「警察の捜査を手伝うなんて、またとない体験になると思ったのでね。もっとも、追うより逃げる専門ですがね。まあ、楽しかろうと思って。でも……」ドクはすばやくおれを見上げた。「どう見てもあなたは犯人捜しには向かないコンディションですな」

「休暇に向いているんだよ、ドク」おれはあくまで白を切った。

「そうでしょうとも。さあ、ちょっとテーブルに近づいて船長に紹介してもらおうじゃありませんか。それとも、ここにいたまま、だんだん険悪になっていくのですか？」

ドクの視線の先を辿ると、テーブルの向こうからラッセルが合図してくれていた。

「『長』のつく人と会うのは初めてだ」おれは深く考えずに口にした。

「どんな『長』にも？」ドクは舌先で頬を内側から押して奇妙に膨らませながら言った。

「どんな『長』もだ。さあ行こう」

ちょうどラッセルは紹介を終えようとしており、ドクとおれがそのテーブルの最後の客だった。

「ミスター・リッグズとミスター・ワイルドです」ラッセルが船長に紹介する。「こちらがジェリコー船長です」

握手し続けていたからだろう、船長の手は生温かく湿っていた。強い力で握ってくるが感触は柔らかい。「ようこそ。歓迎します」いかにも出迎えの挨拶といった声が轟く。

おれはテーブルに目をやった。ミス・ポメロイが近くにいるはずだが場所がはっきりしない。視線を感じてそちらを見ると、彼女と目が合った。背筋を伸ばして座っていて、その美しい瞳には困惑が見て取れた。おれが喉に塊を感じたその時、船長が物わかりのよさを示すように、誇らしげに話すのが聞こえた。

「……にわか探偵ラッセルに聞きましたが、乗船している銀行強盗を捕まえようとしているとか、ミスター・ワイルド？」

おれは船長をただ見つめた。返す言葉がない。船長の背後にいるラッセルの悲嘆に暮れた顔を目にして、心の中で強く毒づいた。

第九章

部屋へ戻ったのは午後一〇時過ぎだった。乱暴にドアを閉め、大きな椅子に座り込む。もう好きなだけ悪態をつける。激しい怒りが身体を突き抜けて顔を紅潮させ、こめかみから首、そして背筋へと冷や汗が流れる。船長の幅広の血色のよい間抜け面に見立てて、椅子の詰め物を殴りつける。

ドク・リッグズは船長の発言をはぐらかそうと、ノミのサーカスを立ち上げ一旗揚げようとしたふわふわフルトン《フライアウェイ》の顚末に話をすり替えてくれた。フルトンが身を固めるために選んだドリー・ドラジェクネヒトという女性の父親は、テキサスリーグに属する草野球チームを運営していたそうで、グラウンドとして使用していた空き地で油田が見つかり、最終的にフルトンは富を得たらしい。面白い話だったので、ときどき笑ってやった。だがその間テーブルについている人々は、怖いものでも見るような目をおれに向けていた。例外はミス・ポメロイだけだ。

ディナーは長々と続いた。ラッセルは船長の発言を取り繕おうとしていたが、修復不可能だった。おれの刺激的な商売に言及しないものの、その反動でやけに反応が大げさだ。すっかりレッテルをつけられておれはすぐさま退散した。いまごろ意見が飛び交っているはずだ。船長のテーブルの面々では話が落ち着くことはあるまい。

ラッセルとドク・リッグズはさも案ずるようにおれの部屋まで一緒に来てくれたが、そもそもドクは早くからおれの職業について指摘していた。ラッセルは船長の失態をかばおうとして、スチュワートが予約チケットを受け取らなかったので、船長は船上捜査が打ち切りになったと思い込んだのだと釈明していた。その後、船長も事情を把握したようなので少しはましだが。おれは気持ちを落ち着かせようとした。ディナーを通して何とか平常心を保って会話をしたが、それはあくまで表面的なもので、やりきれない怒りは消えそうになかった。

椅子に座って悪態をついてから、すぐさま立ち上がり、窓とドアの間を神経質に行き来する。過度の緊張で座っていられなかった。だが歩いているうちに気が休まってきた。おれはもうすっかり運が尽きた、ことごとく裏目に出ている。ときたま陥る状態だが、こうなったら後は乗り切るしかない。負けが込んだばくち打ちと一緒だ。

そもそも最初からすべてが思惑から外れている。スチュワートがエレベーターの緊急避難口に目をつけて単独で強盗をやらかしたのが不運だ。ちょうどおれの有能さを認められた頃に、強盗事件のせいで無能さを露呈したのも不運だった。ろくに銃の訓練もしていない臆病なガキに撃たれて傷を負ったのも不運だ。そのせいで事務所がおそらく傾くのも不運だ。そして何より不運なのは——捜査がばれたことだ。おれが乗船している理由をみなが知ってしまった。幸運にもスチュワートがディキシー・ダンディー号に乗っていたとしても、難なくおれを避けられるし、いつでも逃げられる。希少なチャンスはもはや消え失せ、双頭のヤギでも見るような眼差しを向けられて、おれは下流へ向かうレトロな川船に乗っているというわけだ。

自分なりに憂さを晴らしながら部屋を歩き続けた。荷物台に二度ほど足をぶつけて立ち止まる。おれは目測を取った上で、大きなスーツケースを四フィートほど蹴とばした。衣類が床に散らばりはしたが、ずいぶんと気が晴れた。落ちた衣類をすくい上げて、たんすの引き出しに突っ込む。スーツを拾い上げ、ベッドの下にバッグをしまってから立ち上がった。窓の外から悲しげな警笛が聞こえる。川船に乗るのは生まれて初めてだ。何か収穫があるかもしれない。もっとも休暇のほかに得るものなどないだろうが。オーバーコートを手に部屋を出て、風が強いデッキへ向かった。先に見える二本の煙突から吐き出される煙の生温かさや臭いがかすかに感じられる。屋外ゲームのエリアを定める白線で変則的に区切られてはいるが、弱い月の光の下、デッキは艶やかに輝いている。船首の丸い突端のほうまで歩いて立ち止まり、手すりを握りながら、ほてった顔を打ちつける冷たい風や、周囲の湿気を感じた。強風に凍えてコートの襟を掻き合わせ、来た道を戻る。

テキサス・デッキなら風をもっと避けられるのではないか。最初の階段を下りると、そこはサンデッキの階になっていて風が吹き込まなかった。温かくはないが、刺すような風からは逃れられる。吊り柱のしなりに合わせてかすかに鈍い音を立てる救命ボートの物陰で、風を避けられるありがたさを感じながらしばらく佇む。タバコの火をつけてから今度は船尾へ向かった。船の中ほどまで行くと、大きな船尾外輪のリズミカルなエンジン音が聞こえてきた。滑らかで眠りを誘うような音で、緩く静かな振動だった。これほどのんびりしたペースで目的地まで旅するなんて、信じられないくらいだ。

デッキにはあまり人気はなかったが、数人が風に立ち向かっていた。月光の下、溶解した銀のように激しく乱れる航跡を見ようと、客があちらこちらで手すりにつかまって身を乗り出し、船尾へ首を伸ばしている。おれはひとりで歩いているダンバー師の横を通り過ぎた。ちょうど船窓からの光がデッキを照らしている辺りだったので、気づかないふりもできなかった。

光を背にした彼のシルエットは大きくてがっしりしている。聖職者カラーがかすかに輝く。いつも彼の顔が悲しみをたたえているように、その声も悲しみを帯びていた。

「散歩にはいい宵ですね、ミスター・ワイルド」

「まったくだ。きりっと寒くて」

「ほお」彼があいまいにつぶやく。川を背に両手で手すりを握って、ややもたれるようにしており、幅広帽からはみ出た白髪は風で乱れるがままだ。「水しぶきがかかると思っていましたが、勘違いでした。しぶきを起こすほどには川に波は立たないというのが常識なのに」悲しい口調だ。

「外輪から後ろへ流れてしまうんじゃないかな」

「ええ、そうでしょう。でもそれも妙に思えます。想像と現実はかけはなれているものですね」そこでため息をついたようだ。「予想するというのは良いことだと思います。たいていは落胆しますが、時には現実になりますから」

おれは適当に相槌を打ちながら、彼の肩越しに見える川岸の、銀色の影となって連なる木立に目をやった。老人はとても孤独で話し相手を求めている。少し気落ちしているようだ。

おれは話しかけた。「ガキの頃ナイアガラの滝を見にいったんだ。その前から映像では散々見ていた。ニュース映画では下から映して滝が何マイルもの高さに見えるようにしてた。いざセメント造りの展望台から見下ろすと単なる滝に過ぎなかった。ひどく落胆したのを覚えている。色彩鮮やかなライトに照らされていて、いくらかましだったが。それから下の狭い通路まで降りていって滝を見上げたら、なるほど充分に大きかった。でも上から見た時の貧弱さは忘れられない」

ダンバー師は嬉しそうに低い笑い声を響かせた。「見る地点によってとらえ方が決まるということですね？　わたしが悲観主義だと鋭く批判してらっしゃる」

「そんなつもりはないよ、牧師さん」

「ええ、そうでしょう。追及する前に罪の意識など消えてしまいますからね？　でも批判であってもなくても、人には見ようとするものしか見えないものです、それは覚えておくといいですよ。憎悪に満ちた人間は愉快なことなど見つけません」年老いた聖職者は、浅く息を吸って身震いした。「もう寒さに耐えられそうにありません。今夜はもう失礼しますよ、ミスター・ワイルド」

「おれはもう少しいる。おやすみ」

彼が形ばかりに片手を上げたその動きに、ミサの時の祝福のしぐさを思い起した。牧師はおれの前を通ると、廊下へ通じるドアに向かって歩いていく。その慎重そうな重い足取りを見守りながら、彼はどんな塞ぎの虫に取りつかれているのだろう、と思った。どの辺りを病んでいるのか。

その後おれは改めて船尾へ向かった。気まぐれな突風でコートの後ろ裾が翻る。帽子を被ってくればよかった。肩を上げて耳元まで襟を立て、右手をポケットに突っ込む。さっきまで気が急いて速足だったのに、いまは緩慢とした歩きになっている。出入口へ目を配り続けた。もう寒さは充分に味わった。

手すりの先は開けた区画になっていて、ちょうど外輪の真上だった。ときおりデッキに水しぶきが降り込む。川船で外洋並みの波しぶきを期待していたダンバー師を思い出した。外輪がよく見られるかと思って手すりに近づいた。すると彼女がいた。中央の船室区域の陰になっているおかげで、風が直接当たらない所に立っている。冷たい鉄製の手すりを両手で握っていた。白い毛皮の縁のついた革手袋をしている。毛皮のついたコートの襟がかすかな灯りできらめく。薄いシルクのスカーフの結び目が緩んで端がかすかにはためく。デッキの上で足音が大きく響くのを嘆きながら、おれは近づいていった。だが彼女は振り返らない。

「あいにくの出だしだった」静かに話しかける。

彼女が肩越しに振り返る。あごと喉の見事な輪郭がかろうじて見える。

「あら」彼女がつぶやく。「あなたね」

「あんな出だしですまなかった」

ミス・ポメロイは挑むようにあごをさらに上げた。「あんな出だしって……」言い淀んで口を閉ざした。強気に出ていた勢いが弱まる。

「唐突だったし、少し間抜けだった。おれだって心外だったんだ。とにかく仕切り直そうぜ」

足元では外輪が漆黒の水を大量にすくい上げて、外側に乳白色の泡を噴き上げている。闇に目が慣れて彼女の姿がとらえやすくなった。靄の中で撮られたポートレートのように輪郭がぼやけているおかげで、おれの喉も、さほど詰まらない。それでも声はいくらか緊張しているが、信頼や疑いや期待がないまぜになって、夜の湿っぽい冷気にさらされていれば、そうなるものだ。

「勘弁してよ」彼女は囁き、しばらく間を置いて言った。「そんな芝居がかった口説き文句」その声はこわばっていた。

ミス・ポメロイはやや前のめりのまま、ゆっくり背中をまっすぐにすると、手すりを握った腕を伸ばしてから手を放し、こちらを向いた。

真正面だと、おれの目線がちょうど彼女のつややかな髪の高さになる。ミス・ポメロイは両手でこめかみの髪を撫でつけて、おれの目を覗き込んだ。体温で立ち上る香水の匂いがかすかに感じられる。

「おれは……」声がくぐもる。「できれば……」

彼女はくるりと体の向きを変えた。やけに大きな足取りでデッキを歩いて中央寄りのキャビンを回って見えなくなったかと思うと、速かった足音がゆっくりになって止まった。引き返してくるのかと一瞬、思ったが、ドアが開いて光がデッキに広がり、かちりと音を立ててドアが閉まった。それきりだった。

おれは呆然と立ち尽くしていた。船は進み、月は動き、背後では乗客がデッキを行き来している。風の冷たさが身に染みていたが、顔の感覚がなくなるまでそのままでいた。また歩き出し、外階段を上がって自分の部屋に戻る。室内は出た時と違っていた。

スーツケースはベッドの下から引き出されていた。クロゼットに掛けてあったスーツがぐしゃぐしゃにバッグの中に詰められている。入りきらずにはみ出た袖にピンで留めてある長方形の紙を、おれは力任せに引っ張った。

乗船した時にラッセルがパンフレットの束をくれたのを思い出した。これはそのうちのひとつだ。光沢のある紙にディキシー・ダンディー号の旅程が一覧になって載っている。二番目の項目が太い黒のクレヨンで丸く囲まれていた。

日曜日——一九五三年二月八日。早朝ケンタッキー州ルイビル着。午前一〇時出航。郵便、電報停止。ルイビル出発後、オハイオ州の滝を回りポートランドの運河と閘門を通過して下流へ。オックスボー・ベンド通過は午後四時ごろ

丸囲みの下に同じく黒いクレヨンで、ブロック体の殴り書きがある。「降りろ」

全体にゆっくり目を通してからパンフレットをベッドの上に置き、コートを急いで脱いだ。ヒーターのそばにしばらくじっとして体が温まるまで待った。われ知らず、歯を見せて笑っていた。

おれに船から降りろと言っている奴がいる。上等じゃないか。船長がおれの名前や職業、乗船している理由をみなに知らせたその後、何者かがおれに下船を迫っている。つまりそいつは何かを恐れている。そしてその人物が恐れているのはスチュワート絡みである可能性が高い。一時間前にはディキシー・ダンディー号を降りることに何の未練もなかった——とにかくスチュワートに関しては。それがいまは、実に興味をそそられる形で船旅を続けるよう促されている。

思わず口笛を吹きながら服を脱ぎ、ベッドに潜り込んだ。

第十章

　真っ暗なうちに不意に目が覚めた。ベッドに横たわったまま気を引き締める。どこかいままでと違うが、それが何かわからない。寝返りを打ってまた眠ろうとした。ずっと続いていたかすかな振動が止んでいる。ディキシー・ダンディー号がルイビルの波止場に着いたのだ。

　街自体に興味はない。ケンタッキー・ダービーが開催され、フォートノックスには金塊貯蔵所がある。そのほかは？　確かいいホテルがあったはずだ。そのくらいか。ベッドの中で笑み崩れてすっかり緊張を解く。ここは何者かが降りろと忠告した場所だ。伝言が残され、雑に荷造りされていた。今日の午前一〇時前に陸へ上がるおれを何者かが待っている。今朝は寒風が強く吹いていればいい。おれは寝た。

　再び目を覚ました時、何か楽しい夢を見ていたようでおれは笑っていた。はっきり覚えていないが、いい夢だったのは確かだ。誰かがドアを叩いている。少年がよくしなる枝を杭垣に当てて全速力で走り抜ける時のような、カタカタという音がする。ドアの羽板を何者かが爪で引っ掻いているのだ。

「ミスター・ワイルド」声が聞こえる。「起きてますか？」

　おれは不明瞭につぶやき、左腕と肩を覆うギプスをかばいながらベッドから起きた。ドア口に行って錠を開ける。

ラッセルがすばやく入ってきてドアを閉めた。変装のつもりか海軍士官のブリッジコートを着ていて、強風のせいで顔がひどく上気している。おれはベッドに戻って座り、毛布を肩に掛けた。

「何かあったのか？　いま何時だ？」

「七時半です。異常なしです」ラッセルが即答する。「シフトでずっと勤務しています。あなた宛てに電報が届いたので、出航する前に返事をお出しになりたいのではないかと思って」

彼が電報の黄色い封筒をベッドの上で滑らせる。おれは手に取り、封筒の端を歯で嚙みちぎった。中にはこうあった。

ケンタッキー州ルイビル停泊
デルタライン社
ディキシー・ダンディー号乗船
カーニー・ワイルド宛て

スチュワートの交際相手、金曜日夜逃亡。痕跡無し。メアリー・マクヴィッカー、二十五歳、身長五フィート六インチ、体重百二十ポンド、髪ライトブラウン、瞳グレー。月曜日指名手配発令。イーライより幸運を祈るとの伝言

署名にはグロドニックとあり、土曜日の夜半にフィラデルフィアから送られている。スチュワートの女が外出から戻ってこないと確認して送ったのだろう。おれは電報を畳んでパジャマのポケットに

しまった。

メアリー・マクヴィッカーの指名手配発令を月曜日までグロドニック警部は待つ予定でいる。それはもっともだ。女が単に週末を楽しんでいるなら月曜までに戻ってくるからだ。警部の判断が裏目に出ることはほとんどないが、稀にあった。警察だって日常業務にそう優秀な人材を使っているわけではない。できの悪い奴はどんなに簡単な仕事でもへまをする。

ラッセルが言う。「あなたの朝食を持ってくるよう、乗務員に指示しました。自分用にもコーヒーを淹れていいですか。グルニエから別の仕事も頼まれてしまって、気の休まる暇がないんです」

「へえ」おれは聞き流した。

「電報の返事を出しますか？」

答えようとすると、ドアの羽板を爪で引っ搔く音がしてラッセルがドアを開けた。乗務員がワゴンを押して入ってくる。ラッセルはワゴンが通り過ぎる時に伝票を取り、畳んでポケットにしまい込むと、手を振って乗務員に出てゆくよう促した。

「ベーコンにスクランブルエッグ、トースト、コーヒー、その他もろもろです」ラッセルが陽気に言う。「ここの料理は絶品なんですよ、船長の受け売りですが」

ラッセルは温かな皿の蓋を取り、縁にフォークを添えておれの膝の上に置き、ワゴンラックから焼きたてのトーストを取って手渡してくれた。それから自分用にコーヒーを淹れて大きな椅子に深く座り、おれが朝食を取るのを見ていた。料理はうまい。昨晩のディナーもおそらくうまかったんだろう、何も記憶にないが。

食べ終わると、ラッセルは皿を片づけ、おれにコーヒーを淹れてくれて、自分用にも淹れるとベッドの足元に腰かけた。

「電報は機密事項ですか？」

おれは首を横に振った。「スチュワートの交際相手が金曜の晩から姿を消している。関連性はいまのところはっきりしない。おれのかわりに受取確認を送ってくれるか？」

「もちろんですとも。宛名は？」

「フィラデルフィア警察署殺人課、グロドニック警部。『確かに受け取った。感謝する』と」

「それだけですか？」

「それで充分だ」息を吹きかけて熱いコーヒーを冷ましながらおれは言った。「それで気が済まないなら、おかげで愉快な思いをしている、と付け加えてくれ」

「そんな嫌味を言わないでくださいよ。仕方なかったんですから」

ラッセルを見ながらコーヒーを一口飲み、もう少しで唇の皮がはがれそうになる。「どうした？」

アシスタントパーサーは顔を上気させ、コーヒーを飲み干してカップを置いた。「船長の昨晩の発言がわたしのせいだと思っていらっしゃるのでしょうね」

「いままで忘れていたよ。それにしてもこんなに熱いコーヒーがよく飲めるものだな？」

ラッセルがにっこり笑う。「なにしろ川船のパーサーですから、この体の半分はウマ、後の半分はワニでできているんですよ。喉は丈夫で胃は銅でメッキされています。体型維持に電池酸（軍の俗語でコーヒーを指す）をごくりです」

「ドク・リッグズさながらだな」おれはぼやきながら慎重にコーヒーを飲んだ。

「そういえばドクから、あなたによろしく伝えてくれと伝言を預かりました。今朝の体調がよければ一緒に陸に上がって一杯やりませんか、とのお誘いでした。ドクはデッキをうろついては面倒を起こしてますよ、船の至るところで」

「あいにくだが遠慮すると伝えてくれ」おれは改まった口調で言った。あの老いぼれ香具師は何だってそう早起きなんだ。おれが下船するのを見たいのか？

「了解しました。さて、そろそろ任務に戻ります。郵便物を積み込む時に、先ほどの電報を出しておきますね」

おれが朝食の礼を言うとラッセルは立ち上がった。「ほかに何か御用はありますか？」

「そうだな」おれは頭を巡らせた。「シャツの左袖を切り開いてくれないか」あごでギプスを示す。「このままじゃ着られないんだ」

ラッセルは半開きの引き出しから白いシャツを出して広げると、朝食トレイからナイフを取って縫い目をほどき始め、肩まで広げてくれた。「ほかのシャツもしますか？」

「頼む」

「ネクタイはどうします？　結べますか？」

「この体の半分はウマ、後の半分はワニでできているんでね」おれは歯を見せて笑った。「片端を嚙めば訳ないさ」

「それなら安心して、わたしは失礼します」

「ああ。来てくれて助かった」

ラッセルはドアの錠を開けて廊下に出ると、慎重にドアを閉めた。おれはカップをトレイに置いてコーヒーのお代わりを注ぎ、どさりと腰を下ろした。

電報をまた引っ張り出して内容をゆっくり読む。うんざりしてきて、黄色い電報用紙を丸めて部屋の反対側へ放り投げた。冷え切っている部屋の中で立ち上がる。髭を剃ろうとバスルームへ行った。

水を含ませたスポンジで体を拭き、なるべく左手を伸ばさないようにしながら顔の皮膚が張るようにして、何度も口を歪めながら髭を剃った。三か所にかすかな切り傷ができたが、ローションをつけたらすぐに血は止まった。それまでに十五分かかり、服を着てネクタイを何とか締めるのに十五分かかった。言うは易く行うは難しだったが、とにかく身支度が整った。

ベッドに座って冷えたコーヒーを飲むと少し酸味を感じた。それともおれの口の中に苦さが残っているのか。

しばらくタバコをくゆらせながら、喫い終わったら出かけようと自分に言い聞かせる。事態が悪化しかねないから、これ以上遅刻はできない。もっとも悪化するとしたら、ではあるが。任務遂行が大事だと重々承知している。訊き込みをして情報を得なければ。だが、情報を得たところで違いがあるか、とも思う。どっちにせよ、ぞっとしない。吸い殻をコーヒーカップに捨て、すぐに部屋を出た。

と、引き返して丸めた電報を拾ってから速足で廊下を進んで階段を下り、ミス・ポメロイの部屋へ向かった。ためらいはない。一分も立ち止まったら、電報を忘れていたかもしれなかった。ドアをノックしてから、ラッセルを真似て羽板を爪で引っ掻いた。

ミス・ポメロイは起きていた。ドアの向こうで気配がして、誰かと尋ねられたが、おれは答えずにドアをまた弾いた。彼女はドアを開けると、立ったまま、ためらっていた。艶やかな髪が絹糸のように肩にかかっている。髪の色とよく似た、薄い色合いのしなやかなカシミヤのナイトガウンを羽織っていた。

おれは切り出した「早くに悪いが……」。

「いつも朝は早いのよ。それで、何かしら?」彼女の瞳は昨夜より大きく見える。さらに丸く輝き、陰影を伴って暗く感じられた。

「中へ入らせてくれないか。これを見せたいんだ」おれは電報を差し出して部屋へ入った。

「話が見えないわ」ポメロイがゆっくり言い、くしゃくしゃの用紙を広げる。

おれはゆっくりドアを閉め、そこに寄りかかった。「とにかく目を通して、おれの質問に答えてくれ」だみ声になった。

彼女は一度読み、一瞬こちらに顔をしかめてみせ、再び読んで用紙を差し出した。「これが何か?」それを持つ手がこわばったかと思うと、拳を握りしめ用紙を硬く丸めた。「この人物がわたしだと?あなたの推理ではわたしが……」

「メアリー・マクヴィッカー」おれは喉の詰まりを感じながら何とか言葉を絞り出した。「スチュワートの交際相手だ。多少条件は合わないが警察にだって抜かりはある。多少の違いは生じるものだ。対象の女は金曜日の夜にフィラデルフィアで姿を消した」

「そしてわたしは土曜日の朝に出た。少なくとも本人はそう言っている」

「そうだ。だから話を訊かなきゃならない」

ミス・ポメロイはぎこちない動きでおれから離れてベッドのそばに行くと、勢いよく腰を下ろした。

「まさかあなた本気で……」

「本気も何も」おれは割り込んだ。「そもそも判断する立場にない、確かめる必要があるだけだ」

彼女の顔から当惑の表情が消えてゆく。再び立ち上がった時には微笑めいたものを浮かべていた。

「それで、わたしがその人物なら？」

「どうかな」おれはぶっきらぼうに言った。「わからない。なんて言ったらいいんだ。まずいのは確かだ、だろ？」

ミス・ポメロイはうなずいて今度は微笑んだ。頭を少し振って薄い色の髪を肩にかける。「この色はライトブラウンね。でも瞳はグレーじゃなくてブラウンよ」静かに続ける。「それに二十五歳と思ってくれて嬉しいけど、わたしはあいにく四歳ほど年上よ。まあ、悪い気はしないわね」

「そうか」間抜けな返事だ。彼女を見つめて必死で頭を巡らせる。「それならそれでいい」

「そろそろ出てったほうがよさそうね」彼女が囁くように言う。

おれはドアの前に行って掛け金をもてあそび、ノブを回そうとしてから止めた。

「おれはとんでもないばかだ」だみ声で言う。「いつだって間抜けで日の目を見ない。でも怖かったんだ。わかってくれるか？　怖かったんだ、きみが……」

「そうね……わかるわ……」彼女は喉が詰まって言葉が途切れた。

おれは掛け金を元の位置に戻した。振り返るとそこには彼女がいた。温かく淡く、室内履きのせいだろうか、いつもより小さく感じる。信じがたいほど親しげな温もりがそこにはあった。

第十一章

テキサス・デッキの手すり越しにタラップを見下ろしていた時にも、おれはまだ少しぼうっとしていた。船着き場には優しい風が吹き、川は濃霧の銀色の毛布にすっぽり覆われていて、それが心地よく感じられる。深く息を吸って吐いた。いったいおれはどうしてしまったんだろう。

こうなるまでに三十三年かかったのか。三十三年とたくさんの試行錯誤。いざとなると予想とはまったく違う。現実には五フィート九インチのミス・ポメロイという女性がいる。まさに理想的で、少しも……。

「気持ちのよい朝ですな、ミスター・ワイルド。日の出を見ればよかったのに。感動しましたよ」

肩越しに振り返り、ドク・リッグズに軽く微笑みかける。その先に血色の悪いミスター・ボルティンクがいたので、会釈を交わした。

「街の近くは汚れていますな」ミスター・ボルティンクが穏やかに口を挟む。「また出発したらせいせいするでしょうね」

「鉄道の発達で川沿いの街は劇的に変わりましたよ」ドクは手すりに両肘で寄りかかり、腹の辺りで両手を組んでいる。「ルイビルや他の街が船で生計を立てていた頃は、さぞにぎやかだったに違いない。ここは十時間にわたってマイク・フィンク（西部開拓時代の豪胆不敵な英雄）が街の悪《ザ・バリー・オブ・ザ・タウン》たちと戦った街です。勝負が着いた時、連中は船業界から手を引きました。あいつは片目をなくさなければよかったんだろうな。でもバリーにチャンスが来る前にマイクは両耳を嚙み切ってしまって……」

ミスター・ボルティンクは神経質そうに身震いして、両耳に触れるほど肩をすぼめた。「恐ろしい人物を知ってますね、ミスター・リッグズ」気弱に微笑む。

「ぜひお近づきになりたかったもんです」ドクは陽気だ。「もっともマイク・フィンクは十九世紀の人物ですがね。一八二二年にイエローストーンで運が尽きました。最期まで船乗りでしたが、その頃にはだいぶ気難しくなっていた」

客寄せ口上を聞いているようで、おれは笑った。「どうしてわかる?」

ドクが静かに笑う。「マイクはテッド・カーペンターという人物と、よく酒場でゲームをしていました。コインを投げて負けたほうはウイスキーの入った銅のカップを頭にのせ、勝ったほうが撃ち落とすというものです。ある日マイクはテッドと喧嘩になり、狙うのはカップだということを忘れてしまってテッドの眉間に弾を命中させました。人殺しと呼ぶ者はひとりもいませんでしたが、テッドの仲間はとにかくマイクの首根っこをつかまえようと必死でした。その頃マイクは腹の出た五十男だったので、逃げきれずに捕まりました。でもマイクは決して意地の悪い男じゃなかった。プラグ大佐（オハイオ川の河口近くの沼地で活躍した伝説の海賊）やジム・ガティー（先住民ショーニー族につかまり、のちに通訳者・商人として活躍した）、サミュエル・メイソン（1739—1803）バージニアの民兵隊長）、ハープス（南部で活躍した海賊）とは比べ物にならない。マイクはやんちゃな子供、勇猛果敢な野獣でした。女房を生きたまま焼いたという噂を、わたしは信じちゃいませんし……」

「あの」ミスター・ボルティンクが割り込む。「水を差すつもりはありませんが、わたしは朝食がこれからでして。すみませんが……」

「結局、暴力なんです」ドクは悲しげに首を横に振った。「アメリカの偉人伝の根幹には暴力がある。ひどい話です。善良な人物の話などめったにない。あったとしてもリンカーン大統領以外は怪しいもんです」

「ジョニー・アップルシード（〔1774－1845〕米国の開拓者。リンゴの種子や苗木を辺境に配って歩いたという）という奴がいたんじゃなかったか」おれは船室の貯蔵庫に通じるドアを見ながらつぶやいた。

ドクが渋々口を開く。「ああ、確かに。変わり者ですよ。頭に銅鍋を載せて歩き回っていたから周囲は危険人物とは思わず気にかけなかったし、先住民は奴がイカれてると決め込んでかかわり合いにならなかった。それも仕方ないでしょう。ジョニーはあなたの側ですね、でも他に誰がいます？」

「そうですねぇ」ミスター・ボルティンクが言う。「リーマスじいや（民話研究者J・C・ハリス〔1848－1908〕によって編集されたブラックアメリカン民話集の語り手）というのが、いませんでしたか？」

「あれは空想の人物ですよ」ドクが異議を唱える。「全部偽物。わたしは偉人の話をしてるんです。スタカリー（アメリカ民話で歌われる）とかペコス・ビル（伝説上のカウボーイ）、サム・バス（インディアナ州出身の西部開拓時代の列車強盗で名高い強盗団首領）やデヴィー・クロケット（軍人、政治家。テキサス独立を支持し、アラモの戦いで戦死）、ジョー・マガラック（ペンシルベニア州ピッツバーグの伝説的鉄鋼労働者）みたいな。偉人伝ってのは国民的英雄が元になってるもんです」

「初めて聞く名もありますね」ミスター・ボルティンクが言う。

「口から出まかせだろう」おれはドクに目配せした。「後に引けなくなってるんだ」

ドクが鼻を鳴らす。「実在の人物ですとも。荒くれ者たちのヒーローですよ。無法者もいますし、ジョン・ヘンリー（アフリカ系アメリカ人の庶民の英雄）のような労働者だって、みな乱暴者です。有名な歌にもあるでしょう、身の毛のよだつような死、バケツいっぱいの血、永久に悲観する乙女」ドクはあごをぐいっと上げ、鼻にかかった声で静かに歌った。「『ああ、お母さま、ベッドを用意してください、柔らかく細いベッドを。愛しいウィリアムは今日わたしのために死にました。わたしは明日彼のために死にましょう』」

「ああ、ミスター・リッグズ、母がよくその歌を口ずさんでいました。バーバラ・アレンですね。思い出したのは久しぶりです。思ったより……」

「すべて怖いわけじゃありませんよ、ミスター・ボルティンク」ドクがぶっきらぼうに言う。「放浪者の憧れを歌ったものもあります。こんな曲です。『ビッグ・ロック・キャンディ・マウンテン、そこは美しく輝く土地……』」ドクは数小節口ずさみながら、ゆっくりと空を仰ぎ、続きを思い出そうとした。しばらくしてもっと大きな声で続きを歌った。「『ああ、トリやミツバチやタバコの木、あいつが歌うロック・アンド・ライ（ライ麦ウイスキーに氷砂糖を入れ、オレンジやレモンで風味を添えた飲み物）の泉、ビッグ・ロック・キャンディ・マウンテン』」

ボルティンクとおれがお義理に拍手をすると、ドクは優雅にお辞儀をした。「楽しい調べが耳に残りますよ、ミスター・リッグズ」ボルティンクが見え透いたお世辞を言う。「階下へ行って、妻が朝食に行けるか見てきたほうがよさそうです。あなたはもう食べましたか、ミスター・ワイルド？」

「もう少し後にするつもりだ」おれは答えた。

ドクは手すりのほうへ前屈みになって、ゆっくりとデッキを去ってゆくミスター・ボルティンクを見送った。

「変わった男ですね、ボルティンクは」ドクは真顔だ。「小さな町の銀行家らしい。でも服はロンドンで仕立て、靴は高級ブランドのピール。オーバーコートはなんだと思います？　ビクーニャ製です、安くて五百ドルはします。小さな町の銀行家なのに」

「儲かる仕事だからな」

ドクの目が鋭くなる。「儲かりなどしませんよ」きっぱり言い切る。「イリノイ州のゴルコンダ程度では。農業地帯ですよ。モンキー・ウォード（米国の通信販売会社。1872年シカゴで設立された）で服を買う連中です。銀行家が気取った格好をしていたら不審に思うはずです」

おれはドクの鮮やかな格子縞のコートと真っ赤なスカーフに目をやった。その視線に気づいてドクがにっこり笑う。

「商売道具ですよ」ドクは認めた。「見た目も大事でね。いでたちは違っても、あなただって同じでしょう。いざという時に汚れた床の上を転がっても平気なように、適当に高価なスーツ。あなたとわたしの服は身の丈に合ってる。でもボルティンクは？　いいご身分じゃありませんか？　あのダイヤとサファイアのカフスボタンなら、全国どこの質屋だって二千ドル出すのでは？　それにマイク・フィンクの話が出たとたん、お上品ぶって怖がる理由は？　年配のレディーなら話はわかりますがね。まあ立派な大人ですから、そっとしておきましょう。あの男は芝居をしてるんですよ、大げさ過ぎますけどね。あれじゃあ見るからに……」

「見るからに小さな町の銀行家でいるのに、疲れているのかもしれない。くるぶし丈の靴や丈夫なズボン吊りを脱いで、ようやく……」

「確かにそれは言えますな」ドクが肩をすくめる。「前にお人好しのボブ・サイモンという男がいました。見るからに田舎者でした。都会人を気取り、色あせた黒いモーニングコートとシルクのネクタイという一張羅姿で、靴は納屋の前を歩いたかのように泥まみれだったからです。でもボブは毎朝裏階段を下りて、泥の塊を靴に塗りつけていたんです。その噂が広まる前に、えらく羽振りのいい医師たちを欺きました。ある大きなヤマで昔ながらのノミ行為をして、ボイシに住むズールー・ジャック・ラングから九千ドルをせしめたんです。いいですか、絶妙な感覚でズールー・ジャックから身ぐるみはぎ取って……」

「あんたは、ジョン・スミス並みに平凡な名前の奴には会わないのか？」おれは嫌味を言った。「あんたの知り合いは変わった名前ばかりだな」

「ジョンですか」ドクが考え込む。「数年ぶりに思い出しましたよ、ホテルのチェックインの時に彼の名前を借りて以来です。わたしらの間ではジョン・ザ・マンで通ってましたね。カリフォルニア州カーソンズ・ベンドで麻薬市場を仕切っていた。サンタバーバラの安息法（日曜日に仕事・取引・娯楽などを禁じる法律）で我慢していた男たちからむしり取っていましたよ。大男でね、シッティング・ブル（ネイティブアメリカンの指導者。1876年のリトルビッグホーンの戦いでカスター将軍［（1839―1876）米国の陸軍将校］の部隊を全滅させた）と組んだ時もありました。晩年の彼の挨拶の決まり文句は『死んだカスター将軍と握手した手で握手だ』でした。さっきも言いましたが、でかい男で、身長はあなたより一、二インチ大きいくらいです」ドクが小首を傾げて、いぶかしげにおれの目を覗き込む。

「わかったよ、まったく」おれは歯を見せて笑った。「これまでの話に事実はあるのか？」

「事実？　もちろん」ドクは即答した。「ジョンが大きかったのは事実です」

「それだけか？」

「それだけです」ドクは風船が破裂したように笑った。「お若いの、飲みましょう。この時間にしては機敏で元気すぎますよ。正義感の強い人は昨日の失敗をよくよくするものです。ワイングラスでナチェズ・ネクターなんかどうですか。レシピは秘伝でわたしもしょっちゅう忘れてしまう。どうです、陸に上がって一杯……」

「今日はだめよ」さざ波のような声が聞こえた。「彼は本調子じゃないわ」

おれは手すりに預けていた身体を起こして振り返った。ミス・ポメロイがすぐそばにいる。薄い色の髪を高い位置でまとめ、毛皮の襟を立てて掻き合わせている。その顔は強風で赤らみ、目は笑いかけていた。

ドクは深くお辞儀をして帽子をすばやく脱いだ。「とんだ失礼を」響く声でやけに丁寧に言う。「ミスター・ワイルドが不機嫌なのはバッカスのせいだと思っていました。ですがヴィーナスに軽蔑されたら男は哀れなもの、悲しみに打ち沈みながら酒にすがるしかありません」ドクは背筋を伸ばし、髪の乱れた頭にソフト帽を被ると、おれのほうに近づいてきた。「先約があるのを思い出しましたので、これで失礼します」

今度は帽子を被ったまま再びお辞儀をした。おれに目配せして、指で鼻を意味ありげにこすり、無言のうちに仲間ならではの雰囲気を漂わせる。そして大きな靴音を立てながら、湿り気を帯びた光沢のあるデッキを歩いていった。

ドクの軽妙さに感謝して頬を緩ませながら、おれは再び彼女を見た。喉の塊はまだ感じられたが、言葉を発することはできた。

波止場人足が大きなタラップを掛けるのをふたりで見守る。エンジンが急に止まり、船が震えた。また川のほうを見てから彼女がこちらに向き直った。

「忘れ物よ」ミス・ポメロイの声は静かだ。手袋をした手に持っている黄色い電報用紙を、おれのコートのポケットに突っ込む。「イーライって誰?」

「友達さ」その質問でおれは再び頭がはっきりした。まどろみのようなぼんやりした感じは消え去り、ここにいる理由、すべてを置いてきぼりにして川船の旅をしている理由を思い出した。「スチュワートはイーライの銀行から金を盗んだ」おれは苦々しい思いで言った。「でも、おれによろしくと言ってきた」

「イーライ・ジョナスね。もちろん、そうだと思ったわ。一度撮影したことがあるの、彼の娘さんから依頼があってスタジオで。力強さと悲しみ、いろいろ乗り越えてきた人ならではの見事な面構えよね？」

「山ほどの経験をしている」おれはスチュワートの件を思い出していた。

「そんな怖い顔しないで」囁くように言う。「わたし……苦手なの。怖いわ」

「何がそんなに……」

「あなたのためよ」あくまで主張する。「だって、あんまり……そうだわ、朝食に行きましょう。わたし気が短くなってる」

「そんなことないさ」彼女と腕を絡ませて体の向きを変え、階段へ向かう。「しかめ面をして悪かった。スチュワートを思い出してしまったから」

「そんなところだと思ったわ」

一歩後ずさりして彼女を先に行かせ、後ろ姿を眺める。すらりとした背中はまっすぐでバランスの取れた歩き方だ。視線に気づいているだろう、さほど感性が鋭いわけではないだろうが、おれとの間には思いもよらない化学反応が起きている。

食堂前のロビーでバットラム夫妻の前を通り過ぎた。夫妻は急ぎ足で人目をはばかるように歩いていた。混んでいる室内を眺めたり他の客とおしゃべりしたりできる席にいるのはボルティンク夫妻、コーヒーで粘っているようだ。ダンバー師が、本来なら船長が座る席で、少し体を斜めにして張り出し窓の先の川底を浚う大きな船を見ている。厚い雨雲の裂け目から差し込む陽光が、水蒸気に乱反射してきらめきを見せるが、温もりや光は乏しい。食堂のメニューを読むにはシャンデリアの灯りが必要だ。

おれたちはテーブルの端にふたり並んで座った。同じテーブルの面々はすでに食事が済んでいたが、パンくずやコーヒーのシミ、くしゃくしゃのナプキンや中身の冷めたコーヒーポットがそのままだった。座ったとたんにウェイターがやってきたので、ミス・ポメロイはオートミールとベーコン、ワッフルにチキンのクリーム煮を注文し、おれはコーヒーを頼んだ。

「きみをしっかり養えるほどの稼ぎがあるといいけど」サービスのオレンジジュースを飲みながらおれは言った。

「そうね、いつも朝食はたっぷりいただくのよ」すばらしい笑顔を見せる。「時間をかけて楽しめる唯一の食事ですもの。ランチやディナーは仕事絡みになりがちなの。でも朝食は……まさにわたしだけのもの」

「まいったな」おれは控えめに言った。「きみは早起きで朝食はたっぷり、か。おれたちの好みに共通点があると思うかい？」

するとと再び彼女がこちらを向いたので目が合った。「あるわ」こっそり打ち明けるように低い声で言う。「ありますとも」椅子の背にもたれて優しく笑いかける。「共通点は」

「よし。でも長い距離を徒歩で移動したり、賞を取るようなペチュニアを育てたり、コッカースパニエルを増やしたり、カフカだけ読んだりはしないね?」

「全部しないわ」ミス・ポメロイが即答する。「わたしはタクシーを使うし、小さなアパートメントで世話しているのは自分だけだし、増やしているのは不満だけ。本は片っ端から読んで書店にも探しに行くわ」

「最高だな」おれは一呼吸した。「いままで何人かの女性を口説いて……」

「口説いたんですか、それとも口説かれたんですか?」ラッセルが滑るように向かいの席に座り、椅子の背にもたれて両脚を伸ばした。「お気の毒に」そっと言う。「ミスター・ワイルドが何か告白したいそうですよ」

ミス・ポメロイはオートミールにブラウンシュガーをかけ、バター少しとピッチャーのクリーム半分を入れた。「ラッセル、そう手厳しいのは経験豊富だから? それとも不足なのかしら?」

「不足のほうです」アシスタントパーサーが切り返す。「でも姉妹が四人いますから嫌というほど観察してきました。女性は実に本能的で謎めいていて、ぼくには到底口説けそうにありません。でも、ぼくから口説いたと思わせてくれるような、出来た女性と一緒になるかもしれませんけど」彼は親指でウェイターに合図してカップをもらい、おれのポットからコーヒーをなみなみ注いだ。「うまくいっているご様子でうらやましい限りです。ところで今日ミスター・ワイルドがお仕事をなさるかどうか、確かめに来たんですが?」

「どの仕事だ?」おれは飲みかけていたコーヒーカップを下ろした。

「乗務員が給与台帳に署名しにパーサー室へ来るんですが、一日がかりです。ミスター・ワイルドはそこで乗務員を確認し、その間ぼくがミス・ポメロイに名所をデッキからご案内するというのはどうです、名案でしょう?」

彼女は笑っておれにウインクすると、皿に残ったオートミールをスプーンですくっておいしそうになめた。そしてポケットから牛革の小さなケースを取り出してテーブルに置いた。「わたしが写真家だって覚えてる?」彼女は留め金を外してプラスチック製の黒い露出計を取り出すと、前屈みになって窓から差し込む薄明りに受光部を当てた。

「こんな日はただの乗客でいいじゃないか。撮るには光が足りないだろう」おれは言った。

「絞り四、シャッタースピード二百分の一ね」そうつぶやくと、彼女はこちらにすばやく目を向けた。「ミスター・ワイルド、わたしの仕事に口出ししないで、たとえあなたのほうが正しくても。手探りで進むのを黙って見ていて」

ラッセルがこちらに笑いかける。「さっき言いましたよね、口説く時もあれば口説かれる時もあるって。言い返せるのは恋人くらいですよ。さて、パーサー室にご案内しましょうか?」

「ひとりで行けそうだ。よろしく伝えてほしいのなら請け合ってもいいぞ?」

「よかったらわたしを一緒に連れていって」ミス・ポメロイが静かに言う。

おれは首を横に振った。「仕事には口を挟まないでくれ。案じてくれるだけで充分だ」おれはコーヒーを飲み終えると立ち上がった。「今日いっぱいかかるか?」ラッセルに尋ねる。

「おそらく」彼が即答する。「ぼくの読み通りなら明日の夜までかかるでしょうね」

「こいつをナマズの餌にでもしとけ」おれはミス・ポメロイに言った。「できるだけ早く戻る」

第十二章

グルニエのオフィスで眠気と戦いながら午後を過ごした。昼食までは乗務員がひとり、またひとりとやってきては任務に戻っていった。厨房が一区切りつくとキッチンスタッフが一挙に押し寄せ、パーサーは一時間ほど多忙を極めた。

おれは部屋の隅で静かに座っていた。こちらに注意を払う者はいなかったし、ほんの少しでもスチュワートに似ている者も見かけなかった。

昼食はパーサーのデスクで一緒に取った。グルニエの薦めるものが一番だろうと思い、料理の注文は彼に任せた。彼が選んだのはナマズとハッシュパピー（コーンミールがベースになった生地を小さく丸めて油で揚げた香ばしい料理）とスプーンブレッド（とうもろこし粉に牛乳・卵などを加えて作るカスタード状のパン。非常に柔らかいのでスプーンで食べる）だったので、おれは期待外れかと案じたが、一口味わうと、実にうまかった。ナマズもハッシュパピーもたいらげ、スプーンブレッドはグルニエの分ももらった。ブランデーとコーヒーでランチを締めくくると、おれはパーサーの肘掛椅子にゆったりと座って、頭を空っぽにして食べ物を消化した。

午後二時には暇を持て余してオフィス内を二度ほど行ったり来たりした。するとグルニエが仕事の手を止めてこちらを見上げて微笑み、デスクの引き出しを開けた。

「すでにお読みになってるかもしれませんが」パーサーが愛想よく言う。「見方が変わると思いますよ、ここはまさに、その現場ですから」

デスクに出した厚い本をおれのほうへ滑らす。薄いスエード革のカバーが掛けられているので、題名を知りたくて表題のページを開いた。『ミシシッピ川の生活』とある。ページは黄ばんでやや傷んでいるが、何度となく読まれたらしく、容易に開ける。

「初版本です」グルニエは自慢げだ。「マーク・トウェインが直々にわたしの祖父にくれました。献詞もあります」

おれは最後のページを開き、華麗な署名を賞賛してから、再び椅子に座ってページをぱらぱらとめくった。初めは拾い読みをしていたが、第六章からはすっかり夢中になった。乗務員が入室すると本から目を上げなくてはならないのが悔しいくらいだった。

グルニエが書類を重ねて椅子に座り込み、深いため息をついた時、マーク・トウェインとおれはハット・アイランドを通る危険な旅の真っ最中だった。アレック・スコット号が川の本流へ無事に戻る場面を読み終わるまで、パーサーは親しみのこもった笑みを浮かべてそのまま待っていてくれた。おれは目を上げて静かに息を吐いた。

「大きな川だな」どこまで読んだか念入りに確認しながら、おれは言った。

グルニエは静かに笑うと、両手を頭の後ろで組んで椅子の背にもたれた。「マークが知っている頃よりは大きくありません。アメリカ陸軍工兵司令部がかなり短くしてしまいました。『かつてデ・ソト（１５００—１５４２）スペインの探検家。１５４１年ミシシッピ川発見）が航行した川は一インチも残っていない』とマークが言ったのを読んだことはありませんか？　マークの生きていた頃にはすでに埋め立てられていたんですよ。本流がどのように変わったかご説明しましょう。父から聞いた話ですが、ニューオリンズ辺りは政府《アンクルサム》主導の大規模なプランテーション開発が行われました。川の保全は二の次で地主は船着き場や防波堤に金をつぎ込んだのです。でもあいにくプランテーションは川の反撃に遭いました。想定外の激流で土地を押し流したのです。残念ながら、いまのミシシッピ川はマークが見ていた頃の名残はあるものの、同じものではありません。いまでも荒くれる川ではありますが。今後一八八二年の洪水のところを読んだらわかります。思い出すだけで背筋が寒くなりますよ」

「川で働くには乱暴者を使うに限るな」おれは悪気なく言った。

パーサーは不審そうにこちらを見てから笑い出した。「ははん、ラッセルの受け売りですね。彼は武勇伝を読んでいますから。下流に行くといつもアニー・クリスマスを話題に出します」

「そいつは善玉、悪玉どっちだ？」

「何です？　ああ、アニーですか。そうですね、わたしも若い頃なら彼女を善玉と言ったでしょうが、いまはどうかな」グルニエは静かに笑った。「アニーは六フィート八インチの長身で三百ポンドの肉の塊を持ち上げる女傑でした。キールボートを所有し、運送するものといえば酒や……その……女性たちでした。他の船が通過すると、船員の金をむしり取るまで船は繋がれて共に航行させられました。気の荒い船乗りと喧嘩すれば負かして、怖いものなしでした。マイク・フィンクと戦ったという逸話もあるそうですが、それは眉つばですね。でもアニーと会って以来マイクの姿をミシシッピ川下流で見られなくなったそうですから、叩きのめされたのかもしれません。アニーは齧り取った耳や鼻やえぐり取った眼球をネックレスにしていました。亡くなった時、ネックレスの長さは三十フィートもあったそうです」

「ドク・リッグズ張りの話上手だな。でもまずは、この本を読み終わらないと。そうすれば、荒くれ者連中の話がわかるかもしれない」

グルニエはしたり顔で微笑んで立ち上がり、バー・スペースの裏にあるパネルを出すと、グラスをふたつデスクの上に置いた。

「この船の乗務員はすべて来たか？」おれは尋ねた。

棚のボトルに手を伸ばしていたパーサーが振り返る。「そう思いますが」はっきりしない返事をして給与台帳の束が広がるテーブルに行く。すんなりした日焼けしていない指で書類をめくり、空欄のある箇所で手を止めた。「八人」間を置いて言った。「まだなのは……ああ」また書類に目をやる。「ええと……七人ですね。男性陣は何年も勤務している者たちです。でもこのハワード・セッションズという人物は新人ですね。エンジン室の助っ人です」

「どんな仕事だ？」

「整備をしたり助手をしたり。説明しにくいですね。賃金水準からすると、専門技術のない働き手です」

おれは椅子に座り直してマーク・トウェインの本をデスクに置いた。「その人物について知りたい」おれは静かに言った。

グルニエは何も質問しなかった。緊急時に役立つ人物であるのが嬉しいらしく、電話のダイヤルをさっと回した。相手が出るのをふたりで待つ。

「エンジン室長か？」パーサーが勢い込んで言う。「グルニエだ。そこの新人のセッションズはどこにいる？　まだ給与台帳に署名していないんだ」相手が話すのを少し聞き、怒って言う。「いつもなら理由があれば遅れても文句は言わないよ、室長。わかるだろう。でも台帳には今日、署名が必要なんだ。ある理由でどうしても……よかった。十分後に」電話を切る。「室長がすぐに彼をここへ来させるそうです」

「よかった。新人の乗務員でほかに見落としている人物は？」

「いませんよ、ミスター・ワイルド。ご心配には及び……」電話が静かに鳴り、グルニエが受話器をつかむ。「パーサー室」

おれは『ミシシッピ川の生活』を改めて手に取り、スエードカバーの感触を楽しみながら、マーク・トウェインに、そして水先案内人の日常業務の難しさに思いを馳せた。マークがすべて教えてくれたので、おれは窓の向こうの緑豊かな岬に目をやりながら、船が「オハイオ州の滝を回るポートランドの運河と閘門を通って下流に入り、有名なオックスボー・ベンドへ向かう」のを実感した。そういった油断のならない水路でおれの出る幕はない。操舵室にいるマーク・トウェインの末裔たちに任せればいい。

パーサーが受話器に叫ぶ声で、おれは仕事に引き戻された。

「……そんなばかな話があるか。認めないぞ。聞こえないのか、認めないと言ってるんだ、室長。だめだ、言い訳は聞かない。いいとも。船長のところへ行って同じことを言ってみろ。どうかしているぞ、室長。人手が足りないとわかっているのに、そこで座ってチェッカーゲームをするばかりで、誰にも報告しないなんて。実に……実に……ああ、まったく」グルニエが鼻を鳴らし、乱暴に受話器を戻す。

「室長の話によると、セッションズはルイビルで陸に上がったまま戻ってきていないそうです」実に悔しそうだ。

「ここへ室長を呼んでくれ。すぐに」

「こちらへ向かっています。わたしの頭をぺちゃんこに押しつぶすとほざいた。こっちも応酬しますよ」

「そうすればいい」おれはぎこちなく同意した。「そいつの話を訊き出してからにしてくれ」

そして取り越し苦労をやめた。セッションズがスチュワートなら、一度は手中に収めたのだ。そして奴を取り逃がした。それについて言い訳はできないが、いまはまだ定かではない。

グルニエは椅子に深く座り、悲しげな灰色の瞳をこちらに向けている。スチュワートがディキシー・ダンディー号に乗船していた可能性に初めて気づいたのだろう。これまでは多少目新しいものの、よくある話だったのに、いまは、殺人を犯したスチュワートについて考えている。そしてグルニエはパーサーとして、乗客の安全への責任を自覚している。この年老いたパーサーが少し気の毒になったが、おれにはどうしようもない。日常生活で話に聞いている犯罪にいざ直面すると、たいていの民間人は同じたぐいの衝撃を感じる。毎日犯罪について目にし、耳にしては噂をするが、実際に犯罪事件とかかわると、必ず激しく動揺する。要するに、世の中が暴力的だとは誰も思っていないのだ。

エンジン室長がオフィスのドアを乱暴に開けた。大きな頭と厚い唇をした巨漢で、しかめ面をしていて怪しげだ。その眉は幅広く濃く、両端が上がっていて、いかにもひそめるための眉だ。身に着けている縞模様のデニム地の作業服は、色があせるには充分だが、オイルを落とすほどには洗濯されていない。大きな頭にダークブルーの制帽をちょこんとのせている様子からも、彼が二流の乗務員とわかる。シルバーのバッジには〝チーフ〟とあるが、そのバッジは曇っているし、革製のつばはよれよれで油でてかっている。おれは立ち上がり、彼の後ろでドアを閉めた。

「貴様……」室長がどなる。つかつかとグルニエに近づくと、厚い両手でデスク越しにパーサーにつかみかかろうとした。

そいつのみずおちにおれは一発お見舞いした。不意打ちに相手は体を起こし、大口を開けて振り返る。

「両手はポケットに突っ込んでろ、室長」おれは言った。「ただでさえ面倒な話になってるんだ」

間抜けな室長は一瞬睨みつけてきたが、くるりとグルニエに向き直った。「この若造は誰だ？　あんたは……」

「黙れ、室長」グルニエがぴしゃりと言う。「いまはとても重大な事態だ」生気のない目でこちらをちらりと見る。「あんたの部下のセッションズは危険な犯罪者かもしれない。是が非でも……」

「セッションズ？　あんなガキが？」人をばかにした様子でいかにも嫌そうに、室長は雄馬並みに大きく鼻を鳴らした。「ワイパー見習いとして雇った小僧だ。ガキなら誰でもそうだが、奴も船に乗りたがった。でも仕事に耐えられなくて辞めたんだ。危険な犯罪者だって、はん！」室長は急に身を乗り出し、太い人差し指でグルニエの胸板を小突いた。「どうかしてるんじゃないか？　あんたは……」

おれは右肩で室長の背中を押し、デスク前から突き飛ばした。慌てた奴の人差し指が空を指し、すごみのある低い声が先細りになった。

「パーサーを小突くな」おれはぞんざいに言った。「後で泣きを見るぞ。それでセッションズは……」

「くそ……」

「口に気をつけろ、室長」グルニエが嚙みつく。「エンジン室の喧嘩とは訳が違うんだ。鼻を鳴らしたり毒づいたりせず素直に答えろ」

室長は背筋を伸ばし、ゆっくり息を吸った。「二度もやってくれたな」おれに向かって言う。「乗客であろうとなかろうと……」

おれは椅子に座って、歯を見せて笑いかけた。「セッションズの特徴は？」

室長は眉をひそめたまま目を泳がせた。パーサーに向かって言う。「どこのどいつだ……」親指でおれを指す。

「探偵さんだ」グルニエは簡潔に言った。

「どうりで」室長が息をする。「サツか。押しが強くて……」

「セッションズの特徴は？」おれは再度尋ねた。

室長は荒々しい顔を分厚い手で拭った。「ガキだ」だみ声で言う。「百五十ポンドくらい。六フィートはないな、五フィート十インチ程度か。髪はブラウン、青白い肌。とにかくガキだ。人と話すのが怖いらしい。いつもびくついていて、おどおどしたしゃべり方だ。十七歳でハイスクールの……」

「奴を知ってたのか？　雇う前に、という意味だが？」

「会っていなかった」室長が答える。「シンシン・の船着き場をうろうろしていたのを乗務員が積荷要員として雇った。その後、仕事はないかとせがまれたが、あいにく空きがなかった。でも出発する日に若いの数名が体調を崩したもんだから……」

「セッションズは人物証明書か何か持って……」

室長が答える。「手紙があった。ネザーランド・プラザ・ホテル支配人からの推薦状だ。それによると好青年でハイスクール卒とあった。さっき言っただろう。ホテルではボイラー室で働いてからベルボーイになったらしい。問題なさそうだったから雇って……」

「その手紙に十七歳と書いてあったのか？」

「そうだ」

「もっと老けて見えなかったか？」

室長が肩をすくめる。「見た目も行動もガキだった。自信がなさそうで。どれほど……」

「なるほど。奴が二十四歳だと聞いたらどうだ。信じられるか？」

室長はデスクに半分腰かけ、油じみのついた帽子を脱いでくしゃくしゃ頭を掻いた。「ああ、たぶん。まあ、そうだろうな。ガキはとにかく口数が少なかった。ただ若くて自信がないふりをすりゃ……」

おれはゆっくりうなずいた。不快感がこみ上げる。「きついエンジン室で本当にそいつを働かせたのか？　耐えきれずに辞めたとしても仕方ないほどきつい仕事だろう？」

「すぐに辞めるガキもいる。珍しくない。まあ、それほどきついとは言わないが。中には時間の長さについていけない者もいるが、仕事自体はそうきつくない」

「正職員たちに少しこき使われたとか？」

「確かにありうる。新入りはいじめられる」

おれはゆっくり息を吐いたが、それはため息のように聞こえた。「そいつの荷物は？　服や私物は？」

「なくなってる。持ち物は小さな袋だけだった。コートの下に隠して持ってったに違いない」

「上陸許可を取っていたか？」

「ああ、非番だったからな」室長は考え込むように下唇を突き出した。「でもな、セッションズは危険な犯罪者じゃないぜ。ただの素直なガキだった、臆病で……」

「おれが追ってる奴もそうだった」おれはそっけなく言った。「でもサツを殺したんだ」

「だからってあんたにゃわかんないよ、セッションズが……」

「ああ、わからない。そいつが見せた推薦状を持ってるか？」

「どうだかな。あるかもしれない」

「よくあるホテルのレターヘッド付きだったか？　それともただ『支配人』と記述があるものか？」

「さあ、普通のだったんじゃないか」

「手紙用のホテルの用箋は誰だって手に入る」おれは独り言のように言った。「ホテルに部屋を取ってタイプライターを借り、備え付のホテルの用箋を使って書けばいい。やけに薄っぺらい推薦状になるだろうけど。あんたは……」

「通常は本部で人を雇います」グルニエが口を挟む。「でも各々の部署で必要に応じて一時的に雇うのは認められています。その場合には推薦状についてうるさくはありません」

「オーケイ」おれはゆっくり言った。「もう充分だ。そいつはスチュワートかもしれないし、違うかもしれない」

室長がデスクから立ち上がり、こちらに向かってくる。「お望み通り協力してやったぞ？　もう質問はないのか？」

おれは目を上げずに答えた。「ああ、室長。ありがとう」

「さっきはよくも……」

急に室長の声色が変わったので、おれは殺気を感じて右手をジャケットの左身頃の内側に差し入れ、脇の下に携帯している三八口径のリボルバーを見せた。

室長の両手から力が抜ける。一歩後ずさった。

「日を改めてくれ、室長。片手で取っ組み合いはしない主義だ」おれは銃床に触れながら彼を見た。

「そう熱くなるな、室長」グルニエがよどみなく言う。「気持ちはわかるが……そう、誰もきみを責めはしない。すべて裏目に出たんだ。誰にとっても」

パーサーの巧みな話術も、武骨な室長には単に煩わしいらしかった。もううんざりだというようなしぐさをして、おれには聞こえないくらいの声で悪態をつくと、大きな足音を立てながら廊下へ出て、乱暴にドアを閉めた。

グルニエが口を開く。「聞く耳を持たない困った男です。エンジニアとしては優秀ですが、家庭に問題を抱えていて、解雇されるのを常に恐れています。船長も何度か警告を与えています。どうかあなたも……」

「揉め事にはしないよ、ミスター・グルニエ。でも喧嘩っ早いのを慎むよう言ってやってくれ。ときどき相手を間違えるだろうから」

「いまもそうでしたね」グルニエが感心するように微笑んだ。

「まさか。誰が相手でも厄介事はご免だ。スチュワートは仕方ないが」

パーサーは再びバー・スペースに向き直ってボトルを選んだ。おれはジャケットを直して深く座り、心に引っかかった何かを思い出そうとした。午前中はずいぶん長い間ぼんやりしていたが、頭の端に何かが残っている。

ドク・リッグズだ。小柄な詐欺師はミスター・ボルティンクについて、いくつか吹き込んできた。

彼の衣服、そして宝飾類について。小さな街の銀行家にしては役職にそぐわない高価ないでたち。注目に値するのは、ボルティンクや彼の衣服ではなく、ドクがそれをわざわざ言ってきたことだ。おれは興味を抱いた。

スチュワートが乗船しなかったと思い、乗船客について深く考えなかった。でもスチュワートがエンジン室に助手として紛れ込んでいたかもしれないとなると、乗船客が重要な意味を持つ可能性が高くなった。まずスチュワートはディキシー・ダンディー号に乗船する、もっともな理由があったはずだ。移動手段として川船は割に合わない。でも船上である人物と落ち合う予定だとしたら？　その人物は……。

そして何者かが昨夜「降りろ」と警告してきた。誰が……。

ラッセルによるとドク・リッグズは今朝早くデッキをうろついていた。なんのために？　スチュワートと落ち合い、おれの乗船を警戒させるためか？　どこでおれが下船するかわかっていて？　それとも元々早起きなだけなのか？　調べなければ。

「ライウイスキーでしたね、ミスター・ワイルド？」パーサーが勧める。

「悪いが後にしておく」そわそわと立ち上がる。

日の光は濃い雨雲に遮られ、風がまた強くなった。暗く凍てつく冬の午後六時だ。気の利いた男なら天気をものともせず、バーでおあつらえ向きな一杯を楽しんでいるだろう。ドクはそういう男だ。

おれはグルニエに片手を突き出した。「さっき合鍵を見つけた」よどみなく言う。「すぐにピンと来てここへ持ってきた。夜の六時半だったかな！」

「は？」グルニエは自分のグラスを上げたが、おれが突き出している手のひらを見て、グラスを下に置いた。「いったい……つまり、どうしたいんです、ミスター・ワイルド?」

「あんたの合鍵を三十分ほど使いたいんだ。ミスター・グルニエ。友人を……訪ねる必要があって。これ以上は知りたくないだろう?」

「ええ」パーサーは即答した。「知りたくありませんが、ただ……」デスクの引き出しから真鍮の鍵を出して両手で撫でる。「これほどあなたを信頼しているのが自分でも不思議でしてね、ミスター・ワイルド」

「それはありがたい」本心だった。「気をつけてさっさと済ませる。誰にも鍵は見せない。いざとなったら飲み込む」

グルニエは鍵を差し出して微笑した。「じゃあ三十分後に」釘を刺す。「その時にはどうか教えてください、どう……」

「何でも訊いてくれ」おれはすばやく切り返した。「ウイスキー目当てに戻ってくる」相手に合わせて作り笑いをする。

パーサーは再びグラスを上げた。「安全かつ迅速な行動を」

第十三章

パーサー室を出たおれは短い廊下を通ってオープンデッキへ出ると、凍てつく強風に首をすくめながら船首に向かって歩いた。バーの窓の前ではペースを緩めて通る。果たしてバーのコーナーでふたりの若い女性相手に、背筋を伸ばして楽しげにしゃべっているドク・リッグズを認めた。おれは来た道を戻って最初のドアから室内に入った。

ドクの部屋は確かデラックスベッドルーム六号だ。かなり船尾に近く、ちょうどおれの部屋の真下で、ミス・ポメロイの部屋の向かいだった。彼の部屋のドアの羽板を指で叩き、念のため壁にさりげなく寄りかかって無関心を装った。引き締まった口元をしたふくよかな女性が廊下の奥の部屋から出てきて、アパートメントの住人によくするのであろう、訝しそうな眼差しを向けてきた。だが、ここは船で観光に来たのだと思い出したらしく、取ってつけたように微笑んだ。おれは親しげにうなずき返し、ドクの部屋のドアを再び叩いた。

女性の姿が見えなくなるのを見計らってドアの鍵を開け、部屋に滑り込む。靴に鍵を隠すのに一分かかった。

室内は暗くてひんやりしている。ドクは窓を開けたままで、ヒーターもつけていなかった。カーテンはすべて閉じてあり部屋の奥の壁すら見えない。灯りをつけたくはなかったが、つけるかカーテンを開けるかしかなかったので、灯りのスイッチを入れた。

ドクの部屋はツインベッドルームだったが、それ以外はおおむねおれの部屋と一緒だ。丈夫さと豪華さを兼ね備えた家具があり、思いのほか見事な絵画がいくつか飾られている。ここにもすばらしい羽目板があった。かつて蒸気船がどれほど逸品を略奪されたか見当もつかない。

部屋には爽快なシェービングローションの香りが漂っている。ドレッサーには蓋の開いたシェーカーボトルがあり、その横にはロールズ社製安全カミソリが洋銀（銅・亜鉛・ニッケルの合金）のようにきらめいている。荷ほどきは途中のようだ。大きなガーメントバッグは棚に開いたままで、小型バッグがきゃしゃな椅子の肘にちょこんと載っている。立方体に近いブタ革のケースがベッドの足元にある。

ベッドの上のケースに興味を引かれて近くに行く。二つの留め金は外れていて蓋が少し開いている。蓋を開けると、旅行者が蔵書を持ち運ぶ書籍用のケースでスエードの裏が付いていた。おれは鼻を鳴らして小型バッグに移った。

何を探しているかはっきりしないが、見つけた時にはそれとわかるだろう。非常に用心深く衣類の隙間を手探りする。両側の弾力性のあるポケットを探ると、宝飾類入れとブラシと櫛があった。

大きなバッグはざっと見ただけで充分だった。空だったからだ。ドクは即座に服をハンガーに掛けるタイプに違いない。おれはクロゼットのドアを開けた。

ディナージャケット、ギャバジン織のダークスーツ、厚手のツイードジャケットとそれに合うフランネルシャツ。どれも既製品の商標がついていて、すべてシカゴのマーシャル・フィールドのものだ。それらに何か意味があるか思案する。ドクの出身について誰からも聞かなかった。そもそも香具師は常に移動しているものだ。

おれが次々と軽く叩いていくと、ジャケットはそれに応じて揺れた。どのポケットも空だった。だがフランネルシャツは違った。

市販のハンガーにきちんと掛かっているシャツの左ポケットの何かが、おれの拳に当たった。小さな硬い塊のような感触。とうとう見つけた。滑らかで破壊的な精密機器の一部が、重く冷たくおれの手の中に納まる。

口径を確かめるために裏を見る。口径三五七。スミス・アンド・ウェッソン・マグナム。製造されている銃の中でも破壊力のある武器だ。マグナムは世界で最も強力な拳銃だろう、激しい衝撃があるので護身用には向かない。繊細な見かけによらず、弾の衝撃が激しい代物だ。弾丸は壁を二枚突き破り、隣の郡の人が耳を塞ぐほどの威力がある。だがこれは真鍮の薬きょうだ。どうってことはない、そうだろう?

一瞬、手の中で薬きょうを弾ませてから身を屈めて元々あったポケットの中に戻した。腕の下の硬くて温かい三八リボルバーを思い出す。これでもぱちんこ程度には頼りになるだろう。マグナムに立ち向かいたくはない。スチュワートのように相手がおれを撃とうとしているのでなければ、二二口径でもご免こうむりたいものだ。

クロゼットのドアを元の位置に戻してその位置から離れ、推理を試みる。今のところ、ドクの部屋への不法侵入はあまり収穫がない。弾があったからといって銃がある証拠にはならない、そう自分に言い聞かせる。ツバメ《スワロー》がいても夏が来るわけではないし、一口《スワロー》飲んだくらいでいいウイスキーだとわかるわけでもない。マグナムの知識がある人なら誰でも弾薬を見たいと思うはずだ。そして差し出されたら受け取るかもしれない。誰でもそうする可能性はある。

おれは部屋を点検して、元通りになっているかすばやく確認した。ブタ革のケースだけ開きっぱなしだ。蓋に手を伸ばして本のタイトルにざっと目を通す。ドクも『ミシシッピ川の生活』を持っていたが、再版だった。『川沿いの地区』、『アメリカ民間伝承宝典』、そして分厚い『南部の風習』。これらの本でスペースの半分を占めている。ほかの四冊はすべて同じ本でカバーも真新しい。同じ本が四冊。一冊を手に取る。

題名は『街のいじめっ子』で著者はJ・R・トレッドウェイとある。四冊も購入する理由が見当たらない。本をベッドに置き、何か挟まっていないか数ページ繰る。そしてもう一冊。最初の一冊がベッドの端から滑り落ち、毛足の長い敷物に落ちた。目をやると、ドク・リッグズが微笑んでいた。もう一冊をひっくり返すとまた彼がいた。

写真の説明文にはこうある。「ドクター・ジョゼフ・リッグズ・トレッドウェイはアメリカ文学教授として教鞭を執っている。ポール・バニヤンが主人公の物語のベストセラー小説『わたしとベイブ』や、サム・バスをはじめとする無法者を描いた『ペーコス川の西』の読者なら、ドクター・トレッドウェイが、かのマーク・トウェインの黄金の日々以来の、全米で最良で最も面白い民俗学者だとご存知であろう。かつてはカーニバルの露天商であり、いかさま勝負で鳴らし、サーカスの余興の司会も務めたドクター・トレッドウェイは……」

本をベッドに落としたおれは、ドレッサーの鏡に映る自分のしかめ面を見て笑った。腹の底から笑いがこみ上げる。立ち尽くしたまま呆然としている間抜けなわが身を見れば見るほど、笑いが止まらなかった。

教授が休暇中に香具師のふりをしているのは、少し手癖の悪いところがあるからだろう。法に触れない範囲でいかさま師を気取って、輿に乗って尻尾を出しそうになっている。奴のまことしやかな口ぶりはたいしたものだ。

「ドク・リッグズ、か」おれは笑った。「いかれた奴だな、ドク」

そして真顔に戻って書籍をケースの中にしまい、錠をかけ、電灯を消して部屋を出ると、廊下を急いで歩いた。

吹きさらしの甲板に出て風に吹かれるに任せる。いんちき万能薬売りやにせ金塊の行商人で名をはせたドク・リッグズと称して、いかんなく演技力を発揮しているドクター・ジョゼフ・リッグズ・トレッドウェイに今度会った時、真顔でいられるように腹の皮をよじって笑った。

第十四章

「ちょうどあんな感じになるんです」強い川風にも負けずに、その弾むような声はよく通る。「でも心配には及びません。きれいな空気に慣れていないんですよ」

おれは笑うのをやめて振り返った。シルバー・ボタン付きのブリッジコートを着こなしているラッセルの横に、のびやかな肢体のミス・ポメロイが立っている。彼女のほうが背が高いのを見て嬉しくなる。ハイヒールのせいだろう。

「でもびっくりだわ」彼女が笑い過ぎて息ができない様子でラッセルに言う。「まるで悪い冗談みたいに……」

「獰猛なワニを追いかけていたんだ」おれはまことしやかに言った。「するとワニは尻尾を切り離して愛らしい老いぼれカバに変身した。衝撃だったよ」

「繰り返しますが」ラッセルがあくまで主張する。「新鮮な空気のせいです。部屋にこもりがちな人に起こりがちなんですよ。タバコの煙に満ちた窮屈な部屋でライウイスキーを注入するのをお勧めします。治療法に納得していただけたら、すぐに対応なさるべきです」

「説得力があるわね、ドクター」ミス・ポメロイが言う。

その「ドクター」の言葉に、おれはまた吹き出すところだった。空咳をして一瞬、喉を詰まらせた後に、何とか是認の意を示した。いまは一杯やるのを一番求めている。数杯ならなおのこと。しこたま酒を飲めば案が浮かぶかもしれない。その案は漠然としているにしても、まったくしらふであるよりはましだろう。

ミス・ポメロイがおれの腕を取り、ギプスの下に手を入れる。肩のホルスターに触れた時、指先にためらいがあったが、そのままおれの上腕に触れた。

「有り金を全部すっちゃったわ」せいせいした様子だ。「なのにラッセルはお金を貸してくれないの。きっと出来レースなのね」

「あのレースで週に三百ドル儲けましたよ」上機嫌なラッセルがミス・ポメロイの空いている手をひきよせる。「それに持ち金をつぎ込むつもりはないです。でも、あの船が勝ったらどうなるでしょう？　チャンスがないとは限りません」ラッセルは静かに笑うと、足を踏ん張ったままおれと彼女を弧を描くように引っ張り、サルーンに通じる廊下の出入口に向かった。「それに、このギャンブル娘さんのお金は、一カナダダイムも含めて総額三ドル七十セントですから。きょうびカナダのお金はわが国のより価値があるかもしれない、と思い出したので抗議こそしませんでしたが」

ミス・ポメロイがもっともらしく言う。「わたしは有り金賭けたわ。誰にも口出しさせないわよ」

ラッセルが切り返す。「勇ましいですね。わたしはこれまでの立場を変えて一米ドル貸しましょう。もちろん通常日割り一〇パーセントで」

「そのレートなら頼もうか」おれは申し出た。

「そのレートじゃ、あなたたち野球のバットでぶん殴られるわね」ミス・ポメロイが微笑む。

彼女は少し後ろに引いておれを先に行かせようとして、サルーンのロビーの賭博台におれを向かせた。ギャンブルも悪くはない、ミス・ポメロイがすってんてんになったのもわかる。それがギャンブルの楽しみだ。

競馬に見立てた台で、よくあるタイプに見える。どの馬につぎ込んでも、手動で調整されてしまう仕組みだろう。田舎のデカが少しの金で大目に見る郡のお祭りでいまも見られる。通常は有名な競走馬の名がついている馬が走るが、ここでは蒸気船だ。

実にうまく小型化されていて、旗まではためいている。好きな船を選ぶと必ず負けることになっている。船のどれかが常に勝つが、どういうわけか奇跡的にいつも誰か別の人の船で、決して自分の船は勝たない。

ゲームは大いににぎわっている。何人もの人をかき分けて、わざわざ金を捨てるための場所に近づく。ポケットに五十セント硬貨が三枚あったので、二枚はミス・ポメロイに渡し、一枚を唯一知っている名前に賭けた。

「おあつらえ向きだ」おれは言った。「ロバート・E・リー（南北戦争の時代のアメリカの軍人、教育者。南部連合の軍司令官を務める）に」

「負け犬ね」ミス・ポメロイはそっけない。「とにかく、ナチェズがさっきのレースで勝ったはずよ。わたしはさっきマスター・ロバートで全部すってしまったから、オルレアン公にしておくわ」

「賢い選択です」ドク・リッグズが機嫌よく叫ぶ。ほかの人などお構いなく、おれたちのほうへ身を乗り出してくる。「わたしはオルレアンで五十セントの儲けです。ミス・ポメロイ、ロバート・E・リーで失敗しましたね。でもニューオリンズからセントルイスまでの六時間三十六分はロバートがナチェズに勝ちましたよ」

「なかなか手厳しいな、ドク」おれは笑った。「レースですったのかい？」

ドクが声を荒げる。「八十年余り前の、まだ子供だった時分に、三日と十八時間十四分、ロバート・E・リーに旅の案内をしました。この動き回るボートのほうがましだと思います。そうだろう、ラッセル?」

「そうかもしれません」ラッセルが素直に答える。「ぼくは遠慮しておきます、平穏で幸せな旅を望んでいますから。それに、もうレースに参加する人がいませんよ」

「堕落の日々」ドクが悲しそうに頭を振り、右側で口を開けている裕福な未亡人にお辞儀をした。「悪気はないんですよ、マダム。純粋に科学的な言及でして」彼はずる賢そうにおれに目配せしてから自信たっぷりに叫んだ。「勝ちたいならエクリプスに賭けることです。出来レースですから」

おれはリーに賭けたと手振りで示して肩をすくめた。そしてドア口にいる心配顔のグルニエに気づいた。おれはそろそろとテーブルから離れ、身を屈めて合鍵を出し、彼の耳元に囁いた。「ありがとう。何もなかった」おれは鍵を彼の脇ポケットに滑り込ませた。

優しく微笑むグルニエと共にレース観戦としゃれこむ。彼が安堵のため息をつくのが聞こえた。

若い女性たちが興奮しながら取っ手をひねっている。ボード上のボートを操縦しているようだ。興奮してみな歓声を上げている。スタート時はリーが一気に抜け出した。いくつものミニチュアボートが不規則に動いて旗をはためかせる。そしておれが応援しているさなか、リーがふらついて後れを取り、すぐさまグランドタークとグレートリパブリックとエクリプスに追い越された。タークとエクリプスは折り返し地点で接戦となった。競馬なら直線距離で先頭《トップ・オブ・ザ・ストレッチ》というが、船ではどう呼ぶかはわからない。ショットウェルがすばらしい動きを見せると、リーの取っ手を持っているブロンド娘の手元がおろそかになった。その娘はショットウェルに賭けたと思われた。でも折り返した後、タークとエクリプスが抜け出た。ナチェズが一時競ったものの、終盤にはエクリプスが安全弁を締めて轟音を立て、レース終了となった。ドクがこれみよがしに賞金を取る。襟の折り返しに指先を滑らせ、敗者に向かってほくそ笑む。

「無料の予想《フリーチップ》はもう終わりです」ドクが宣言する。「いや、泣きつかれても困ります、もう決めたんですから。わたしが結成しているクラブの会費納付済みの会員にだけ、勝利は与えられるのです。レース中、正規メンバーは予想メモを十ドルで入手できます。さあ急いだ急いだ。出遅れたら負け。人生で一番のチャンスですよ」

おれは身を乗り出しミス・ポメロイに尋ねた。「これを何て呼ぶ？ ボートレース《八百長レース》か？」

「疑り深い人ですね！」ドクがほえる。「ごろつきは出てってください。ボートレース、確かにそうですとも。技と体力の試練。改良と根気の厳しい試験。レディーのみなさんもわたしの無作法を許してくれるでしょう。左にいる、この野暮なごろつきに説教をするために話しているんですから。ボートレースと彼は言いました。厳正ではない戦いに、悪口雑言はつきものです。下品で卑劣な……」と、ここでドクは次のレースに賭けるため話を区切った。「とはいえ」彼が満面の笑みを浮かべる。

「ボートレースではありますね？」

ふたりのやる気に満ちた賭け手に肘で押されて、こざっぱりした老いぼれ香具師がテーブルから追いやられる。数人がおれとミス・ポメロイの間に入り込んで来て、おれはラッセルのほうへ押された。熱心な輩に賭けさせてやるために、おれとラッセルは慎重に後退した。ミス・ポメロイは前にいたまま、万一ドクの予想が当たった場合に備えてリーに賭け、グランドタークにもコインを置いた。

「彼女はお金がかかるでしょうね」ラッセルがいたずらっぽく言う。「食欲は甲板員並みですし、賭けているのはあなたのお金でしょう。あんなに食費にお金がかかる人の面倒を見られますか？」

「まだ懐に余裕はある」おれは上の空で答えた。ラッセルが何かつぶやいたが聞こえなかった。彼が甲板員と言った時に、行方不明の少年、ハワード・セッションズを思い出したのだ。奴がスチュワートかどうかわからないが、そうでないとも言い切れない。調査されるべき人物だ。ラッセルの腕を取り、賭けの場から連れ出した。

「昨日確か、緊急ならボートを出せると言っていたな」おれは低い声で言った。「電報を送りたいんだが、これから人を陸に送ってくれるか？」

ラッセルはあごを手のひらで撫でると、鋭い視線を向けてうなずいた。「できますよ」考え込むように言う。「航行中に船長の機嫌が悪ければヨールは出せませんが」彼はしばらく壁を睨んでいた。

「今夜まで待てますか？　午前二時から四時の間にエバンスビルを通過しますが、たいてい品物の調達で停泊します。通常の停泊地ではありませんが、詮索されずに上陸できますよ。あなたもいろいろ訊かれたくないでしょう」

「そんなのはどうでもいいんだ」おれはぶっきらぼうに言った。「おれがここにいる理由は、乗船している全員に知られているんだから。おかげで行く先々でガキやおばさんたちから白い目で見られる。少しくらい遅れる分には問題ない。朝にはフィラデルフィアに電報が届くだろうから、それで充分だ。文言を書くから後で出しに行ってくれ」

「どうなんです、ミスター・ワイルド。正直なところ、まだスチュワートを追っているんですか？」

「さあな。何かを追っているのは確かだが、それがスチュワートかはわからない。ルイビルで下船したセッションズというガキの話を聞いたか？」

「いいえ、下船したのは知りませんが、彼のことは知ってます。船長が署名して彼を雇った時、雇用記録を作成しました」

「どう思う？　奴はスチュワートか？」

ラッセルは首を横に振った。「ただの少年でしたよ」きっぱりと言う。「十八か十九かな。その歳頃らしく、おどおどしてぐずでした」

「典型的なだけで、わざとかもしれない。スチュワートはブロンドだった。髭を念入りに剃れば、外見はそうだな……二十くらいにしか見えないだろう。フィラデルフィアから逃亡する前に髪をブラウンに染めたとわれわれは考えている。まいったな。ここでは何も立証できない。シンシナティで誰かに奴を確認させるつもりだ。それで身元が確認できれば、奴は白だ。それまでは……」

おれは話を止め、ギプスをした左肩越しに、にっこり笑っているドク・リッグズを見た。

彼が口を開く。「立ち聞きしてすみません。犯人にそんなに近づいているとは知りませんでした」

「それはどうだか」おれはそっけなく言った。そして、彼のベッドルームで見つけた本を思い出し、作り笑いをしてみせた。奴はアメリカ民間伝承の収集者だ。つまり十二マイルの長さの鼻と、隣の郡でブヨがいびきをかくのが聞こえるほどの耳を持っていなければならない。民間伝承は人の生き方だ、何でも収集しなければならない。それには対象に忍び寄ることだ。職業柄ドク・リッグズ、いや正式名称ドクター・J・R・トレッドウェイの探偵ぶりは、おれといい勝負だ。人に嫌われることもある商売だが、必ずしも害があるわけではない。老いぼれ香具師を思うだけで、笑いがこみ上げるのだから。

「ただの思いつきだよ、ドク。話すまでもないんだ」おれは話しながら背筋を伸ばしてドクの頭越しにミス・ポメロイを探した。人混みの中から容易に見つけられるはずだった。

ドクが穏やかに言う。「ミス・ポメロイをお探しなら、ディナー用の着替えに階下へ行きましたよ。あそこのいんちきギャンブルレースで、わたしの限られた資本を使い果たしましてね」

「違いますよね、ドク」ラッセルがたしなめる。「ぼくたちはあのゲームで全然儲かりませんでしたよ」

「お若いの、もしわたしが負けたら、そのゲームはいんちきなんですよ。喧嘩を吹っ掛けないでくれたまえ」

おれがラッセルに目配せすると彼は肩をすくめて言った。「さて、わたしは仕事があるので失礼します。またディナーの時にお会いしましょう」ドクの腕を軽く叩き、前屈みになって囁く。「次のレースで勝つボートを教えてくれますか?」

ドクが怒って鼻を鳴らした頃合いでおれは徐々に後ずさりし、自分の部屋に向かった。廊下の角を曲がるまで、ふざけ合うような言い争いが背後で聞こえていた。

第十五章

セッションズについて報告するため、なるべく無能と思われないよう、たっぷり三十分かけてグロドニックに送る電報の文章を考えた。ディキシー・ダンディー号に乗船してすぐその船員を取り調べていれば、事件との関係性の有無が把握できた。グロドニックはこの電報を明朝に受け取るはずだ。シンシナティに連絡してセッションズに関する報告を一時間以内に得られるだろう。万事順調にいけば、昼までにはおれにも調査結果が知らされる。

ベッドの上で伸びをして、ぼんやりと天井に目を向け、外輪の静かなリズムを聞きながらディナーを知らせるベルを待つ。これが追跡とは笑わせる。ニューオリンズ行きの週末クルーズだなんて。ミス・ポメロイが頭に浮かぶと、すべてがますます風変わりで不似合いに思えた。犯人追跡は女性と交際を深めるのにうってつけではない。

ディナーベルが鳴ったので渋々起きて、ミス・ポメロイがラッセルとバットラムの間に座った頃を見計らって食堂へ行き、ジェリコー船長から遠く離れた席におれは座った。

船長は歓待する気満々だったが、おれはそのペースを崩した。おれの職業を暴露する失態を演じたと自覚していて、盛んに話しかけてくるが、どういう訳かおれの仕事に関する話題ばかり振ってくる。そうやって罪の意識を解消し、他の人にその隙間を埋めさせる。おれが探偵なのをテーブルの誰かが忘れていたら、船長が思い出させる。しまいには、やけになった船長がミシシッピ川の話を始め、食事が終わるまでひとりでずっと話していた。

川について話している時、船長の愚直なまでの誠実さは消える。心から仕事に喜びを感じますし、厄介事に挑戦してきた山あり谷ありのこの四十年はやりがいがあるのです、と繰り返し説く老練家となる。

「……いまはもう難しい仕事ではありませんよ。わたしが子供だった頃は河川の水先案内人と言えば、神様のようなものでした。新聞でも読むように、水面を見て水流を読むんですから。すべてに意味がありましてね――早瀬、沈み木、砂洲、土手――それを熟知しているわけです。そうでなければ、船が座礁してしまいます。でもいまでは昼標（昼間の航路標識）、水路灯、ブイなどあらゆる信号装置がありますから、水先案内人は知識豊富でなくてもできます」

「川を飼いならしたのか、船長？」おれはスープを飲みながら尋ねた。

「いや、そうとは言えません。でも川もずいぶんおとなしくなったものです。大水も長い間なく、レディーのようにしとやかですよ。でも水位が高くなると、かつてのように荒れますから、本当の水先案内人が必要で、間に合わせの若造が束になっても役に立ちません。むやみに動かず、熟練の船乗りの指示を待ったほうがいいんです」

ミスター・ボルティンクが身を乗り出して、ミシシッピ川上流に関する何かを船長に尋ねたので、おれはディナーに集中する時間ができた。大きなローストビーフの台を持ってきた乗客係は、おれのギブスをちらりと見て去っていったが、戻ってくると肉が小さく切り分けられていた。おれは礼を言っておいしく平らげた。

ディキシー・ダンディー号でのディナーは延々と続く。食事中にはバンドが入って心地よいワルツを奏で、乗客係たちがダンスフロアに滑り止めの粉を撒く。コーヒーカップが片づけられると、中年の元気な連中はバンドにルンバをリクエストし、ミスター・バットラムがここぞとばかりにダンスに加わる。おれが立ち上がるより前に、彼は滑らかなステップでミス・ポメロイをダンスフロアに誘った。笑みをたたえたラッセルが首を横に振る。

「あの人を監視していないと」ラッセルが歯を見せて笑う。「見た目ほどくたびれていないようですから」

おれが畳んである電報の文面をそっと差し出すと、ラッセルはちらりと見てポケットにしまい、テーブルに身を乗り出して船長に言った。「ヨールでエバンスビルに出なければなりません、船長。ご入り用の品はありませんか?」

ジェリコー船長は幅の広いあごを撫でて言った。「オイル入りローションを買ってきてくれないか。川風のせいでこのところ顔がひりひりするんだ。それでまたどうして……」

ラッセルがすかさず口を挟む。「いつもの用事ですよ。しばらく船の速度を落としていただければ好都合です。ヨールで追いつきますから」

「それは助手に伝えてくれ」船長が言う。「それに、戻ってくる時には滝に気をつけるよう船員に念を押しておいてくれ。ヨールを確実に下部に……」

ラッセルがどうヨールを操ればよいか船長が詳しく説明するのを、おれは聞くともなしに聞いていた。船長のブランデーを少しもらってほろ酔いになる。部屋へコートを取りにいってからデッキへ散歩に出た。風がいくらか穏やかになっている。おれは航跡を眺めた。

夜気はきりりと澄み、夜空の色合いは黒というより紺碧か。月光に照らされた雲が水面に映っている。大きな外輪から高く静かな水しぶきが立つ。おれは湿った手すりにもたれてタバコに火をつけた。手すりの向こうにたなびくタバコの煙をぼんやり見る。はるか先に三日月の凛とした姿が浮かび、水面を輝かせる。

混雑したサルーンから逃げ出した客たちで背後のデッキは次第ににぎやかになった。風が吹きつけるので落ち着けないし、風よけは少しも見当たらないが、ときおりひんやりする夜の寒さは心地よかった。

数人の客が横に来て、手すりから身を乗り出して泡を立てる外輪を見ていて、そのうち移動していったが、ひとりだけそのまま残っていた。数分経ってもそのままなので、おれは再び目をやった。大柄な身体を鉄の手すりに預けている、その体勢はどこか苦しそうだ。

「気分が悪いのか?」声をかけながら近づいて相手の顔を見る。「こんばんは、牧師さん。どうかしたか?」

「ポケット……ポケットに」彼が口をこわばらせてあえぐ。「錠剤が……ポケットに」

おれは彼のコートのポケットからずんぐりした瓶を取り出し、蓋を開けて錠剤をひとつ出した。牧師はまだ手すりをしっかり握っている。おれは瓶をポケットに戻して小さな錠剤を彼の口に入れてやった。

牧師は吐き気を催しながらも水なしでぎこちなく飲み下した。彼はそのまま身を縮めて具合悪そうにしていて、おれは横で、何かできることはないかと思いながら立っていた。だいぶ経ってから彼はゆっくり背筋を伸ばし、弱々しく微笑んだ。

「あ……ありがとう。もう……大丈夫です。少し……具合が悪かったけれど、たいしたことはありません」

「震えているようだな、本当にもう平気か？」

牧師は深く息を吸った。ちょうどその時背後で灯りが光り、彼が濃い眉をひそめているのが見えた。彼はうなずいて、繊細な薄い唇を歪めて作り笑いをした。灯りが再び光った。

「たいしたことないんです――いまのところは」牧師は妙なため息混じりに言う。

おれはタバコを深く喫った。ひどく血色が悪いダンバー師は再びため息をつくと、手すりに身体を押しつけて踏ん張った。

「わたしは死ぬんです」早口だった。「妙なことを言っているとお思いでしょうね」

「だれだっていつか死ぬ運命さ」おれは気休めを言った。「まさか真面目な話で……」

「数か月以内に」牧師が急に指を鳴らしておれをびくっとさせた。「こんな具合に。心臓が悲鳴を上げているんです」

おれは宥めようとして片手を手すりにぶつけた。タバコが落ちて火の粉が舞う。

老人が言う。「妻が気がかりです。その時が来たらどうするだろう、と……後で……」

「そうだな、辛いところだ……」おれはだみ声で言った。

「そんな」牧師は取り消すようなしぐさをした。「深刻に取らないでください。でも妙にこの話をしたくてたまらないんですよ、ミスター・ワイルド。特にあなたのように活力にあふれた人に。心理学でいう転移でしょうか。よくある贖罪の観念ですね。ええ、死ぬのは構わないんです、でも……結婚していますか、ミスター・ワイルド？　それか恋人は？」

「そうだな」おれは言い淀んだ。「いると言えばいるかな」真偽のほどが自分でもわからない。

「そうですか」牧師はしばらく口を閉ざし、それから言った。「この三十二年というもの、メアリー・アグネスとわたしは一日たりとも離れたことはありませんでした。妻を残すのは忍びない――ひとりぼっちにするなんて」

おれは次のタバコに火をつけた。火が消える寸前、牧師の目が潤んでいるのが見えた。

牧師が重々しく言う。「信頼の試練とでも言いましょうか。苦難に遭っている人にそう言ってきました。本心からでしたし、常に手を差し伸べてきたつもりです。でもいまになると空しい言葉に思えます。うわべだけの慰めです。わたしの重荷を打ち明けたおかげで、耐えていけそうです。自分勝手な発言ですみません、ミスター・ワイルド。わたしのような深刻な事態にならないことを祈ります。人は思いのほか依存しているものですね……善意に」

牧師は手すりを押しやるように身体を起こし、帽子のつばを引っぱった。「寝る時間なのでそろそろ失礼します。いまでは昔からの習慣が貴重に感じられます」

「おやすみ、牧師さん」おれは静かに言った。おやすみ爺さん、と心の中で言った。おやすみ、疑り深い臆病者。それで気が楽になるのなら、なんだって言ってやる。

ダンバー師が足元を気遣いながら一定の速度でのろのろと歩いてゆく。車椅子でじりじりと死を待つ日まで、毎日注意すべきことが増えてゆく生活が続くのだ。

デッキの端に歩いていくと冷風が直接顔に当たり、心地よかった。その場に留まり、ダンバー師自身ではなく彼の発言に思いを巡らせる。結婚していますか、ミスター・ワイルド？　それか恋人は？

おれに恋人はいただろうか？

それを確かめるためにその場を離れる。

にぎわっているデッキをゆっくり歩きながら彼女を探す。右舷のデッキを通り抜け、操舵室の前方に当たる見晴らしのよい場所へ行くと、強風で髪が乱れた。思った通りの場所に彼女はいた。風に身を任せて、旗竿の上に旗がたなびいているだろう方向を見上げている。その横にラッセルが立っていた。距離が近すぎるように感じる。

ラッセルがうめく。「まったく、あの目ざといお年寄りときたら、すぐ陰気なほうに話が行きますから、不景気そうな馬面にはうんざりしますよ」手すりに掛けていたブリッジコートを取り、ミス・ポメロイにお辞儀をする。「エバンスビルに行くのでラッキーです。そうでもなきゃ、あなたに無視される前に退散するまともな理由がありませんから」

ミス・ポメロイが静かに笑いかける。ラッセルはこちらを向き、おれの胸を軽く叩いた。「電報以外に街で必要な物はありますか？」

「ありがとう、特にない……いや待ってくれ。船長から何か買ってくるよう頼まれているのか？」

「はい」

「面倒でなければ、片刃カミソリが欲しい」

「お安い御用です。デラックスルームのお客様のためなら、なんだってしますよ。後ほどまた。すぐに戻ってきます」彼はデッキに沿って身体の向きを変えてドアを開けた。一瞬灯りが漏れ、ミス・ポメロイがこちらを真面目な顔で見ているのがわかった。ドアが音を立てて閉まると、彼女の顔は霞のように夜にぼやけた。

「ミス・ポメロイ」おれは語りかけた。「ミス・ポメロイ、心の中でも、そう呼んできた。ほかの呼び名はあるのか?」

「エレン・ジェーン」彼女が囁く。「E・Jと書くのは仕事のため。女性は無能だとまだ思う人が中にはいるから」

「エレン・ジェーン」おれは繰り返した。「いい名だ。古風で。外で何をしてるんだ、エレン・ジェーン?」

「ラッセルの楽しいおしゃべりを聞きながら考えていたのよ……その……」

おれは彼女に向き直った。「おれもさっきまでダンバー師と話していた。彼にはメアリー・アグネスという連れ合いがいる、同じく古風な名だな。ダンバー師に恋人はいるかと尋ねられた。いるとは言ったが、きみに会って確かめたほうがいいと思った」

「それは素敵ね」尖った声だ。「ずいぶん不器用で子供みたいじゃない? もう立派な大人でしょう、カーニー。それにわたしも……」

「きみは老練な海軍将校並みに歯に衣着せぬ物言いを好む」

「むしろ海兵隊かしら。確かにわたしははっきり言うのが好き。だから日中はあなたを避けていた。考える時間が欲しかったの。今朝の出来事の重要さはわかっているわ、なんて貴重で……すばらしいものか。しばらく頭から離れなかった。けど、あなたの仕事を思い出して背筋が寒くなった、全身から血の気が引いたわ」

「おれは私立探偵だが、それが……」

「どうかしているって自分でもわかってるけど、どうしようもないの」次第に硬くきつい声音になる。彼女は風上へ顔を向けた。操舵室の上でかすかに光る夜間航海灯が、痩身の彼女を赤と緑に淡く照らす。

「昨日何か言っていたな」おれは不器用に言った。「暴力的な世界だからか？　何が気になる？」

彼女がこくりと一度うなずくのが見えた。

おれは言った。「大げさに考え過ぎだ。おれの仕事からその部分だけ取り上げれば深刻だが、実際には違う。きみに納得してもらうのは難しいだろうが。何年か前におれがジェラルド・ドッジを警察に連行したのを見たろう。見て楽しいもんじゃないし、おれだって好きじゃない。そしていまきみは、おれが過去にスチュワートに撃たれ、今後接近したら再び撃たれるのを理解したくないために、目を背けようとしている。確かに受け入れにくいかもしれないが、おれの仕事の枝葉にばかり注目している。おれは何も……」

「あなたは……何もわざわざ……」

「釈明したいが仕方がわからない。探偵稼業はときどき危険にさらされる。相手をもっと危険にさらすか、おれが死ぬかだ。狙われている時はこっちが先に撃つか逃げるか。説得する暇はない。それが悪い面なんだ、いつも味わっている。そんな仕事を続けていると頭の中がどうなるか、人は疑いを持つ。残忍なサツも見てきたし、人間味のある、いいサツもいた。人に危険は必ずしも必要なものではないと考えたいところだが、実際には必要なんだ」

彼女は向き直ると冷たい手をおれの頬に当てた。その手がすぐに温もりを帯びる。「カーニー」彼女が囁く。「そんなこと言わないで……わたし……結婚歴があるの、十日間よ。それに幼なじみの男性と婚約した時もあった。ふたりとも戦死したわ。危険と隣り合わせの人のそばにいたくない。だって……生きた心地がしなくて辛いから。誰もが敵で危険人物に感じられる。わかってもらえるかしら？」

「まあな」おれはだみ声で言った。「でも、それじゃきみは……生きていくのに……」

「わかってる。このままでいるつもりはないわ。でもしばらく、そっとしておいてくれないかしら。長くはかからない、約束する」

おれは先に広がる滑らかな暗い川面に視線を向けつつも、彼女の怯えた声の中に決意や温かさ、愛情を感じ取った。

長い沈黙の後、エレン・ジェーンが口を開いた。「わたしがどう感じているかわかってほしい。とても難しい時もあるだろうけど……ああカーニー、それができたらすばらしいでしょう？」

「そうだな、魔法だ。月まで手に入れた」気づくと、だみ声で言っていた。

彼女は笑った。唇を重ねると、柔らかな笑い声が心地よく消えていった。

唇は冷たくて……誠実だ。おれの腕に触れる、彼女のまっすぐ伸びた背筋は震えているが、彼女の唇は敏感で安らかで落ち着いている。

それからしばらく話をした。これまでのことについてぎこちなく言葉を交わす。過去のおかげでここで出会えた。欠けているものはない、将来を語りもしない――いまはまだ。見栄や戸惑いといった厄介な感情が消えてゆき、言葉に重みが増す。

みぞれ混じりの風が吹きつけて来たので、ふたりで中に入った。廊下を歩く間おれは震えていた。彼女が囁く。「気の毒ね、これはいつまでかかるの？」人差し指でおれのギプスに触れる。

「困ったもんだ。フィラデルフィアに戻ったら取れるかもしれないが、うまくいくかどうか。中を見てみないと……」

彼女の手がおれの口を塞ぐ。「そうね。さあ黙って。ほかの人は寝ているわ」

会話をせずに彼女の部屋の前まで行き、そこでしばらく親密な時を過ごした。そして彼女は部屋へ入っていった。しばらくそのまま立っていたら中から静かな衣ずれの音がしたので、ドアをノックしようかと思ったが止めておいた。その代わりに大きなくしゃみをして、自分の部屋に戻るために階段へ向かった。

廊下には灯りがあるがとても暗い。どの船室のドアにも羽板がついているので部屋の中に灯りが入らないように配慮されている。白塗装のドアが左右に連なる廊下を通る。厚いカーペットで足音もほとんどしない。船室から就寝時刻ならではの物音が漏れてくる。流水、歯磨き、深いため息、スプリングのきしむ音。妙に耳心地よく、安らぎを感じた。

鍵を取り出し錠に差し込んでドアを押し開ける。と、何か柔らかいものに当たって弾みで押し戻された。そこで今度は背を廊下の壁に付けて三八リボルバーに手をかけた状態で、音を立てないようにドア口に片足を入れ、静かに押し開けた。ドアは再びしなやかでしっかりした塊に当たって止まった。力任せに押してゆっくり体重をかける。すると痛そうにうめく声がした。

慎重に中に入り灯りをつけて下を見る。紺色のオーバーコートを着た男がいるが、幅広の襟に隠れて顔が見えない。片腕が敷物のほうへ伸びている。そのそばにはセロファンで包まれたカミソリ刃の小箱が、そしておれの足元には〝アシスタントパーサー〟のシルバーバッジ付きの粋な制帽が転がっている。

見ているとラッセルが再びうめいた。その片手が少し動くと、鮮やかな血の細い筋が残った。

第十六章

　助けを呼びに行く前にラッセルが呼吸しているのを確かめた。おれの片手では彼を担げなかったが、右腕を枕のようにしてやった。彼の左の耳に果肉状のものが見えていて胸騒ぎを覚える。気づくとカミソリ刃の箱をポケットに入れていた。

　ドアを閉め、駆け足で高級船員の区域に通じる階段へ向かった。川船でも医師が常駐しているはずだ。

　ラッセルの体の向きを変えた時も、廊下を走り抜けてグルニエの寝室の前で立ち止まりドアを乱暴にノックした時も、頭にあるのはひとつだけだった。部屋の床にころがっていたのはおれだ。

　カーニー・ワイルドが倒れていた。紺のコートはかすかな光の中ではおれのと似ている。一インチか二インチ低いが身長もほぼ同じだ。エバンスビルから戻ってきたラッセルは、カミソリ刃を届けに立ち寄ってくれた。アシスタントパーサーだから合鍵を持っている。何を思っていたのだろう？　おれが寝ているか、もしくはエレンとデッキにまだいると思ったのか。それはどうでもいい。合鍵を使って中に入ったら、待ち構えていた何者かにおれと勘違いされた。そしておれの代わりにラッセルが頭部に一撃を食らった。倒れたのはおれのはずだった。

　パーサーの船室のドアがゆっくりと開き、眠たげなグルニエが顔を出す。いつもなら撫でつけられている白髪はもつれ、穏やかな瞳も充血している。ナイトローブのひもをぎこちなく結んでいる。彼を押し戻すようにして中に入る。「ドクターを呼んでくれ、早く。ラッセルが怪我をした」

グルニエが目を丸くする。おれはドアを閉じ、片手で彼の肩を揺さぶった。「起きてくれ！　この船にドクターはいるか？」

彼はわれ知らずあくびをしたが、その間に壁掛け式電話に手を伸ばした。勢いよく頭を振ってから四桁の番号に電話をかける。受話器から呼び出し音が漏れ聞こえる。

「何があったんです？」パーサーが眠たげに尋ねる。

「おれの部屋でラッセルが何者かに殴られた。おい、ドクターを連れてきてくれ。おれは先に部屋に戻ってラッセルが大丈夫か確かめる。ドクターに急ぐよう言ってくれ」

グルニエがうなずく。受話器に頭を押しつけて厳しい口調で話している。おれは廊下に出て急いで部屋へ戻った。そしてグルニエの所まで走ってきたのを思い出し、部屋に電話があるのをすっかり忘れていたと気づいた。パニック状態だったとわかっても、さほど嬉しくなかった。

また錠を開け、ドアを開けたまま医者が来るのを廊下で待ちながら、横たわっているラッセルを見ていた。じっと床に横たわっているが、いびきに近い規則的な息遣いが聞こえる。

通路の奥に、色あせたブロンドの口髭とかつらのようなくすんだダークブラウンの髪をした、長身で筋張った男が見えた。医者のようだ。髪をとかすのに、そしてぎょっとするほど真っ赤な部屋着を着るのに時間がかかったらしい。黒い手提げかばんを揺らして、躍起になって通路を走ってくる。

驚いた事に医師は有能だった。ラッセルの頭の裂傷部を治療し、瞳孔を確認し、あちらこちらを指で触れて身体の反射を試してから、腕に皮下注射をした。その間ずっと鼻歌交じりで、その低いリズミカルな音におれがどれほどいらいらしようと、お構いなしだ。医師がおれを見て眉をひそめる。

「いったい何が……」

背後でドアが勢いよく開き、グルニエが入ってきたと思うと、脇へよけてジェリコー船長に先を譲った。

「なんという」船長が息をつく。「死んでいるのか？」

「生きてるよ、ばか」医師がうなる。

船長はつまらなそうに瞬きをしてから、おれに気づくと、医師に言った。「言葉に気をつけたらどうだ。船長に向かってそんな……」

「ばかだからばかと言ったのさ」医師が嚙みつく。「ラッセルをベッドに寝かせないと。重傷かもしれないから、あまり動かせない」

「ここにいてもらってかまわない、そのほうが安全なら」おれは言った。

「安全？」船長は不満そうだ。「ここにいて安全なはずないでしょう？　いったいどうなってるんです？　このアシスタントパーサーに何があったんですか？」

「鈍器で殴られたんだ」医師が鼻を鳴らす。「あんたが航海日誌用の情報を集めているうちに、床のこいつは死んじまうぞ」

医師はグルニエの袖を引っ張ってひざまずかせ、ふたりでラッセルをベッドまで運ぶ。おれはベッドカバーを外した。グルニエと医師がコートを脱がせようとしてラッセルの上体を起こすと、ラッセルは目を大きく開き、空を見つめてつぶやいた。「殴られた。あなた……」

医師が宥めてベッドに寝かせ、ズボンのベルトを引き抜く。

おれは船長に身体を引っ張られて対面した。「あなたが殴ったと言いましたよ！」船長が声を荒げる。「いったい何を……」

「ばかだな、ジェリコー」医師がどなりつける。「大声を出すな、いまのはうわ言だ」医師はラッセルのパンツを脱がせると、厚い毛布で肩まですっぽり包んだ。それからドア口に戻ってかばんを持ってきて、すでに糸を通してある、やけに長い針を取り出した。またラッセルの上に屈み、耳の上のひどい裂傷を縫いながら、目も上げずにおれに尋ねる。「どうしてこうなったかご存知か？」

「わからない。ラッセルがここに潜んでいた人物に頭を殴られた。傷はひどいのか？」

医師がうなる。「相当な一撃だ」

「確かに、殴った奴はおれと勘違いした。制帽を見て間違えたと気づいたはずだ。それ以上は手を出さずに……」

「頼むよ、おい」医師が顔をしかめる。「被害妄想の嫌いがある。その人物がきみを待っていたとどうしてわかる？　こそ泥と考えたほうが普通だろうに」

「普通ならそうだろうが、ドクター、おれがこの船に乗っている理由を知らないようだな。もしそうなら、知らない唯一の人物だ。おれの任務を船長がみなに公表したんだから、ラッセルを殴ったのがこそ泥とは思わないね」

医師は船長を見て何かつぶやいた。長きにわたる確執の一端らしかったので、おれは気に留めなかった。

「後々はっきりするだろう」医師がおれに言った。「意図的な攻撃だったと本当に思うんだな？」

おれはそっけなくうなずいた。

「よろしい。それじゃ今夜はわしが看ていよう。ここの大きな椅子は座り心地が実にいい。この青年は安静にしないといけない、みな出ていってくれ」

船長が声を上げる。「でも容体は大丈夫なのか？　レントゲンを撮るとか、いろいろすべきじゃないのか。手術は？」

「動かしたらかえって危険だ」医師はにべもない態度だ。「震盪の兆候は見られない。一週間も寝ていれば回復するかもしれない。朝になれば、よりはっきりするだろう。さあ、出ていって……」

船長が心配そうに口を挟む。「でも警察は？　これは犯罪で……」

「あくまで想像だよ」おれはすかさず言った。田舎者の保安官にうろついてほしくなかったので、船長の説得にかかった。「そうと決まったわけじゃない。そうだとしてどこの管轄になる？　ケンタッキー？　それともインディアナ？　それにどの州のどの郡だ？　ひょっとして河川連合か？」

「これは驚いた」ジェリコー船長があごを撫でる。「わからないな。いままでこんな……」

医師がどなる。「ほっとけ。ラッセルが死にそうでもあんたの大事な予定は変更しないくせに。さあ出てけ」

グルニエが堅苦しくおれに言う。「わたしの船室のベッドを使ってください。歯ブラシとカミソリは持ってきたほうがいいでしょう」

有無を言わせぬ医師の態度に気圧されて、おれは洗面用具を持って船長とパーサーと共に廊下に出た。

「あの人はちゃんとわかってやっているのか？」おれは尋ねた。

「任せて平気です」グルニエがあっさり言った。

「まったく短気な男ですが腕は一流です。わたしの腰痛を直してくれました」船長がつぶやいて、ものものしく歩く。

グルニエが微笑んで言った。「腰痛は動かさなければ痛みが引きますよ。偽薬《プラシーボ》でも治るくらいです。でも名医には違いありません。さあ来てください、この事案の報告書を書かなくては。あなたの記憶が鮮明なうちに話を訊きたいんです」

第十七章

グルニエには二時間ほどつかまった。彼の船室の予備のベッドに座りながら、その夜に何があり、おれがどう行動したか何度も何度も説明させられた。ラッセルは船長のスキンローションを届けに立ち寄っていたので、彼が戻ってからおれの部屋へ来るまでにかかった時間が割り出せた。グルニエは小さな机に背筋を伸ばして座り、丁寧におれの調書を取った。彼の様子からすると、おれの供述はどれも信ぴょう性に欠けているようだった。調書は「ワイルドの主張では」とか「ワイルドによると」という限定的な表現ばかりだろう。それでもグルニエはあからさまに疑いはしなかった。単に用心深くて鵜呑みにしない質《たち》なのだ。彼が辺りを見回してようやく終わりを告げると、おれは座っていたベッドに横たわり、枕に頭を載せたのにも気づかないうちに眠りについた。

目が覚めた時、辺りには温かな陽光が満ち、歯並びの整った男がこちらに屈みこんでいた。

「きみは病人だ、ミスター・ワイルド」医師が言う。

「え?」おれは唇をなめて咳払いしようとした。

「重症だ」

おれは握られていた手首を引き抜き、肘で上体を起こした。「嘘だろ?」おれはつぶやき、一瞬目を閉じてから深呼吸した。「何をした。薬を飲ませたのか?」

「何もしておらん。明らかに過労だよ。見てわかる通り退院が早すぎた。わしの患者だったら、少なくとも、もう一週間は安静にさせていた」

「大丈夫さ」おれはだみ声で言った。「いま何時だ？」

「午後二時過ぎだ」

「なんだって。確かに疲れていたらしい。ラッセルの具合は？」

「回復しているよ。実際、きみより体調がいいからじき治る。わしが看ているから、容体が安定するまで充分安静にさせるさ」

「まったく愉快なドクターだな」おれは両脚を床に下ろしながら言った。「本当にラッセルはオーケイなんだな？　視力も無事で、めまいもないんだな？」

「わしを誰だと思ってるんだね、ミスター・ワイルド」

「オーケイ、そう怒るな。ならよかった。ラッセルは運がいい」

「そうだ」医師は椅子の背にもたれると、歯を見せて意地悪そうに笑った。「起きるのに手は貸さないぞ、ミスター・ワイルド」

「もちろん、自力で起きるさ。身体を滑らせてから……」

「どうやら伝えたほうがよさそうだな」医師が真顔になる。「船長はきみに今日ここにいるよう要望している。今夜パデューカに着いて、そこで誰かしら調査員が……」

おれは鼻を鳴らして医師の胸ぐらをつかみ、ベッドの足元まで押しやった。そしておれは立ち上がり、歩ける程度に落ち着くまでテーブルをつかんでいた。

「閉じ込めておく権限はない、あのくたびれたばかにそう言っておけ。ここは公海じゃないんだ、ドクター。おれは運賃を払った、船長がどう思おうと船内では自由にする」

「船長は運賃を返してきみを下船させる権限がある」おれの発言を面白がっていた医師が愉快そうに言う。

「そんなことをしたら、奴が二度と川船を見られないようにしてやる」おれは洗面用タオルを湯で乱暴に洗って顔を拭いた。

「どうするつもりだ、ミスター・ワイルド？」意地の悪い医師がすばやく言い添える。「おれには関係ないが、船長は気にするだろうから」

「奴を連れてこい」おれはどなった。歯を磨き、苦労してようやく髭剃りに刃をセットする。

医師はすぐに壁掛け電話を使った。そしておれが服を着るのを手伝った。革とばね鋼でできた二枚貝の貝殻のような三八リボルバーのホルダーに、医師はひどく興味を抱いていたが、銃を取り上げようとはしなかった。まだ装塡されているのを確認する。ジャケットに手を通した時、船長がどかどかと部屋に入ってきた。

「何をしているんです？」船長がほえる。

「負傷者に危害を加えたくないんでね」医師は悪びれない。「それに、わしの手に余る気がした。束縛されるつもりはない、というミスター・ワイルドの意思は固い」

「なら陸に上がってもらいます」船長がわめく。「いますぐに！　荷物をまとめなさい」

「それでどうなる？」怒りを抑えておれは尋ねた。「それが何になるんだ、嘘つき野郎？」

「どういう意味です？　誰がそんな……」

「おれは殺人犯を見つけるために乗船した」極力穏やかに言う。「犯人がこの船に潜んでいたと信じられる根拠があるし、奴を見つける前に退避する権利も与えられている。おれのせいかもしれないが、お尋ね者を幇助した容疑で、あんたや船会社宛てに令状を出してもらうに足る充分な理由もある。これは重罪だぞ、船長。おれの証言にどれほど説得力があるかわからないが、そんなの知るか。犯人捜索でこの船には相当な時間が割かれるはずだ」

背後から医師の小さな笑い声が聞こえた気がした。

「まったくあなたって人は」船長が叫ぶ。「とっとと岸に上げて……」

おれはジャケットの前身頃を翻して腕の下の三八リボルバーの床尾を見せた。「何で脅すつもりだ、船長？」

ジェリコー船長は小さい歩幅で後ずさりした。その幅広い顔は血管が切れんばかりに気色ばんでいる。餌を食べる鯉のように口をぱくぱくするばかりで、言葉が出てこない。

「もう充分じゃないか」医師が毅然と言う。「ループ、自分の部屋へ戻れ。後で診にいきたい。また昔の症状が出ているようだな」そして船長をドア口へ促す。「さあさあ、いいから」宥めるように言う。「ワイルドのことは忘れろ、すぐに行く。ここはいいからもう行け、ループ」

医師は船長をパーサーの部屋から追い出してドアを閉めた。おれは深い椅子に座り、怒りが鎮まるのを待った。

「状況からすると、船長を帰さないほうがよかったな……」医師が言う。

「勝手にしろ」おれはどなった。「あんたがそそのかしたから船長はかっとなった。さあここから出ていってくれ、さもないと……」

「派手な喧嘩をするには早いよ、ワイルド」医師が冷ややかに微笑む。「ときどき老いぼれ船長にちょっかいをかけるのは確かだ。嫌な奴だからな、どうか忘れてくれ。奴がわめいていた権限も忘れることだ。さっきも言ったが、この状況をきみがどう扱うか見たいのは認める。上出来だったよ。賞賛に値する」

「出てってくれ。あんたは嫌いだ」

「嫌いで結構」医師は上機嫌だ。「今日の夕方には元の船室に戻れるよ。ラッセルを動かせるようになるまでわしが看ている。彼は今日いっぱい面会謝絶だから、わしがいいと言うまで部屋に入らないでくれ」

おれは起き上がりオーバーコートをぎこちなく肩に掛けた。あまり膝に力が入らないが、新鮮な空気を吸わないことには回復も何もない。オープンデッキを通ってテキサス・デッキの脇にある小さな軽食堂へ向かう。日光は強く暖かい。不屈の精神を持つ集団がボールを打ったり、輪っかを投げたり、円盤を滑らせたりしていて、ひっきりなしに金切り声や甲高い悲鳴や若い女性の笑い声が聞こえる。みなやけに薄着で、血色が悪かろうと身体中に鳥肌が立っていようと、お構いなしだ。競技者の集団の横を通った時、自分の厚いコートが妙に浮いている気がした。

軽食堂に入り隅の小さなテーブルに座って、ハムエッグを頼んだ。向こうの隅に座るカップルは、どぎつい紫色の飲み物の入った一杯のグラスを、手を繋ぎながらふたりで飲んでいる。おれは目を逸らし、注文の品が来るのを忍耐強く待った。

白いテーブルクロスの上だと、右手が赤くはれ、少し震えているように見える。おれは気合でそれを抑えようとしたが、体力が足りないのか震えは続いた。テーブルに押さえつければ止まるが、力を緩めるとまた震え出す。軽く拳を作って忘れることにした。自分が万全な状態ではないと思い知らされても驚きはない。昨夜ラッセルより先に部屋に入っていたら、どうなっていたことか。それよりはずっとましだ。

あの襲撃はおれにはほとんど無意味だ。はっきりと結びつくものがない。ルイビルで船から下りろと何者かがおれに警告した。それを真に受けるとすれば、スチュワートか気づかぬまま、逃亡するセッションズをおれは見ていたのかもしれない。かといって警告が必ずしもスチュワートにかかわるとは限らない。だがおれを恐れている者がスチュワートとかかわりがある者だけとは限らない。なぜおれの部屋に忍び込み、これ以上かかわらないよう企んだのか？　ばかな考えだ。おれはどんなものにもかかわっているつもりはない、誰にとってもおれは危険人物ではない。

こめかみ辺りの髪に冷たい汗がたまるのを感じる。ギプスの中の皮膚がひどく痛む。おれにだって怯える理由はある。

「やあ、ミスター・ワイルド」デッキから親切そうな声が聞こえる。「今日は体調がよくないと聞きましたよ」

ミスター・エド・ボルティンクが妻と腕を組んでドア口に立ち、うっすら笑みを浮かべてこちらを見ている。

「おまえ、ひとりで行ってきなさい。わたしはここでミスター・ワイルドと一杯やりながら待っている」ボルティンクは妻を追い払って中に入ってくると、おれのテーブルの椅子に腰かけた。

「今日は気分が悪いと船長から聞きましたよ」大声で言う。「怪我をしている肩はよくなっているんですよね？」

「ああ。大丈夫、寝坊して朝食を取り損ねただけだ」

「昼食もですね」彼はくすくす笑うと、ゴールドの葉巻ケースを出して一本取り、おれが所望する隙を与えず、すぐしまい込んだ。「あんなにうまいカワカマスのフライは生まれて初めてでした。この船にはいいシェフがいますよ」葉巻の先をゴールドのライターの炎にゆっくりとかざして慎重に火をつける。

「ラッセルはどうしたんです？」やにわに彼が尋ねる。「怪我をしたと聞きましたが」

「ラッセルに何かあったのか？」おれは尋ね返した。

ボルティンクは小さな町の住民ならではの訝しげな目でこちらを見る。おれは無遠慮に見返し、無言を貫いた。これは常套手段だ――睨みつけて何も言わずにいると、ほかの人が説明しようと躍起になる。小さな町の銀行家なら喜んで顧客に使う手段だろう。だがあいにく、おれもその手を知っている。結局ふたりで座ったまま見つめ合うという間抜けな構図になった。

ミスター・ボルティンクはドクが言っていたようないでたちだった。淡いグレーのオーバーコートはシルク製の輝きを見せているし、地味なダブルスーツは上質なカシミヤ製で、おれも欲しいくらいだ。全体的に、イリノイ州ゴルコンダの銀行家にはいささか豪華すぎる。だが彼は首尾よくやっている。長い間おれを睨みいつまでもそのままでいるように見えたが、ウェイターがおれの注文した品を持ってきたので、ボルティンクの集中は途切れた。

「誰もかれも様子が変ですね」彼はいらついた口調だ。「ラッセルについては誰も話してくれません」

故郷のゴルコンダならば誰も隠しごとなどしないのに、そう態度で示していた。

上品な服に下品なマナー。胸が悪くなる組み合わせ。優秀な人ならこの衝動を抑えるかもしれないが、あいにくおれは自分を優秀だと感じなかったし、人であるとすら思っていなかった。

おれはホットビスケットにバターを塗り、彼を見上げた。「あんたの知ったこっちゃないと思ってるんだろうよ」口にビスケットを押し込み、フォークの端に載っているハムに注意を移す。

ボルティンクは硬い手でテーブルを叩くと、椅子を後ろに蹴りながら立ち上がった。威厳を傷つけられて背中をこわばらせながら怒って出ていったのだと思う。わざわざ見るまでもない。注文の品を食べ終わるとウェイターにビスケットのお代わりを頼んだ。ミスター・ボルティンクはこの船の厨房の技量については的を射ていた。おれは三杯目のコーヒーを飲んで最後のビスケットを片づけると、椅子の背にもたれてタバコを喫い、晴天を享受した。

ほどなくウェイターが請求書を持ってきた。おれが小切手に名前を書く間、ウェイターは用紙を押さえていてくれた。妥当なチップをやって、オープンデッキに再び出たおれは、そよ風の中を船尾へと歩いた。

デッキ後方に着いた時には、脚がよろめいた。腿の長い筋肉が痙攣しているのがわかる。船医から病人だと言われたが、この時なら反論する気にならなかっただろう。誰かのデッキチェアにどすんと腰を下ろす。

後ろにはあまり長椅子がなかった。たいていの客は、もっと川の眺望が臨めて、音を立てて回る外輪の水しぶきが顔にかからない前方を好む。おれはコートの襟をあごまで引っ張り、息が整ったら屋内に入るつもりで数分身体を伸ばしていた。

どれくらい眠っていたかわからない。ほんの一瞬寝ただけのように感じたが、口の中に、熟睡した後に感じるような妙な金属の味がした。舌の先で歯の裏をこすってから、タバコを取り出して喫う。目を上げるとエレンが手すりにもたれて実に心配そうにこちらを見ていた。

「ひどい顔よ、カーニー」率直だ。

おれはにっこり笑ってタバコの煙の輪を作った。「きみは元気そうで何よりだ。長く待たせたか？」

「あなた三時間寝ていたわ」すぐ切り返す。「そのまま休ませておいて、あなたが歩けるようになったらベッドに行かせるようにって、ドクターは言っていた」

「口うるさいドクターだな」おれはいらついた。

「あなたの部屋はもう使えるようになってるそうよ。ドクターによると、ラッセルは……もう出ていったって」エレンが眉をひそめる。「昨日の晩、何があったの？　どうしてラッセルが……」

おれは無意味にタバコを動かした。「こそ泥さ」さりげなく聞こえるようにする。「ラッセルが居合わせて頭を殴られた。でもたいしたことない」

エレンがデッキを歩いて長椅子の足元に座る。「それは本当ね、カーニー？」

おれは首を横に振った。「さあね、エレン。そうだと思うけど」

「ああ、もう」彼女がしゃがれ声で囁く。「こっちはお見通しなんだから」彼女が身を屈めたので、おれは引き寄せてギプスの曲がった所に彼女の頭を落ち着かせた。

「おれとしては……きみの思い過ごしだと思っている」おれは穏やかに言った。「つじつまが合わないんだ。どうして……」

「なら余計怖いじゃない」彼女の声がおれのコートでくぐもる。「カーニーったら！」彼女は上体を起こし、髪をいつものように愛らしいしぐさで後ろへ撫でつけると、無理に明るく笑った。「ばかだってわかってるわ、でもときどきたまらなくなる。あなたが朝食に来なくて、昼食にも来なくて、わたし……そしたら船長があなたはベッドで寝ていて面会謝絶だって……頭が真っ白になった。いままでも……」

「おれには関係ないね」おれは説得するよりきつい口調になった。「昨日は疲れただけさ。過労かもしれない。今日は休養しているだけの話だ。なのにあのばか船長がきみを怖がらせて……」

「ここにいたんですね！」船室の端からドク・リッグズが鳥のような細い頭を突き出した。「ずっと探していたんですよ。見逃したくないだろうと思って」

小柄な香具師を苦々しく見上げる。グレーの粗毛布地のツイードジャケットに赤い大きな蝶ネクタイをした今日の彼は、ジーン・オートリー（アメリカの歌手で作曲も手がけた。俳優、ロデオ選手としても活躍）を一目見ようとする少年のように陽気で浮足立っている。正面を見ながら肩越しにおれたちに目をやる。

「さあ、いらっしゃい」ドクが促す。「すぐそこです。一分もあれば着きます」

「何に着くんだ？」おれは興味なさそうに尋ねた。

エレンは立ち上がったが、まだ長椅子から離れない。

「ケーブ・イン・ロックですよ、お若いの」ドクは明るい。「いままでこの目で見たことがないんです。すばらしいですよ、陸に上がって探検したいものです」

「それはどんなものなの、ドク？」エレンは彼のほうへ行き、場所を指で指して教えてもらっている。こちらを振り返り、しかめ面をしてみせるが、好奇心は隠し切れない。

「ここはかつてハリケーン・バーと呼ばれる酒場の中心でした」ドクは興奮している。「バリー・ウィルソンが酒の貯蔵庫《リカー・ヴォールト》をあの洞窟に造りました。彼らが川を下る時、夜になると人々はあそこに立ち寄ったものです。実に巧妙に広がっているんですが、バリーたちが船を止めると、その先へは行けませんでした。あの洞窟でどれほどの人が殺されたことか。数百人とも言われています。船は警告を受けた後にバリーたちに乗り込まれました。バリーとその手下は船乗りをみな殺しにして金目の物を略奪したんです」

「それは最近の話じゃないんでしょう、ドク?」エレンは神経質に笑うと、おれのほうへ戻ってきた。

「一八二五年かその辺りだと思います」ドクが答える。「大暴れしていたバリー・ウィルソンにはライバルがいました。プラグ大佐とその一味もここを縄張りにしましたが、ウィルソンの洞窟のような、いい隠れ家がありませんでした。大佐は漂流しているキールボートに手漕ぎボートで密かに近づいて、船底に穴を開け、ちょうどボートが沈みかけた時に大佐の陣営に近づくよう仕向けました。沈没しかけの船を救出するかのように現れ、乗組員を殺して積荷を奪うんです。ときには貴重な商品を百トンほど積んだ大型船も狙いました」ドクは急に笑い声を上げると、こちらに振り返った。「岩場に穴があいているだけですから、あまり興味がないようですね?」

「あら、関心はあるわ」エレンが言い、反論しないでと釘を刺すようにおれの手に触れる。「その悪党たちの末路は?」

「ウィルソンの最期は覚えていませんね」ドクは考え込んだ様子で言う。「でも、ナマズに餌をやりながら川の下流に陣取っていたプラグ大佐は、ある晩へまをしました。飲み過ぎでもしたんでしょう、狙いをつけて船に密かに乗り込んだはいいものの、穴を開けるのが早すぎて、陣営のはるか上流で船が沈んでしまいました」

「それで?」

「大佐はかなづちでした」ドクは楽しそうだ。「残念ながら乗組員三十人余りも一緒に溺れました。当時は泳げる人のほうが少なかったですし、泳げたとしても、この川はところどころひどく流れがきついんです」

「それも作り話なの、ドク?」エレンが疑わしげに尋ねる。

「ドクがさらなる大ぼら吹きを目指すなら、もっと太らないとな」おれはおざなりに言った。

彼はおれをねめつけてから静かに笑った。「わたしは伝説を披露する相手を間違えたようです。でもナチェズ・ツアーに一緒に行くのを忘れないでください、嫌とは言わせませんよ」こざっぱりした老人は次なる犠牲者を探しに意気揚々と歩いていった。おれはエレンに片眉を上げてみせた。

「どうしても彼から逃げられない」エレンが力なく言う。「あなたが寝ている間ずっとそばにいたの。いなくなってほしくて根負けして、いいわって言ったのよ」

「きみにとっておれは便利な疫病神か」おれは笑った。「時機を見て奴を追っ払おう。ナチェズ・ツアーだけはご免こうむる」

「あなたに必要なのはゆっくり休むこと。まだ気が抜けないなら、部屋へ戻りましょう」

「どうして話がそっちにいく?」

「とにかく休むのよ」エレンがかすかに顔を赤らめる。「わかるでしょ」

おれはぎこちなく立ち上がり、われ知らずあくびをした。「夜にはパデューカに着く。岸に上がって昔懐かしいミントジュレップでも飲むか?」

「あなたが飲むのは昔懐かしい睡眠薬よ」エレンがぴしゃりと言った。

第十八章

おれの部屋でエレンとディナーを共にした。伸縮テーブルとパーティーに充分な食べ物をウェイターが運び入れる。注文したシャンパンは彼女に取り消されたが、いいディナーだったことに変わりはない。それから彼女はボーイにカメラ機材を持ってこさせ、数時間おれを撮り、それからシャッタータイマーを取りつけて一緒に写真に納まった。だがじきにフラッシュの閃光が目に辛くなってきた。

「これで充分だと思うわ」エレンはてきぱきと機材を片づけ、革バッグをドア脇に置いた。「とてもいいのが二枚あるわ。乗船していてこれが初めて撮った写真だって知っている？　仕事で来ているっていうのに」

「時間はたっぷりある」おれは気だるく言い、大きなベッドに寝て手足を伸ばした。「ちょっとこっちへ来いよ。占ってやる」

「幸運がそこにあるってわかってるわ」

「いまから新しい……」

乗務員の間ではおなじみの、部屋のドアの羽板を爪で引っ掻く音がした。おれは静かに悪態をついてから、入るよう声をかけた。

医師が遠慮がちに覗き込んで言った。「間もなくパデューカに停泊するよ、ミスター・ワイルド。

わしが手配して……ああ、ミス・ポメロイ、すまない、気づかなくて。わしはただ……」

「いいから入れ」おれはうなった。

医師はほくそ笑みながらゆっくり入ってきた。「その……さっき話したが、ラッセルをパデューカの病院に連れてゆくつもりだ。検討の結果、念のためレントゲンを撮るのが最善だと判断した。それで救急車を手配したから、きみもぜひ一緒に来てもらって……」

「お断りだ」おれはきっぱり言った。「どうしておれを船から下ろしたがる、ドクター?」

「そんなつもりはない。わしには乗客の健康に責任がある。きみには充分な休養が必要だし、医療的な……」

「まったく、病人扱いするな」おれの座っているベッドが揺れたと思ったら、船が一気に加速した。エレンが足を踏ん張って体勢を保つ。船は外輪を激しく回して前進したかと思うと、滑らかに停止した。「心配するな、ドクター。礼を言うよ。ラッセルの具合は?」

「大丈夫だ。わしの取り越し苦労かもしれないが、機会を見過ごすのは性に合わんので……」

ドアを分厚い手が強く叩く音がした。医師がかすかに飛び上がる。何か引け目がありそうだ。

「お友達も入れてやれ、ドクター」おれは焦れて言った。

医師は後ろ手にドアノブを探し、見もせずにドアを開けた。

ジェリコー船長の大きな赤ら顔はすぐわかったが、船長が招じ入れたダークスーツ姿の痩身の男は見覚えがない。おれはベッドから立ち上がった。

「郵便物を持ってきましたよ、ミスター・ワイルド。それにこの紳士がお会いしたいそうです」船長が陽気に言う。

船長の幅広の顔は喜色満面で、瞳まで笑っている。

ダークスーツの痩せた男は三十歳くらいだろうか。引き締まった神経質そうな顔に薄い唇で、無理に微笑んでいる。若い行員のような落ち着いた既製品のスーツを着ている。パンツは折り目がつき、シャツは糊が効き、ネクタイもきちんと結び、明らかに人目に付かないよう留意している。この男はサツだ、細い折り襟にバッジをつけているも同然だ。

「折り入ってお話ししたいことがあるのですが、ミスター・ワイルド?」

おれは返事をする前に、船長から受け取ったウェスタンユニオン社の黄色い封筒を見た。セロファンの窓から、それがフィラデルフィア発送だとわかる。

おれが尻込みしているとエレンが言った。「ちょうど出てゆくところです」カメラバッグのひもを肩に掛け、屈んでおれの頬に軽くキスをして優しく言う。「また明日の朝にね、カーニー」

エレンを退室させるのは本意ではなかったが、どんな話にせよ、彼女は聞きたくないだろうとは思った。医師はお辞儀をすると、顔を斑に赤らめて彼女と出ていった。

ジェリコー船長は両足に重心をかけて前後に揺れながら、上機嫌で立っている。何やら楽しくてたまらないらしい。

「ふたりきりなら」おれはデカに言い、船長をじっと見た。

「いや、それは」ジェリコー船長は自信たっぷりだ。「わたしは船長として……」

「お願いします、船長」若いデカは冷ややかだ。

「わたしに出ていけと?」

「お願いできますか?」デカは船長を睨み、何やら独り言をつぶやいている船長の背中を押して廊下に出すと、ライフルを撃つようにドアをばたんと閉めた。

「バッジを見せてくれ」おれは言った。

相手は驚いた顔もせず、革のケースを出して開いた。一目見るだけで充分だった。

おれは少し具合の悪さを感じながら、ぼんやりとベッドの端に座った。サツ自体はたいして問題はない、地元のサツなら。だがこの男はおれにとって大打撃だ。こいつはＦＢＩで、おれがスチュワートの身柄を確保するかどうかなど関係なく、おれが知っている手がかりを欲しがっているのだ、それもいますぐに。

「待ってくれ」おれは言い、封を切って電報用紙を開いた。

グロドニック警部からだ。

「セッションズについてシンシナティで調査。交際相手の痕跡なし。警報発令。ＦＢＩに知られた」

目を上げると、ＦＢＩの男はもう一通の黄色い封筒を取り出した。封の折り返し部分がすでに大きく開けてある。「先方はあなたにもう一通電報を打った。当然ながらわれわれは関心を持った」

その電文は以下の通りだ。

「ハワード・セッションズはシンシナティで知られておらず。推薦状は偽物。ルイビルに痕跡確認依頼。ＦＢＩに知られた。幸運を祈る」

おれは二通の電報を一緒に畳んでポケットに突っ込んだ。「あんたのほうが一足早かったな」

捜査官は微笑んで聞き流した。「一緒に街に来ていただけませんか、ミスター・ワイルド？」あくまでも丁重に尋ねる。細い声で退屈そうにすら聞こえる。

「何のために？」

「いくつかお尋ねしたいことが。調書を取らせていただきたいんです」

「ここじゃ、できないのか？」

「手はずを踏んで行いたいものですから、ぜひご協力を」彼は再び真っ白な歯を見せて微笑んだが、温かみはなかった。

「嫌だと言ったら？」

「無意味では？」背がまっすぐな椅子に背筋を伸ばして座ったまま、落ち着いた様子でこちらを見る。

「おっしゃった通り、われわれは先に到着しました。わがルイビル事務所は一日を通してフィラデルフィアへテレタイプ（タイプして信号を送ると遠隔地で受信して同様の文字を打ち出す印刷電信機の商標）で送信しています。質問事項は入手済みですが、ある程度時間がかかりそうです」

「フィラデルフィアが把握していることをあんたが知ってるなら、おれの出番はないよ」

「裏付けをする必要があります。ミスター・ワイルド、紳士的でありたいのですが、このままですと強制的にお願いせざるを得ません」淡々と言う。

抵抗するのはおれの自由だ。行くのを拒否すれば証拠を留めたとみなされる。少なくとも逮捕状請求が妥当となるだろう。それは本意ではない。おれがさらに威圧的な態度を取ればＦＢＩに法的機構へ送られ、放免されるまで一日、二日かかるはずだ。おれは立ち上がった。

「オーケイ、行こう」

第十九章

　おれがＦＢＩの男と下船した時に居合わせたのは、したり顔のジェリコー船長だけだった。タクシーで数ブロックの所にある平屋の小さな郵便局の前で降りる。捜査官が夜間用ベルを押し、幅の広い上がり階に立って、警備員を待つ。

「警察署じゃないのか？」おれは尋ねた。

「穏便に進めたいので」当然ながら、おれの考えなどお構いなしだ。

　中に入り、格子窓が続く長い廊下を進んで角部屋に着く。ＦＢＩの男がポケットから鍵を出す。ドアを開けて灯りをつけると、おれのために脇へ避けてくれた。

　スチール製のデスクと事務椅子が入口近くに、部屋の奥の隅に同じようなデスクと詰め物入りの回転椅子があるだけの、殺風景な部屋だ。入口近くの床に牛革の小さなケースと、正方形型の黒のキャンバス地のケースがある。

　ＦＢＩの男はデスクの奥の回転椅子を出し、おれに勧めた。男がキャンバス地のケースを持ち上げ、蓋のスナップを外して開けて、リールがふたつ設置されたテープレコーダー装置を見せる。

「よかったらこの装置の操作要員として書記官も呼んできましょう。迅速な録音のために」

「あんただけで充分だ」おれは言った。「調書を取る間ずっと録音すればいいだけの話だろう」

「何が言いたいんです？」

「録音テープを公的使用するつもりじゃないとしても、編集はしてほしくないもんでね」

男は口の端に冷ややかな笑みを浮かべたが、何も言わなかった。プラグを差し込んでスイッチを入れ、茶色いテープが隣のリールに巻き取られてゆくのを確認する。それから一般的な小さなマイクをおれのデスクの前に立てた。男が椅子を引き寄せて身を乗り出す。

「カーニー・ワイルドの供述」滑舌よく言う。「ペンシルベニア州フィラデルフィアの私立探偵。一九五三年二月十日、ケンタッキー州パデューカＦＢＩ特別捜査官マルコム・ハーヴァートによる聴取。任意によるもので、いかなる強制、威嚇、免除目的の要素も存在しない。承認してくれますね、ミスター・ワイルド？　では記録しますので、まず氏名と住所を述べてください」

おれは言われた通りにした。そしてタバコを出し、いつものようにライターを探し始めた。「そういえば、ディキシー・ダンディー号から下船した時に威嚇されなかったとは言い切れないな」おれは付け加えた。

ハーヴァートは無言で立ち上がり、レコーダーに近づくと電源を切った。「はっきりさせておいたほうがいいですね」形式的に言う。「フィラデルフィアでは、あなたは負傷していてすぐに話を訊ける状態ではなかったため、われわれはジョナス銀行強奪事件について聴取しませんでした。だからあなたは故意に証拠を留めておいた責任は負われません。何を隠しているか知りませんが必ず発見するつもりです。あなたはいま任務遂行中の特別捜査官から公式に調べを受けています。情報提供の拒否や非協力は由々しき事態を招きます。少なくとも免許はく奪となるでしょう。それにおそらく訴追される……」

「こういうのは威嚇とみなされないのか？」おれは尋ねた。ライターを探り出してタバコに火をかざす。「全部録音してくれよ、強制は存在しないと言い張るなら」

「話を難しくするつもりですか、ミスター・ワイルド？」ハーヴァートが切り返す。

「難しくしているのはそっちだ。質問をしてとっとと答えを得ればいい。おれは逃げも隠れもしない。さあ、これからは録音し続けてくれ、さもないと警察の速記者を要求するぞ」

「いいでしょう」ハーヴァートは録音機のスイッチを入れて再び座った。「ジョナス銀行の強盗事件について知っていることをすべて話してください」

おれは重いギプスを椅子の肘に載せて椅子の背にゆったりともたれ、任務について初めから話した。事実を包み隠さず話したが、スチュワートへの個人的な興味や、彼が金を強奪したことによるおれの立場の変化については話す必要性を感じなかった。おれが撃たれたところまで話を止めた。「以上だ」

ハーヴァートは微笑みらしきものを浮かべている。「まだあるでしょう、ミスター・ワイルド。強奪事件に関する捜査であなたはどんな役割を果たしているんです？」

「別に何も」おれはあっさり答えた。「先週の土曜日まではな。その後、ニューオリンズ行きのディキシー・ダンディー号にスチュワートが乗船するかもしれない、というかすかな手がかりを元にシンシナティに来た」

「それであなたが手がかりにしたものとは？」

おれはためらわずに話した。セッションズの下船を報告した時には、チケット予約や染髪についての情報はすべてグロドニック警部から流れていたはずだ。

ハーヴァートが尋ねる。「どうしてフィラデルフィア警察はあなたにその情報を流したのでしょう?」

「おれの探偵事務所はジョナス・ストアと保安警備契約を結んでいて、警備対象に銀行も含まれている」

「でも現時点では顧客はいないでしょう?」

「まあな」おれはあっさり認めた。雇い主がいなければ、おれは警察の捜査に干渉している一市民に過ぎない。フィラデルフィアに戻っても、公的な警告を受けてのけ者にされかねない。おれには何としてでもクライアントが必要だ。「百貨店協会が顧客だ。ほかにも十四件ほど契約を結んでいる」

「わたしが言っているのは、スチュワートの件の後あなたを捜査に送り出した顧客は特にいないということです。そうですよね?」

「いや。百貨店協会との契約は総括的なものだ。この出張が任務の一環だと考えれば、何ら契約に違《たが》うものではない」

ハーヴァートが深いため息をつく。「わたしが立証したいのは、クルーズ船でのスチュワート追跡があくまで個人的捜査であって、公的組織とは無関係であるかどうかです」

「あんたが何を立証したいのかはわかってる。でもあいにくだな。顧客との契約上任務としておれはスチュワートを公的に追跡している。書面を見れば一目瞭然だ」

ハーヴァートがうなずく。「いいでしょう」彼は視点を変えて、グロドニック警部が見つけたデルタラインの紙切れについて尋ねた。堂々巡りをした後、おれはそれを見つけてもいないし持ってもいないので、グロドニック警部からの言葉以外に、それが重要な手がかりとなる証拠はない、と明言した。単なる伝聞に過ぎない、と。

十分ほど経った後ハーヴァートは椅子の背にもたれて首をかすかに横に振った。

「違う観点から訊きます」彼はしゃがれ声で言った。「スチュワートがディキシー・ダンディー号に乗船したと気づいた時どんな行動をとりましたか?」

「勘弁してくれ。おれは奴の乗船に気づいたことなどないぞ。いまでもわからないくらいだ」

「それでもですね」ハーヴァートが食い下がる。「ハワード・セッションズと名乗っていた船員の下船に気づいた時、何をしたんです?」

「フィラデルフィア警察のグロドニック警部に電報を打って、セッションズに関する全情報を伝え、シンシナティに住むというその男を調査してくれるよう頼んだ。そういうのは、ひとりじゃ手が回らないんでね」

「連邦捜査局には通報しなかったんですね?」

「ああ」

「なぜ?」

「関心を持たないだろうと思った」

「FBIは銀行強盗に関心があると知っているでしょう?」

「おいおい」おれはうなった。「セッションズが銀行強盗だとは知らなかった。いまでもわからないし、それはあんただってそうだろう」

ハーヴァートは聞き流して、地味な質問を延々と続けた。これは調査でよく使われる巧妙な手段だ。相手はおれがフィラデルフィアの病院を退院してからの行動を逐一訊いてくる。そしてその都度、含みのある質問をする。これは調査だ。まだ嫌疑をかけられるほど把握していないが、彼に抜け目がなければ、おれが答えを渋るような質問に気づくだろう。そうすれば後は彼の思うつぼだ。裁判では違法な情報収集とみなされるが、たいてい証拠能力が肯定される。彼の問いすべてにおれは答えた。だが自論は口にしなかったし、相手のために推測したりもしなかった。

「あまり協力的ではありませんね、ミスター・ワイルド」一時間余りの虚しい質疑応答の後でハーヴァートがぼやいた。

「あんたが尋ね、おれは知ってることを答えた。あんたのために推測したりはしない、おれの業界では倫理にもとる行為だからな。それはそうと、協力といえばひとつ質問がある。あのセッションズってガキをルイビルでつかまえたのか？　痕跡だけでもわかったか？」

「さっき自分で言っていましたね、ミスター・ワイルド、わたしが尋ね、あなたが答える、と。どんな理由であなたは……」

「説得力のある手順や、手がかりから導かれるであろう結論について議論するつもりはない。手順や結論など、そもそも存在しないから。それにあんたより十倍は協力的だと思っているよ」

ハーヴァートは片方のくるぶしをもう片方の膝に載せ、指の長い両手を掛けると椅子を前後に揺らした。親しみ深さを演出する完璧な体勢。おれは鼻にもかけなかったが、彼に笑いかけられるとさすがに胸糞が悪くなった。いかにも親しげな笑顔、見事だ。行動に隙が無い。密かな脅し、面倒な質問での探り、辛らつな態度ではこれまで収穫がなかった。ハーヴァートは今度、魅力を振りまく作戦に出ている。警察の取り調べではたいていふたりの署員を使う――ひとりは悪者、もうひとりは理解者となり、両面から探る。だが手が足りないハーヴァートは、両方を演じなければならない。

「わかってくれると思うんですがね、ミスター・ワイルド」彼が陽気に言う。「ほら、わたしたちは同業者でしょう。こっちは大所帯というだけで、あなたほど運に恵まれていません。話す時機も内容も自分では決められず、指図される立場です。あなたのほうがよっぽど充実感があるでしょうね。でもどちらも警察組織あってこその仕事、つまり規則に従うわけです。あなたにもぜひ手を貸してもらい……」

「もったいつけるな」おれはいら立って言った。「船に戻らなきゃならないんだ。質問はまだあるのか？」

「おや、それは困りましたね」ハーヴァートは例の笑顔で言う。「あなたもわたしもときどき助けを必要とします。われわれのチームに友達が何人かいても損はないでしょう。それにあなたは実に役に立つ市民です、ミスター・ワイルド。ご存知のようにＦＢＩは銀行強盗を管轄としており、いささかも……」

「銀行強盗は忘れてもらっていいよ」おれは嫌味っぽく言った。「たとえつかまえても、スチュワートを強盗では審理できない」

「なんですって？」彼が身を乗り出したので椅子が倒れた。「彼が無罪だというんですか？」

「まさか」おれは鼻を鳴らした。「確かに奴は強盗で有罪だ。だから何だっていうんだ？　大事なことを忘れてるよ。ＦＢＩが管轄なのは銀行強盗だ。それがあんたの仕事で、それ以上でもそれ以下でもない。あいにくスチュワートはただの銀行強盗じゃない。殺人犯だ。逃走中にフィラデルフィアでサツを殺した。だから逮捕されたら、銀行強盗じゃなくて殺人容疑で法廷に立つ」怒りのこもった声に自分で驚く。叫び声に近く、額が激しく脈打つ。

ハーヴァートの顔から血の気が引いている。薄い唇を引き結び、歯をきつく噛みしめているせいで、口の周りにくっきりと赤いしわができている。無言でこちらを睨めつける。

しばらくしてからおれはタバコを灰皿にこすって消し、血の気が上った顔をハンカチで拭ってから言った。「悪いな。癇癪を起こすつもりはなかった。何しろスチュワートに撃たれたもんでね」

相手は表情を変えずにうなずくと、静かに咳払いをして声が上ずらないか確かめてから言った。「以上です、ミスター・ワイルド。おいでいただき感謝します。またお会いしたい時にはどこへご連絡すれば？」

「は？　おれはディキシー・ダンディー号に戻るつもりだ。航程はよくわからない。フィラデルフィアの先としか」

ハーヴァートは立ち上がり、再び微笑んだ。そのしたり顔はジェリコー船長のそれと似ている。ハーヴァートに何か微笑む理由があるなら、おれの知らない何かだ。

彼が録音機材をしまってファスナーを閉じた頃には、おれはコートを着てドアを開けていた。彼は機材を持ち上げてスーツケースを持ち、おれと一緒に廊下に出てドアを施錠した。正面玄関までおれの後ろを黙ってついてきた。夜間警備員にオフィスの鍵を返すと、列車に乗るので反対方向へ行くと言って、荷物を持とうというおれの申し出を断った。彼を上がり段に残し、おれはディキシー・ダンディー号に戻るためタクシーを呼んだ。

タクシーは古いが手入れが行き届いたセダンで、十年前なら名車と言えたろう。内装は擦り切れて光っているが、シートは綿雲のように柔らかい。船着き場まで、と運転手に頼んだおれは、まぶたの重さに逆らえず眠り込んだ。

乗っている時間は十分もなかったが目が覚めるとすっきりして再び身が引き締まった。弱っていた神経をハーヴァートにすり減らされたが、いまは回復している。

「どの係留地です、お客さん？」運転手が不満そうに尋ねる。「ひとつも見当たりませんが……」

「どれかはっきりしない、ディキシー・ダンディー号が停泊する所だ。大きなクルーズ船だよ」

「大きいのはないねぇ」運転手がこぼす。下り坂に入り、木造の進入路伝いに進んでいたが、急停止した。急ブレーキで身体が前のめりになったおれは、運転手席の後ろに片手を置いて堪えた。

「言ってるのはあれかな？」運転手が川下を指しながら尋ねる。

ちょうど乳白色のVの字のようなディキシー・ダンディー号が灯りを強く輝かせながら、波立つ暗い川面を静かに進んでゆく。少なくとも三マイルは下流で、巨大な前輪が回転して速度を増している。

おれはわれ知らず激しい悪態をついた。喉がひりひりと痛み、落ち着くまでしばらく時間がかかった。最後の悪態はかすかなしゃがれ声になった。おれは言葉を飲み込み、拳をシートに打ちつけるしかなかった。

「あれがお客さんの船のようですね？」運転手はにこりともしない。長年風雨にさらされた顔はしかつめらしくて頼もしい。種は芽が出ず、雨は降らず、銀行は抵当流れ処分にし、船は船着き場におれを取り残す。とことん運に見放され、笑えない。逆境仲間ですね、と運転手が悲しげな表情を向ける。

「そのようだ」運転手に視線を向け、感じのよい声を意識しつつ続ける。「街にホテルはあるか？」

「もちろん」二つ返事だった。おれが郡のお尋ね者の報奨金で暮らすような社会の落伍者じゃないとわかって、明らかに安堵している。「少し遅い時間ですが、何とかできます。従兄の……」

万事手配するから、と励まし続けてくれる運転手に、おれは任せた。車は薄暗い外灯の通りに戻ると、しばらくして背の高い薄暗いホテルの前で停まった。広大なロビーに入ると、はるか奥に裸電球がひとつ輝いているだけだった。視界に入る唯一の人物である、古びたブルーのサージ地のスーツとループタイ姿のくたびれた男が、フロントデスクに片肘をついている。乏しい灯りでも、その男とタクシー運転手が似ているとわかった。

運転手はおれがまっとうな人間だと保証してくれ、彼の従兄も同様に受け入れてくれたようで、親切に対応してくれる。ふたりの気が緩む前に、おれはさっさと記帳して階段へ向かう。朝になったら真っ先に歯ブラシをボーイに持っていかせます、とフロント係が約束した。

階段をゆっくり上がっている間、ハーヴァートがほっそりした顔でほくそ笑んだのを思い出した。そして彼が頰を緩めた理由に思いを馳せた。

第二十章

日当たりのいい古風な広い部屋で目を覚ましたおれは、真鍮のベッドの足に反射する昼下がりの陽光が眩しくて、目やにのついた目で瞬きした。

ぎこちなく体を回してベッドから出て電話機まで歩く。フロントに電話をして、目が覚めたので食事を頼む、と昨夜のフロント係に伝えた。それから大きなタイル張りのバスルームに入り、水を含ませたスポンジで体を拭った。

着替えを済ませてタバコを数本喫っていると、内気そうな黒人少年が背の高いサービスワゴンをガタガタいわせながら朝食を運んできた。ワゴンの上は金属製の蓋をした皿でいっぱいだ。角にはセロファンで包んである歯ブラシと歯磨き粉の小さなチューブが、朝食のテーブルを飾るバラさながらにクリスタル製の花瓶に刺してある。

「ホテルからのサービスです」ボーイが輝く白い歯を見せながら、いかにも誇らしげにそのフレーズを口にした。

「ありがとうと伝えてくれ。これで何か飲むといい」おれはボーイのシャツポケットに一ドル札をねじ込み、手を振って退室を促した。相手の表情からすると、チップが多すぎるようだったが、見るからにいい子だったので惜しくはなかった。口笛を吹きながら歯ブラシのセロファンを取り、口笛を止めてしっかり歯を磨く。

ホテルが食事時に読む新聞を届けてくれていたので、広げてコーヒーポットに立てかけた。オレンジジュースを飲みながら遠い国の紛争について読んだ。ベーコンエッグをほおばりながらルイビル市民の腐敗やホワイトハウスの組閣案、派手な飛行機事故の記事を読む。トーストとコーヒーを食しながら三件の殺人事件について知る。二件は犯人逮捕、一件はやや難航しているが、それも行方不明の夫が見つかるまでだろう。事件記事は充分読んだ。おれはコーヒーの残りをカップに注ぎ切ると、来たる野球シーズンについて真面目に解説した長文の記事を興味深く読んだ。打倒ヤンキーズで四球団が名乗りを上げている、とある。どこか賭けができる場所はないだろうか。三段にわたる文芸娯楽記事もあった。男性はみな勇敢でハンサム、女性はみな美人で向上心がある、子供だましみたいな話だった。

トレイの食事を平らげてナプキンを畳み、新聞を脇へ置いて、座ったままタバコを喫う。殺人事件の見出しのひとつを見つめながら、次にどう出るべきか思案した。ディキシー・ダンディー号に追いつかないといけない。そう難しくはあるまい。次の停泊地を確認するだけの話だ。おれにでもできる。だが船上にいないおかげで利点がひとつ――グロドニック警部に電話ができる。おれに話すことがたくさんあるはずだ。

壁掛け電話の下に椅子を滑らせ、立ち上がって電話交換手にグロドニックの番号を告げてから再び座る。受話器を耳につけたまま、午後三時の陽光が降り注ぐ窓の外をぼんやりと眺める。しっかり冬ごもりしたらしい太ったハトが一瞬窓枠に止まり、羽ばたいてから飛んでいった。

グロドニックの声は重くうなっているようだが、電話越しに聞くとざらついていて、戦う相手を探している手負いのアメリカヒグマのようだった。それが耳に心地よかった。

「パデューカだと！」グロドニックがほえる。「おまえの仕事は何だ、コメディアンか？　パデューカくんだりに行く奴なんていないぞ」

「アーヴィン・S・コブを忘れてる」おれは言い返した。「おれとアーヴィンはパデューカが大のお気に入りだ。南部の花、ミントジュレップの里だ」

「酔ってるな」グロドニックがどなる。「くそ、いつもこれだ」

「思慮深いしらふであります、裁判官殿。昨日の晩FBIの紳士と面談したんだ。おれが船に乗り損ねたのを奴は知っている。それで、捜査はどこまでいってる？　シンシナティからの報告はどうだった？」

グロドニックが答える。「収穫ゼロだ。ホテルの推薦文は偽物だった。ハワード・セッションズなる人物は電話帳にも当時の学業成績記録にも見当たらない。ある意味、励みになるくらいだ」

「すぐに励みになるんだな、警部。スチュワートの恋人のメアリー・マクヴィッカーは？」

「痕跡はない。潜伏して逃走した。特徴が一致する女がピッツバーグ行きの飛行機に搭乗したと報告があったが、そもそもあの年代の女性は似通ってるんだ。手がかりは得ていない。だからFBIに情報を明かした、わかるな。嫌な目に遭わせてすまない」

「そう悪くなかったぜ。不快な奴だったけど、連邦議会議員に立候補しそうな、さすがと思わせる捜査官だった。奴らがどんなだかわかるだろう。政府の財産になるだろう人物なのさ。どう思う？」

「知るか」グロドニックが重々しく言う。「カーニー、おれは考えれば考えるほどニューオリンズが鍵だと思う。現地へ人をやる予定だったが、おれが行くつもりだ。なぜか船を調査したいという思いに駆り立てられている。ただ勘に頼っているのかもしれない。捜査の進展に繋がる手がかりが得られるか不明だ」

おれは同意した。「確かに。スチュワートがセッションズだという仮定に基づいているのか？」

「それもあるし、奴の恋人が行方不明だからな。初めはスチュワートがほったらかしにする程度の存在だと思った。逃走後に女と連絡を取っていないのは裏が取れているから、女は奴とどこかで落ち合う予定で立ち去った可能性が高い。あらかじめ段取りをつける必要があったろうからな。そう考えるとニューオリンズは有力な候補地となるし、クルーズ船のチケットを予約した件とも繋がる」

「ならどうして奴は乗船しなかった？」

「それについても考えて、こう推理した。スチュワートは単なる若造を装ってシンシナティにいた。実にうまく偽っていたはずだ。それらしく見えただろう。演じることが唯一の策略だ。そして船が出発する二週間ほど前には街にいて、ただ待機していた。そして船着き場をうろついて最終的には乗船して、ちょっとした仕事にありつく。そのほうがはるかに安全に移動できると奴は考え、いまの居場所でも折り合いをつけている。ここまででどう思う？」

「なかなかだな、いい線を行っている。報告しそびれていたが船長はおれが乗船した理由を知っているし、乗客全員にもばらしてしまった。だからスチュワートはたくさんの警告を受けている。それに予約をキャンセルしていなかったら、乗船した奴をあの間抜けなケブル巡査部長が逮捕したはずだ」

グロドニックのくすくす笑いが受話器を通して耳に響いた。「ケブルと話したぞ。おまえをあまり評価していなかった。人事異動で彼が記録部門になったと聞いたら気が休まるか。もう邪魔される心配はない」

「奴に重要事案は扱わせるなよ。それはそうと、スチュワートや船に関するあんたの見解は正しい。ニューオリンズに着くまでは動きが取れないんだな?」

グロドニックが慎重に言う。「まあそうだな、ただスチュワートと恋人の落ち合う場所を推理しようとしている。終点に着く前にどこかで女が乗船する可能性があると思うか?」

おれは言った。「いまはほとんどの乗客が互いに顔見知りだから、乗ってきたらとても目立つはずだ。新しい人物が気づかれずに済むとは思えない。その案は買えないな」

「うーん、確かにそうかもしれない、あくまで推論だが。そうなるとニューオリンズか。出発する船や飛行機や列車をすべて現地警察に確認させているが、あまり期待していない。もっともあの船が停泊したら彼らは押しかけるだろうな」

「結構だ」おれはむっとして言った。「あんたらがどうなろうと構うもんか」

「そうだな、すまないカーニー。おまえの気持ちはわかる。今朝イーライ・ジョナスと会った。おまえが気にする必要はない、と言っていた。できるだけやってくれればそれでいい。あまり慰めにはならないか?」

「ああ」おれはか細い声になった。

「また連絡を取り合おう、カーニー。何か必要になったら声をかけろよ」

「オーケイ、キャプテン。恩に着る」

おれはオーバーコートを持って居心地のよい広い部屋から出た。カーペット敷きの階段を下りて、いまは明るく陽光が差し込むロビーに向かった。フロントデスクに鍵を置き、財布を取り出す。

「歯ブラシをありがとう。いいホテルだ」おれは言った。

「ご満足いただけたようですね、お客様。チェックアウトなさいますか？」

「そのつもりだ。ディキシー・ダンディー号の航程を調べておいてくれないか？　その間におれは床屋へ行ってくる」

床屋のクッションの効いたフラシ天の椅子に座って、心地よい三十分を過ごした。ふわふわの白髪頭の黒人の年寄りに髭を剃ってもらい、ホテルで食事を運んできてくれたボーイと瓜二つの少年に靴をぴかぴかにしてもらった。ホテルに戻るとフロント係の表情は曇っていた。

「誰も知らないようです、ミスター・ワイルド」申し訳なさそうに言う。「波止場の人足たちは、船がいつ来るか知っていても、ここからどこへ行くかわからないんです」

「まったく。パデューカ病院に行くにはどうすればいい？」

「まったく。どうしたら……」と、おれはラッセルを思い出して気が楽になった。「わかる目途がついた。パデューカ病院に行くにはどうすればいい？」

タクシーに乗ればいい、とフロント係は言った。青と白の制服を着たクルミのような顔をした小柄なドアボーイが、玄関ドアを押さえながら丁寧におれを外まで案内し、停車しているタクシーの列に手を振って前に来るよう促した。おれはボーイにチップを渡してタクシーに乗り、病院へ向かった。短い滞在で少し残念なくらい、いいホテルだった。すべてがゆったりしていて、気ままにそぞろ歩きのできた、祖父と暮らしていた頃を思い起こした。

パデューカ病院は街はずれの緑の多い一角の中央にあった。カーブした私道にタクシーが停まる。待っていてくれるよう運転手に頼んで車を下りた。病院の受付でラッセルの病室を尋ねる。

受付の女性が頼りなさそうに言う。「そんな患者さんは……」

「昨晩、レントゲンを撮りに来たはずだ」おれは食い下がった。

「ああ、でしたら南棟です。ねえ、ミス・バーニー」女性が呼びかけた。

見習い看護師の制服姿の丸々太った陽気な若い女性が、小走りにやってきて笑いかけた。病院につきものの不穏な臭いが充満する、ゴム製タイル張りの長い廊下に案内してくれる。看護師は弾むような足取りで進みながら、出会う人ごとに機嫌よく挨拶する。小さなオフィスで立ち止まると、ミス・バーニーは記録を確認して、さらに別の廊下を進んで小さな病室に着いた。

ラッセルは四列並んだうちの一番奥のベッドに座っていた。頭に白い包帯が何重にも巻かれている。髪はところどころ切り取られていて、包帯から覗いている白いガーゼが、どこかひょうきんさを醸し出している。隣の空いたベッドには、しわだらけの貧相なスーツを着た丸顔の男が座って、ラッセルのほうに身を乗り出していた。

「おやまあ、ミスター・ワイルド、ここで何をしてるんです?」おれの顔を見てラッセルが言った。

おれは気楽に言った。「船に乗り損ねたんだ、パーサー君。きみならどこで船に乗れるか教えてくれると思ってね。ところで具合はどうだ?」

ラッセルが笑う。「いいですよ。頭痛はありますが、レントゲンでは異常ないそうです。船長はあなたに殴られたと思い込んで、起訴するつもりらしいですよ」

「おまえは会えば何かしら言ってくるな。心配するには及ばない、それで船は?」

しわだらけのスーツの男が振り返ってこちらを見ると、立ち上がった。体格がいい。ベルトに拳銃の床尾を前にして装着している。感情を出さない狡猾そうな表情をしていて、いけ好かない。「この人が船長の言っていた人ですね?」男は抜け目なさそうな小さな目をこちらに向けたままラッセルに尋ねた。

「ミスター・カーニー・ワイルドです」ラッセルが嬉しそうに言う。「こちらは地元警察のギャレガー署長」

　おれは手を差し出したが、ギャレガー署長はみすぼらしい手帳に顔を埋めて赤鉛筆を手に忙しそうにしている。鉛筆の先をなめて手帳をぱっと開き、こちらに微笑むそぶりを見せた。

「あなたが泊まっていてくれてよかったです、ミスター・ワイルド。このひどい事案の報告書を作るので時間をいただきたい」

「事案って？」おれは穏やかに尋ねた。

「ミスター・ラッセルが襲われた件ですよ」署長は憤然としている。

「それがあんたとどんな関係があるんだい、署長？」おれは下手に出た。ベッドの横を通り過ぎ、ラッセルのそばの窓の太い下枠に腰を掛ける。

「どんなというと？」どなり声だ。「わたしはここの署長で、当然ながら……」

「確かにここの署長だ」おれは指摘した。「でもラッセルが殴られたのは別の場所で、あんたはそこの署長じゃない。だから首を突っ込むな」

　署長は丁寧に手帳と赤鉛筆をしまうと、肉厚の唇をかすかに開いて黄色い歯を覗かせた。「あなたを不審人物とみなします。一日、二日留置所に入ってもらいたい。この街を不審者がうろつくのは好ましくない」

「行き場所がわかればすぐ出ていくさ」おれは怒りを堪えた。

「もしかして家がなくて……」

「ポケットには八百ドルほどある。お門違いだ」

「さあさあミスター・ワイルド」ラッセルが割って入る。「署長に嚙みつく必要はありませんよ。捜査すべき事件か確かめようとしているだけなんですから」

「そりゃそうだ。すまないな、署長。あの間抜けな船長のことを考えていたもんだから。ラッセルをおれの船室で見つけたからって、おれが殴ったと思い込んでいる。実際には誰の仕業かわからないし、動機も不明だ。推定はできるが敢えて避ける。おれの望みはあの船に再び乗ることだ。さあ、このくらいでいいか?」

「あなたは実に短気ですね?」署長が言う。「言葉遣いが変わりましたよ?」

「ああ。あんたがムショに入れると怖がらせたからな」

「あれは出まかせじゃありませんよ。決定的ではありませんが、可能性として……」

「これくらいでおしまいにしましょうよ、署長」ラッセルが口を挟む。「ミスター・ワイルドの身元はぼくが保証します。ぼくを襲ったりするわけがないのはよくわかっています。ミスター・ワイルドが言ったように、あなたの管轄でもありません。もう終わりにしましょう、いますぐ」

ギャレガー署長が肩をすくめる。ラッセルに目をやり、厚い唇の端をゆがめて卑屈な笑みを浮かべる。「なるほどね、ミスター・ラッセル、きみの言うようにわたしが心配する必要はなかった。何か手助けできればと思ったんだ、きみがひどく殴られたから」

「わかりましたよ、署長。恩に着ます」ラッセルが言う。

「そうか。きみのお母さんに会ったら、万事心配ないと伝えておくよ。それでは、ミスター・ラッセル、ミスター・ワイルド」

署長は部屋から出ていった。

ドアが閉まった時おれはかすかに口笛を吹いた。「あの石頭と知り合いか？　おまえが話しかけた時、嚙みタバコを飲み込みそうだったぞ」

ラッセルは破顔して謙遜するように手を振った。「彼は街に来る前に母の農場で働いていたんです。この先の離れた低地帯にあります」

「なるほど、どうりで」

「でもどうしたんですか？　入ってくるなり喧嘩腰で。まるで威勢のいい小犬でしたよ」

「確かに。いま治安当局に少し敏感になっているんだ。昨日の晩、楽しいおしゃべりをしようと言われてそういう輩に船から下ろされた。でも話は長々と——意図的に——続いて、おれは船に戻り損ねた」

ラッセルは笑うばかりで何も言わない。タバコの箱を取り、おれにも一本勧めて火も貸してくれた。

「今夜午前零時頃メンフィスに、木曜の昼下がりにはナチェズに停泊します。どちらかで乗船できますよ。急いでないなら、一緒にナチェズで乗船しませんか」

「ありがたい。でもそんなにすぐ移動して大丈夫か？」

ラッセルが即答する。「もちろんです。今夜、農場に顔を出しにいこうかと考えながら横になっていただけですし。頭に包帯を巻いた姿を見せたら母が心配するかもしれませんから、ナチェズ行きの夜行列車に乗りますよ。着くのは早朝で寝台車が退避線に停まります。ぼくはたっぷり寝るつもりですよ」

「それはいいな。おまえが大丈夫なら……」

「おやおや、ぼくはあなたよりよっぽど元気ですよ」ラッセルが陽気に言う。「あなたは叩かれまくった肉の塊みたいだ。寝てないんですか？」

「最近は寝てばかりだ。おれにはあまりよくないらしい。列車ではずいぶん時間がありそうだな。でも、どうしてそう船に戻りたがるんだ？　病欠している間の給金は会社から支払われないのか？」

「もちろん、もらえますよ」ラッセルがむっとして言った。「すばらしい会社なんですから。おそらく川船会社の中でも一番の疾病手当制度があり……」

「おまえオーナーなのか？」おれは思わず笑った。

「実は母が」ラッセルも頬を緩める。「母が所有しています。それでも一番の……」

「オーケイ、わかった」おれは愉快だった。「なら数日休みを取って静養すればいいのに？」

「ぼくはディキシー・ダンディー号の積荷担当官なんです」ラッセルが誇らしげに言う。「積荷目録を持って現場にいないと……」

「積荷？　あの船に？」

ラッセルがあっさり言う。「大きな船ですから。運転費の大半を賄えるほど多くの荷物を積めます。もちろん、本当の貨物船ならはしけもいくつか伴うでしょうが、それでも充分に有効荷重（実際に搭載する旅客、貨物などの重量）が見込めます」

「思いもしなかった。もっとも船なんて見たことないものばかりだ」

「特に面白いものじゃありませんよ。積荷はたいてい木枠に詰められた機械類なんです。でもディキシー・ダンディー号は列車より、もっとたくさん積荷を運べます。われわれ船と比べると、鉄道は……」

「オーケイ」おれは切り返した。「おまえの言う通りだ。このまま待っていてほしいか、それとももどこかで落ち合うか？」

ラッセルはベッドの上掛けを蹴り落として勢いよく足を下ろした。「待っていてください。繁華街にお連れして、これまで味わったことがないほどうまい店をご紹介しますから」

「昨日の晩、その辺りに泊まったんだ」おれは悦に入っていた。「服を着ろ」

第二十一章

ラッセルとおれは申し分ない病み上がりペアだった。すばらしいディナーを口にしたが、どちらもあまり食欲はなかった。それから夜遅く出発する列車のコンパートメントのチケットを買い、ウイスキーの瓶と共に座席に着いた。その後すぐに寝入り、悲しげな口調で鉄道の係員に起こされた時には、列車はナチェズのさびれた待避線に停まっていた。未処理の石油の悪臭が喉と目を刺激して、おれはくしゃみが出た。

「真夜中でさあ。三十分後にこの列車は移動しますんで」係員が言う。

ラッセルがもう一方の寝台からぼんやりと目を上げる。

「すぐ出るよ。ありがとう」おれは言った。

「ならよかった」係員が眉をひそめて言う。「でもおいらはあんまし……」

「用意ができたら声をかけるよ。いったん出ていってくれ」ラッセルははっきり言うと、足を床に下ろし、係員をじっと睨みつけた。係員は無言で出てゆき、そろそろとドアを閉めた。

ラッセルは立つなり言った。「うわ、頭ががんがんする」くぐもった声だ。ほとんど減っていない瓶を持って振る。「たいして飲まなかったのに」

「頭蓋骨にひびが入ってるんだ。頭痛はそのせいだろう」

ラッセルは白い錠剤二錠を何とか飲み下し、ライウイスキーをあおると、ひどい頭痛に堪えながら着替えをした。おれも機敏にとはいかなかったが、最終的にはふたりとも髭も剃って車両を降りた。板張りの長いホームを歩いて改札を出てから、少しタクシーに乗って暖かい日差しの降り注ぐ街を抜け、原木で高く組まれた石油掘削用の油井やぐらを通り過ぎて、ミシシッピ川を臨む険しい岬に沿って走る道路に出た。

「かつてはここに砦がありました」ラッセルがいつものように丁寧に話す。地元っ子がよそ者に名所案内をしてくれている。「実に川全体の支配権を握っていたんです」

「そうか、おれはご免こうむる」

タクシーは細い通りを進んで川岸に向かって下りていった。ところどころ薄い雲の影を水面に映す、しなやかなシルバーの輝きが眼下に広がる。

「ここが有名なナチェズ砦です」ラッセルが軽快に言う。「さっきおっしゃったように、ご免こうむりたい場所です。この下は街はずれでナチェズ・アンダー・ザ・ヒルと呼ばれた、物騒なところだったそうです。まともな連中は高台に暮らしました。水辺にいたのはお尋ね者のたぐいです」

「いいね」おれはつぶやいた。タクシーは丘の下に着くと一度ハンドルを切って狭い川岸に沿って進んだ。「ここは街はずれでもなかったはずだ」おれは意地悪く言った。「手漕ぎボートを接岸できる空間がないじゃないか」

ラッセルが静かに笑う。「ソドムとゴモラのように滅びの象徴ですね。神の怒りが、いや、ミシシッピの怒りがナチェズ・アンダー・ザ・ヒルに落ちました。川が氾濫して街を押し流したんです。川の激しさはいまもそのままです」

小さな桟橋に着くと十台余りのタクシーが待機していた。ディキシー・ダンディー号の幅広いタラップがゆっくりと桟橋に渡される。橋の上にいる人物が一度だけ甲高く笛を吹いた。実に滑らかに船は停泊した。

ラッセルは自分の船室に立ち寄りたそうだったので、中央の階段で分かれて、おれはほかの乗客が昼食を取っているであろうダイニングサルーンへ向かった。中に入ると場の空気が一変した。

まずエレンを探したがまだ来ていなかった。みな目を丸くして、死人が生き返ったかのように口をあんぐり開けてこちらを見ている。怯えた様子の船長が椅子からぎこちなく立ち上がり、テーブルに両手をついたので、コーヒーカップがかちゃかちゃ鳴った。

エド・ボルティンクはおれのせいで賭けに負けて嫌気を起こしているかのように、こちらを睨んでいる。ドク・リッグズは興奮して飛び上がり、テーブルを回ってそばに来ると、精一杯背筋を伸ばして、おれの背をどんと叩いた。ジョン・カールトン・バットラムは、ない力を振り絞ってこちらに大きくうなずいてみせる。そしてダンバー師は妻の手を握ったまま立ち上がり、笑みを浮かべて温かく迎えてくれた。あまり顔なじみではない三人の若い女性は、笑い声を上げてこそこそ言い合っている。

おれは身体をよじってドクの手から逃れた。「そう叩かないでくれ」おれは唸った。

「お帰り、放浪者さん」ドクが叫ぶ。「地の底からのご帰還ですね」椅子を引っ張り出しておれを座らせる。

パデューカで単に船に乗り損ねたのだ、とおれは何度も説明するしかなく、それにドクが適当に尾ひれをつけた。ウェイターがマホガニーを思わせる暗赤色のトマトスープの皿を持ってきた。ばかばかしい解説をされるままに、おれは無言でスープに集中した。

エド・ボルティンクが身を乗り出して意地悪そうな笑みを浮かべ、おれと目が合うと、実に卑劣に言った。「船長に聞きましたが、陸で逮捕されたらしいですね」

おれは笑みを浮かべ、怯えて青白くなっているジェリコー船長に目をやってから言った。「船長を訴える手続きを取っている。誹謗中傷による名誉棄損だ。しまいにはおれが船主さ。そうしたらラッセルを船長にしてホーン（別名オルノス岬。チリ領の小島オルノス島にある。強風と荒波で航行の難所）とやらを回る航海に出るか」

「勘弁してください！」やってきたラッセルはジェリコー船長の横の椅子に座ると、満面の笑みを船長に向けてから、テーブルの上でエアメール封筒をおれのほうへ滑らせた。

ジェリコー船長が音を立てながらカップをソーサーに戻してナプキンを横に置き、勢いよく立ち上がる。おれは差出人が気になり手紙を指の先で突いた。フィラデルフィアの消印とわかって目を上げると、幅広の顔を怒りで真っ赤にした船長がこちらに向かってくるところだった。その腕をラッセルが強く押さえている。

「本気にしないでください」ラッセルが宥める。「船長がうっかりミスをして折を見て謝るつもりなのは、ミスター・ワイルドだってわかっています」

真顔がにわかに破顔するのを隠すため、おれは頭を下げた。薄っぺらい封筒の封を開ける。ジェリコー船長はその場に留まりラッセルに目をやりながら徐々に怒りを静めている。今後を考えて思いとどまっているのだろう、きわめて重要な決定をしなければならないのだから。おれはさりげなさを装い一枚だけの便箋を取り出して開いた。文末の署名を見たとたん、船長や彼の愚行などすべて忘れてしまった。

手紙の主はジェーン。ミセス・ペン・マクスウェルからだ。署名が見えないよう便箋を折り畳み、人差し指で軽く叩く。ずいぶん前の話に思える。実際には数日、一週間足らず前なのだが、自責の念に駆られていた期間は、生涯に相当する長さだった。彼女はいまやミセス・ペン・マクスウェルだ。結婚におれが驚き、傷ついたと彼女は知っている。それで、そばに夫がいるであろう新居の机に座りながら、これを書いた。まだいまは読みたくなかった。まるで戦時中に知り合った奴か、学校で一緒だった後会わずにいた友達のように、はるか昔に思えて仕方なかった。いまの人生に不可欠な要素とは思えない。おれは手紙をポケットにしまった。

ジェリコー船長はタイミングを見計らって、謝罪の言葉をぎこちなく口にした。緊張した様子で頭を下げて、ゆっくり大股でテーブルに戻った。今度はラッセルも止めようとはしなかった。

ドクが穏やかに尋ねる。「じゃあ、あなたは投獄されなかったんですね？」

「噂を真に受けるな、ドク。悪い冗談もいいところだ。この話は終わりだよ。ところでミス・ポメロイはどこだ？」

「仕事の虫と化していますよ」ドクはいたずらっぽく笑った。「働いている彼女は感じが悪いですね。頭にあるのはライトメーターやカメラ、フラッシュライト、つぶやくのはアングルやネガ濃度といった不可思議な言葉ばかり。働く女性ほど質《たち》の悪いものはありませんね。男性は蚊帳の外だ」

テーブルのほとんどの客は食事を終えており、ろくな説明をしないラッセルやおれにいら立ちながら席を立ち始めていた。ナチェズの古い邸宅ツアーの参加者を案内するために、三人の制服姿の乗客係がバーの外で待っていて、たいていの客は最初の出発ボートに乗りたがった。ボルティンクはおれたちと離れた時から妻と別行動らしい。

彼はゴールドの葉巻ケースを出して、油っぽい黒い葉巻を選ぶと、儀式のようにピアーズを突き刺してから火をつけた。「女性にとって古い家は最近建ったものと違う魅力があるらしくて、うるさくてかないません。妻は古い邸宅に夢中でして。なぜですかね？　妻はわざわざ遠くまで足を運んでは古いキッチンを覗いて、置き場に困るようなさびた鉄鍋に歓声を上げたりする」

ラッセルが共感している間おれはランチに集中した。最近食事をずいぶん取り損ねている。魚料理は初めてのものだったが、おれは二人前食べ、大皿のアスパラガスも平らげた。ドク・リッグズは二言三言おれを冷やかした後、ナチェズ・ツアーへ一緒に行く約束をしたエレンを探しに出ていった。

ドクが去るとボルティンクは立ち上がった。ラッセルの肩に手を置いて、おれにうなずいてみせる。「因果な商売ですね」親切心をひけらかすようにボルティンクが放つ。「ふたりとも元気になったみたいで何よりです」こちらを見る。「カミソリ刃の代償は高くつきましたね？」そう言ってラッセルの肩を軽く叩いた。「どうぞお大事に」

ラッセルはため息をついてみせると、かすかに肩をすくめてから、乗客係に手振りでコーヒーのお代わりを頼んだ。「ところでミスター・ワイルド、どうか内密にお願いしたいんですよ、その……会社とうちの家との関係については。ときおり悪い印象を与えるものですから。わかっていただけますね」

「よくわからないが、何も言うつもりはない」

「よかった」ラッセルは心から安堵した様子でやけどするほど熱い二杯目のコーヒーを勢いよく飲み干すと、立ち上がって伸びをした。「ああ、もう一生眠らなくていいような気がします。それではまた後で、ミスター・ワイルド。わたしは仕事に戻ります」

彼がサルーンから出てゆくのを見送りながら、彼の母親がやり手だという事実を口外しないよう念を押された理由を考えた。何かあるのかもしれない。だがきびきびとした足取りでダイニングサルーンに入ってくるエレンの姿を見たとたん、ラッセルの件は頭から吹き飛んだ。

「カーニー！」おれが立ち上がる前に彼女がこちらに屈んできた。「ああ、カーニー！　戻ってきたってドク・リッグズから聞いたの。何があったの？　あの憎らしい船長の話ではあなたが……」

「さすがに、もう口を慎むはずだ」おれはいかめしく言った。「何もなかったさ。スチュワートについて話を聞かせてくれ、と地元のＦＢＩから言われた。話が長くなって船に戻り損ねたから、ラッセルと一緒に列車に乗って船に追いついた。それだけの話さ」話している間も硬く怒ったような声になったが、彼女を見ているうちに、声は柔らかく落ち着いてきた。「ああ、きみはきれいだ。おれに会いたかったたか？　座って何か食べろよ」

「乗務員用のところで食べたわ」エレンは落ち着かない様子だ。「下で撮影中なの」右側の椅子に座り、両手でおれの手を優しく包む。「これきりにしてね。わたし……怖かったわ」

「ああ約束する」

長い沈黙ののちに彼女が言った。「もう行かなくちゃ。ナチェズの素敵な邸宅を見学に行くの。一緒に来ない？　撮影はしなきゃならないけど、もうすぐ終わるわ」

「やめておくよ。少し落ち着いて考えたい。最近は考えようとしてもすぐ寝てしまっていた」

「お昼寝でもすることね、カーニー」エレンが囁く。「わたしは数時間で戻ると思うわ」

「ドアを大きくノックしてくれ」

彼女と一緒に中央階段まで歩いて、その場におれは留まり、ドクがいるタラップまで彼女が走っていくのを見守った。紺と緑の縞と、黄と白の縞が格子になった軍服風のスーツを着ている。とても抑制的だがどこか華やかで、よく似合っている。動くたびに翻るスカートが素敵だ。彼女に革張りのケースを六個ほど運ばされていてもドクは嬉しそうだ。そしてエレンは堂々としている。おれは足を引きずるようにして部屋へ戻った。

室内の遮光カーテンが端まで引かれていたので、敢えて触れなかった。重いコートをベッドに落とし、深い椅子をスタンド式灰皿のそばに引き寄せて座る。少し上体をひねり、ギプスをしている左腕が椅子の詰め物の部分に載るようにした。部屋は静かだ。船は停止している。おおかたの乗客は下船して、古きよき時代を偲ばせる南部の壮麗なお屋敷を見学して戦前のナチェズの魅力に思いを馳せ、その面影がいまは消え失せている事実を憂う。おれはタバコをつけ、安らいだ気持ちで煙を天井に長く吹き出した。いまだけは平和な空間だ。外輪はかすかに水滴を落としながら水面で静止し、重厚なエンジンは止まっている。心が和む昼下がり。ほの暗い部屋でゆっくりタバコをくゆらす。しばらく落ち着けそうだ。

私見を交えずに順序立ててスチュワートについて入手した情報を考察する。簡単ではなく長時間かかったが、結果として新たな発見はなかった。

始まりからして疑問が浮かぶ――強盗事案で常に重要な点だ。スチュワートは――要所要所で――不器用だ。それは視点を変えれば、犯行計画に長けたプロ集団と共謀していることを意味する。スチュワートはその構図にそぐわない。奴は出来心で大金を盗み、どこかに逃げおおせて、その金で幸せに暮らすような男だ。

だが出だしから考えると調子がよすぎる。スチュワートはすぐに逃亡できたのに、何時間もフィラデルフィアに留まった理由がわからない。ばかげている。とっとと逃げなければならなかったはずだ。

だがほかの点はやけに順調だ。スチュワートがディキシー・ダンディー号を最終逃走場所とした、というグロドニックの推理が正しければ、逃亡を含めて、すべてがスチュワートにとって都合がよすぎる。フィラデルフィアで逮捕される寸前だったほど鈍重な男が、航路を利用した逃走などという妙案を思いつくだろうか。組織的な計画を立てておきながら忘れてしまう、エキセントリックな二重人格でもない限り考えにくい。スチュワートに手引きをする人物がいると考えるのが妥当だ。

共犯がいるとするとどうなる？　国外逃亡を謀ってチケットを買ったのかもしれない、常套手段だ。スチュワートに逃走を助ける人物がいるとして、おれが奴を見つけるのに役に立つか？　そうとは思えない。

タバコを横の灰皿で揉み消し、親指を噛む。まだ気づいていない、ほかの要素があるはずだ。ラッセルはおれの部屋で殴打された。その理由は、そして犯人は？　乗船している人物なのは明白だがスチュワートではない。スチュワートがセッションズなら、ルイビルで下船していてラッセルを襲えない。スチュワートではない何者かが、ラッセルをおれと思い込んで殴った。殺意があったのか、一時的に脅すだけだったのか？　痛めつけるだけでは意味がない。殴打事件はベッドに残っていた、あのばかげた警告メモと結びついているはずだ。いや、何事も定石に当てはめようとするのがおれの弱点だ。必ずしも同じ理由である必要はない、警告と襲撃は別個の可能性もある。確信できるまで二事案を別々にとらえるよう肝に銘じた。

オーケイ、この船に重要人物がまだいるわけだ。そしておそらくその人物はスチュワートではない。つまり彼の逃亡計画を手助けした人物だろう。乗船しているその人物は、スチュワートのすぐ傍らで、危険を顧みずにうまく立ち働いている。いや、何事も安易に関連づけないようにしよう、と胸に刻んだばかりだ。裏が取れるまで、共謀者と警告した人物は別人と仮定しよう。オーケイ、ふたりだ。

するとき不意に、過去のある事件を思い出した。ニューヨークで現金百万ドル近くを銀行から強奪した男の身柄を、FBIがフロリダで確保した事案だ。捜索は順調だった。ノイローゼ気味の男が後先も考えず、腹立ちまぎれに金を横領したのだった。男はFBIに逮捕されてかえって幸運だった、というのも、国内の狡猾な輩も男を追っていたからだ。シカゴの組織に属する四人組は男の所在を把握するのにFBIより三、四時間後れを取り、金を横取りし損ねた。犯人は運がよかったのだ。

その事案を思うと、おれはうすら寒くなった。スチュワートはニューヨークの強盗犯並みに青臭い。国中の強奪犯が隙あらばスチュワートの頭を殴って二十万ドルをかすめ取ろうとしている。どういうわけか、ニューヨークの事案でFBIが把握した手がかりは、組織の手合いに筒抜けだった。スチュワートの事案がしかるべき市場に出回っていないとも限らない。おれは新たな事象を懸念した。

結局、判明しているのは？　逃亡を手引きした人物は、スチュワートが無事に国外逃亡を果たせるよう策を弄した。ディキシー・ダンディー号に乗船していた正体不明の人物はラッセルを殴り、おそらく、おれに下船するよう警告した。そして、強奪金の横取りを企てる人物も複数存在する。

一服しよう、とタバコに手を伸ばす。捜査を進めれば、乗客二百人の中からスチュワートとかかわりのある人物を見つけることになる。タバコを喫い終わってから、推理に戻った。

おれの考えはそう悪くない。三名の容疑者は実際にはひとりかふたりかもしれない。手助けした人物がラッセルを殴った犯人と同じ場合もある。ひとりかもしれないのだから、その人物が金を横取りしてもおかしくない。可能性は少ないがひとりだけの線も消せない。

明日にはニューオリンズに着く。グロドニック警部もFBIや地元警察に囲まれながら捜査に加わる。おれは手かがりを差し出せば仲間に加われるだろう。少なくともスチュワートの捜査に一枚嚙める。それで充分すぎるくらいだ。だが推理を伝えず手がかりを提供しなければ、おれは追い出されてカーニー・ワイルド探偵事務所は一巻の終わりだ。ニューオリンズに着く前に、誰もつかんでいない手がかりを見つけなくては。

ラッセルを殴打した人物を見つけ出すのが最も有望となる。まだ乗船しているはずだ。スチュワートの共謀者なら警察に面が割れているかもしれない。横取りをもくろむ手合いにも同じことが言える。どちらも玄人技でサツの記録に載っているだろう。その推理が正しければ、おれが探す人物は、目的のためには手段を選ばないはずだ。

おれは椅子の背にもたれて、その日初めて大きな笑みを浮かべた。エレン、彼女が手伝ってくれると確信した。彼女はヴァケーション誌の記事の締めくくり用に、楽しげな乗客の写真を求めているはずだ。自然な流れで、おれが探している人物も見つけてくれるかもしれない。

と、疑念が浮かぶ。乗客は二百人、さすがのエレンも全員は撮れない。でもその必要はないか？部屋で待ち伏せしていた何者かがおれに興味を抱いたのは、ジェリコー船長がおれの氏名と職業を公表した時からだ。オーケイ、つまりおれがスチュワートを追っていると知った時から監視し続けている。おれのやることなすこと、そいつに筒抜けだ。いつでも監視している。つまりそいつとは面識がありり会話しているはずだ。船長が同席する食事のテーブルで同席した面々以外——乗務員は別として——親しく接した人物はいない。船長のテーブルにいるのはデラックスベッドルームの裕福な客ばかり。その中にラッセルを殴打した人物がいる。

この推理に漏れはないか？　おれは思い返した。探しているその男は——何者か——乗客かもしれない。その可能性はある。それだって、おれが大統領になるのと同じくらい低い可能性じゃないか。理解しがたい。男はおれを監視できるくらい近くにいる人物、少なくとも顔見知りで、おそらく話もしたことがある。それは確かだ、疑念の余地はない。

エレンがそばにいなくて落ち着かない。せわしなくタバコを喫いながら、今後の捜査計画を立てるべく広い室内を行ったり来たりする。二、三杯ウイスキーをあおってから雑誌を手に取って華やかな写真を眺めたが、じきに雑誌を床に落とし、拳を噛んでいら立ちを抑えた。いまにも捜査に取り掛かりたい。ここ数日の眠気は吹き飛んだ。落ちてページが開いたままの雑誌に目を落とす。エレンにどことなく似た美女が歯を見せて笑っているポートレートで、生き生きとした表情を磁器のマスクで隠している。反対のページはスコッチウイスキーの派手な宣伝広告だ。キャメロン連隊服姿の大柄でたくましいバグパイプ奏者が、大股で行進している。パデューカからの列車内で手をつけなかったボトルを思い出し、そいつを味わいに部屋を出た。

第二十二章

パーサー室でひとり、請求書《インボイス》や貨物運送状、出荷書類の山と格闘していたラッセルは、飲みに行こうとおれが誘うと喜んだ。ストレートで二杯ほど飲み干してから操舵室前の小ぶりなブリッジ（船舶の高所に設けられた操船に関する指揮所）へ歩いていった。任務中にもかかわらず高級船員が長いラウンジチェアーに寝そべって寝息を立てている。おれたちはエレンが戻ったらすぐわかるようデッキに行き、それからラッセルに計画を説明した。

　彼はときおり頭に巻かれた包帯のふくらみに指で触れながら、思慮深く話に聞き入っていた。

「いいですね」おれが話し終えるとラッセルは言った。「いま伺った限りではいいと思います。でも細かく詰めていったほうがいいですね、いかがです？」

「確かにそうだな。相手がこれまでおれを尾行していたら、とっくに面識があるはずだ。少なくとも顔見知りにはなっているだろう。だがおれが知っているのは船長のテーブルの面々だけだ。捜している人物があの中にいないなら、その人物は距離を取っている。おれが嗅ぎまわるままにさせて、なおかつ、おれの様子を窺うためにそばに来るようなばかな真似はしない。つまり、その人物は実に賢い奴だ」

「なるほど」ラッセルが深く息をする。「確かに」彼はブリッジの手すりに括りつけられた、奇妙な仕掛けに片肘を預けた。その重みで仕掛けが畳まれていったので、彼はまた背筋を伸ばした。「あなたの彼女の三脚ですよ。グルニエによると、彼女は毎朝ここに上がってきて川の写真を撮り、ナチェズの断崖のいいアングルが来るのを待っているそうです。その仕事ぶりにパーサーは感心しきりです。プロの仕事というのはいつだって見てて気持ちのいいものです。仕事ぶりからもミス・ポメロイのよさがわかりますよね？」

「ああ」おれは静かに言ったが、それは思ったより小声だった、というのも目ではエレンを追っていたからだ。例のごとくふらつきながらもカメラ機材を持つ頼もしきドク・リッグズと一緒に、彼女がタクシーから下りてくる。「言っただろう、彼女はすごいって」

エレンは強い日差しが照りつける中に立ち、運転手に渡す金を手探りしている。紺と緑の格子柄のスーツは明るい光を浴びてさらに宝石のような輝きを放っている。

ラッセルが両方の人差し指を口に入れて大きな口笛を吹いたので、おれは心底驚いた。エレンが顔を上げて元気に手を振る。ドクに持たせている大きなカバンからスピードグラフィック（米国グラフレックス社製の蛇腹式大型カメラ）を取り出し、きびきびとタラップを歩きながらカメラを開け広げる。船首旗竿の基部に足を構えると、一度照準し、微調整してから感光板を保護する黒幕を引き出した。写真を撮り、感光板をセットし、ホルダーを逆向きにして、もう一枚撮った。そしてカメラをドクに返すと、こちらに満面の笑みを見せた。上がってくるように身振りで示すと彼女はうなずいた。

「彼女も協力すると思ってるんですね？」ラッセルが尋ねる。

おれは振り返って睨んだ。「そうだ」きっぱりと言う。「なぜわざわざ訊く？」

ラッセルが肩をすくめる。「余計なお世話でしたね」彼がつぶやく。「彼女は素敵な女性です。一日で虜になって……失礼、聞き流してください」

ラッセルは踵を返すと、短い廊下を軽快に歩いて自分の宿泊用船室に入り、ドアを閉めた。ほどなくエレンが来た。ふたりきりにしてくれたラッセルに感謝する。彼女は疲れを見せながらも元気で機嫌がよく、観光の様子をにぎやかに報告した。家々、芝地の庭、調度品などについて、かつての街の栄華を思い起こさせる生き生きした表現をする。彼女は実に想像力が豊かでありながらとても緻密だ。彼女が賞賛したものならおれはなんでも手に入れたくなってしまう。

数分後にラッセルが大きな音を立てて船室のドアを開け、ブリッジにいるおれたちのところまで戻ってきたので、捜査の一環で撮影を依頼したい旨をエレンに説明した。急かしたり、騙したりはしなかった。問題点を巧みに伝え、撮影が彼女の意思であるよう見せかけるのは簡単だったろうが、敢えてそれは避けた。

「わかったわ」彼女はかすかなためらいを見せた。「楽しそうな乗客の写真が欲しいわね。バーなんかどう？　遅かれ早かれ、みな来るじゃない。船長、ミスター・ボルティンク、ミスター・バットラム、ダンバー師、ドク・リッグズ。ラッセルにあなた。ほかには？」

おれは視線を向けたが言いあぐねた。目を逸らさずにいた彼女は察したようだ。

「もちろん女性たちね。既婚女性にシングルの女性。あら、あのおしゃべり好きな女学生たちの名前すら知らないわ」

エレンは腹が据わったらしく早口でまくし立てる。彼女の手にそっと触れると口を閉じた。

「すまない。いやな仕事だ」おれはしゃがれ声で言った。

横でもじもじしていたラッセルは咳払いをすると、言いづらそうに言った。「ぼくの写真を撮る必要はありませんよ。それにミスター・カーニー・ワイルドの人柄はこのぼくが喜んで保証します。これで少しは仕事が減るのではないですか」

エレンは彼の無邪気さに微笑み、指でおれの口に触れた。ひんやりした指だ。

「かまわないわ」彼女は深呼吸すると、いつものように優雅に髪を撫でつけた。「さあ取り掛かりましょう。どちらが機材を運んでくれるのかしら？　それにフラッシュの球を取りに部屋に寄らなきゃ」

おれは即答した。「ラッセルだ。おれを見て何者かが行動に出ないとも限らない。頼む、隠し撮りはしないでくれ。適当な言い訳で乗客に断られたりしないよう、公然と撮影の様子を見せて、みながにぎやかにしているうちに撮り終えるんだ」

「あら、わたし……」エレンが自信なさそうに言う。

「それはぼくの仕事ですよ、ミス・ポメロイ」ラッセルがきっぱりと言う。「お任せください。ぼくがおぜん立てしますから、あなたは盛り上げてください」

おれはラッセルに言った。「パーサー室で待っている。ゆっくりやってもらっていい。でもおれがやきもきしているのは忘れないでくれ」

ラッセルはさっと敬礼してエレンの腕を取った。ふたりがエレンの部屋へ向かうとおれはパーサー室に行った。中に入ると午後の遅い日の光が差し込み、例の凝った造りのデスクに座っているミスター・グルニエの白髪のまばらな頭に光輪を作っていた。

「ラッセルから、ここで戻るのを待つよう言われた」おれは言った。

「どうぞ」パーサーが微笑む。厳かに立ち上がって暗に椅子を勧め、おれが座るまで礼儀正しくそのまま待っていてくれた。

「迷惑だったら、船室に戻って待っていてもいいんだ」

「そんな、何をおっしゃいますか、ミスター・ワイルド。こうしてお話しできて嬉しいんですよ。その……内々に、という意味ですが」グルニエは神経質に咳ばらいをして乾いた唇に触れた。「うちのスタッフたちの失態をお見せしてしまいましたね、ミスター・ワイルド。おかげで今日の午後はラッセルと長い話し合いを持ちました。話をたくさん聞きました。この船の高級船員たちが不愉快な思いをさせたそうですね、深くお詫びします。情けない話です」

「謝られるようなことは何もなかった」おれは当惑して言った。「忘れてくれ。棚にある年代物のライウイスキーを勧めてくれないか期待してるんだ」

グルニエは破顔し、安堵した様子でため息をついた。「ぜひ飲んでください」彼が立ち上がり、バーコーナーの前にある棚の仕切りを押し開ける。

おれはグラスを手に待っていた。期待していた通りパーサーがゴブレットを高く揚げて乾杯の音頭を取る。

「それではミスター・ワイルド、キング・カーニバルに」グルニエが陽気に言う。

おれはグラスを揚げた。「大いなる下水道《グレート・ソー》に」厳かに言う。

グルニエが目を丸くする。「何ですって！」

「マリアット大佐（フレデリック・マリアット。イギリスの海軍士官、作家、編集者）がミシシッピ川をそう呼んだ」おれは何食わぬ顔で言った。「マーク・トウェインの本にあったぞ」

老いたパーサーが鼻を鳴らす。「ばかな。断じて受け入れがたい！　いけませんよ、ミスター・ワイルド」

おれは憤慨するパーサーに歯を見せて笑った。改めてグラスを揚げて唱える。「『エイブ・リンカーン御大とリトルマック、あなたが忘れていたリー将軍にも』これはどうだ？」

グルニエが微笑む。「ああ、それならいい」

おれはウイスキーを少しすすった。「リトルマックって誰だ？　マクレランのことか？」

「そう、マクレランです」グルニエが答える。シェリー酒を長い舌でひとなめして嬉しそうに目を閉じた。「いまのアイゼンハワー大統領並みに統制力のある偉大な軍人でした。リンカーンは最後まで彼を野戦軍の長として出動させることはありませんでした。大成しませんでしたね」

「安らかに眠れ」おれは厳かに言った。互いに頭を下げて酒を一息に飲み干す。

グルニエはそれぞれのグラスにお代わりを注いでからデスクの椅子に落ち着いた。「差し支えなければ、承認待ちのこのメニューを見ていいですか。コック長がすぐに必要なのでね。あなたの横の台にはマーク・トウェインの本がありますし、そちらのテーブルに置いている雑誌もなかなかのものです」

パーサーが書類の山に潜り込んだので、おれは何気なく窓の外を見た。強いライウイスキーを飲みながらじっと待つ。心の中で、エレンのカメラを避けるのは誰か思案した。遡って現金で賭けたいくらいだ。答えを出すのは難しくない。

船は急にぶーんと音を立てて生気を取り戻した。主エンジンが回転し、外輪はがくんと動いてしばらく揺れてから回転を続ける。パーサーとおれの体が後ろにしなった。外輪が逆回転してニューオリンズまでの航程での最後の出発をする。おれはマーク・トウェインの本を手に取って付録ページを開き、一八八二年に流れのよどんだ水域で起きた災害に関する表記を読んだ。悲惨な内容だったが、いまの心境に合っていた。

　待つのも我慢の限界になってテーブルを叩かんばかりになっている頃エレンとラッセルがオフィスに入ってきた。エレンはすぐに椅子に座り込んで両脚をまっすぐに投げ出すと、深いため息をついて、ためらいがちに笑った。ラッセルがカメラ機材を床に置いてどすんと座る。

「しっちゃかめっちゃかですよ」ラッセルが唸る。「二度とご免です、お手上げですよ。ミス・ポメロイ、撮影はいつもあんなに大変なんですか?」

　エレンがうんざりしたように首を横に振る。「あんなのは経験したことないわ」

　ミスター・グルニエがきゃしゃな両手を震わせて書類の束を持ちながら、デスクを回ってきた。ふたりで飲んでいたところだ、とラッセルに伝えながら礼儀正しくエレンに礼をする。ラッセルは数分経ってから元気を奮い立たせて、みなに酒を注いで回った。

　ラッセルはゆっくりと言った。「みなさんが、それこそ全員が撮影に乗り気でした。ミス・ポメロイがプロで写真がヴァケーション誌に掲載されるのが、なぜか広まっていました。なのでぼくたちは人気者でしたよ」ごくりと酒を飲む。

「人気者!」エレンが鼻を鳴らす。ラッセルからグラスを受け取ると感謝して啜った。「二十四枚撮ったわ。フラッシュの球の数だけ。船長を入れて何人だったかしら、ラッセル?」

「二十四人です」ラッセルが唸る。「本当にお調子者でまいります」

「じゃあ船長は除外しよう」おれは慎重に言った。「ほかには?」

「ドク・リッグズは撮影の時レフ板を持ってくれたの」エレンが疲れた声で言う。「撮ってもらうのは髭を剃ってからだって言って。女性はみんな撮ったわ。同じテーブルの女性は全員」

エレンは飲み終えたグラスを置いた。「それからせっかく準備していたのにミスター・エド・ボルティンクは撮れなかったわ。奥さんを連れてきたがったの。一緒に戻って来た時には最後のフラッシュを使いきっていた」

「それにダンバー師は単純に拒否しました」ラッセルが付け加える。「丸々二時間撮影していましたが、収穫はありませんでしたよ、ミスター・ワイルド」

おれは笑ってウイスキーをすすった。エレンのしなやかな手に触れると少し湿っていた。彼女がこちらを見上げて微笑む。

「心配するな。おかげで糸口が見つかった。ラッセルを殴った犯人はわかっている」

「誰なの?」エレンが尋ねる。

「探偵の勘ですか、ミスター・ワイルド?」ラッセルが言う。

おれはいったん話題を変えた。「船は航行中だから思わぬ問題がある。ニューオリンズに着くまでその人物をどう扱ったらいい? 船内には監禁する部屋などないだろう?」

ラッセルが首を横に振る。「ないですね。街に停泊して警察に引き渡すまで拘束する方法はありません。ジェリコー船長は航程外の停泊をするくらいなら辞めるでしょう」

「ならどうすればいい?」

「カーニー」エレンがおれの手を引っ張る。「わかったわ、いまは行動に移せないのね。でもあなたのために二時間ずっとうるさい乗客たちを相手に写真を撮ったの。糸口が見つかったって言うけど、その人物を教えないつもり?」

「ああ。初めはそのつもりではなかったが、おれたちは何も知らないふりをすべきだ、と気づいたんだ。だって、できるか？　同じテーブルで食事を取ったり、しゃべったり、時にはダンスをしたりするんだぞ？　本当に知りたいか？　それとも奴を逮捕できる態勢が整うニューオリンズに着くまで、知らないほうがいいか？」

ラッセルは無言だ。質問がエレンに向けられているとわかっているのだ。

彼女は力なく座ったまま黙っている。それからそっとおれを見上げた。「わかったわ、カーニー」

彼女の瞳は温かく、もう迷いは見えない。「三十分以内に迎えに来て、おごってちょうだい」

おれと軽く頬を合わせて彼女が立ち去る。ドアが閉まるとラッセルが我慢していたように息を吐き、自分のお代わりを注いだ。「本当に魅力的な女性ですね」大きく息をしたラッセルが再びこちらを向く。「ぼくには教えてくれますか、ミスター・ワイルド？」率直に尋ねる。「秘密は守りますけど、無理強いはしません」

おれはためらいなく言った。「ボルティンクだ。おまえも怪しいと思っていたろう」

ラッセルが真顔で首を横に振る。「いいえ、神に誓って。正直なところドク・リッグズだと思っていました。てっきり……」

「ドクはペテン師だが、その手の悪じゃない。奴の船室を探ったんだ。おまえとエレンがデッキに来た時に、おれが笑っていたことがあったろう。ドクはドクター・ジョゼフ・リッグズ・トレッドウェイという民話伝承界の大物だ。休暇を取っている間はわざと悪党や香具師を装って楽しんでいる。当然ながら本職を偽っている時には撮られたくないだろう。後でいろいろと面倒だろうからな。ドク・リッグズは除外していい」

「なんとまあ」ラッセルがつぶやく。「ドク・リッグズじいさんときたら。ドクのような罪のない詐欺師を信じられないなら、何も信じられませんね。ぼくは人を見る目がないようです」捨て鉢に笑う彼の気持ちもわからないでもない。

「ドクは信用していいんだ。いままでで最高の演技だろう。ドクはわざと大げさにしている。ありきたりの真面目人間が詐欺師のふりをしたら、それこそ見るからに間抜けで蹴とばしたくなるところだ。ドクは違う。奴はありきたりな低俗さを示しながらも、その道の知識を披露して決して間違いを犯さない」

ラッセルが弱々しく目をこする。「それは確かなんですね？　ダンバー師もペテン師である可能性はまったくないんですか。ぼくたちがここに来る前からボルティンクが犯人だとわかっていたんですね？　いったい、どうやって？」

「当たりはつけていた」おれは認めた。「カメラを避ける連中が怪しいと思ったので、確認した。奴が犯人だとする手がかりがたくさんある。奴の服装が豪華で装飾品が高価だというのも、そのひとつだ。あまりにも華美だ。千ドルはする腕時計をしている、とおまえも言っていただろう。カフスボタンはその倍はするはずだ。それに奴も芝居じみていたが、ドクほど上手ではなかった。ボルティンクは当初、吐き気がするほど繊細な紳士を気取り、心得顔で率直な物言いをする、葉巻をたしなむ上流階級のふりをしていた。それに今日テーブルでの奴の発言も手がかりになった。動かぬ証拠だ。おまえが頭を殴られて、カミソリ刃の代償が高くついたと奴が言っただろう？　でもおまえを見つけた直後、おれはカミソリ刃を拾った。人を呼ぶ前だ。その件を知っているのは、おまえを殴った奴しかいない。船室でおまえがカミソリ刃を床に落とした時に奴は見たんだ。さもなければ……その件を誰かに話したりしていないだろう?」

ラッセルが激しく首を横に振る。「カミソリ刃の件はすっかり忘れていました。確かにその通り。これまで気づかなかったなんて、なんてばかなんだ」

「わかったからには、何も知らないふりをして、変わらず対応してくれよ。奴が機嫌よくしていれば、明日牢屋にぶち込む前につかまえて締め上げられる」

「その時にはわたしも呼んでください。ミスター・ボルティンクとは内々の話があります」ラッセルは指先で頭の包帯に触れた。

第二十三章

　おれは狭いブリッジの上にラッセルと並んで立ち、朝の川の新鮮な空気を味わいながら、ほとんど起伏のない岸辺に静かに波打つ水面をぼんやりと見ていた。朝の日差しが強烈でワイシャツの襟を緩めたくなる。肘をついている手すりに掛けたオーバーコートは、今後北部へ行く時まで出番はないだろう。ラッセルがかすかに足を動かす。

「テーブルでやけに落ち着いて見えませんでしたか？　ボルティンクのことですけど」ラッセルが囁く。

「ああ。何も気づいていないんだ」

「朝食の時ミス・ポメロイがいてくれて助かりました」ラッセルが考え込む様子で言う。「今朝ボルティンクを締めあげるつもりかもしれないと思っていました」

「人が多すぎる。奴をどう扱うのが最善か思案していた。ニューオリンズまでどれくらいだ？」

「あと一時間もすれば」

「時間はたっぷりだ」確信もなくおれは言った。川に目をやると、小さなプレジャーボートが目のくらむような速さで輪を描きながら蒸気船の周りを滑っていた。ここはミシシッピ川でも混雑した区間だ。前方では何十隻もの航洋船が埠頭に繋がれ、通常の波止場でよく見るような角度ではなく、川に縦に長く連なっている。川の流れがそうさせているのだろう。流れの中ほどを行く丸々としたフェリーボート二隻が互いに汽笛を鳴らす。モーターボートやクルーザーのデッキではしゃぎ声を上げている若い女性たちが、こちらに手を振って笑いかける。

「デッキがサツでいっぱいになるぞ、準備はできているか?」おれは尋ねた。

ラッセルがやんわりと言い返す。「さすがにそこまでは手が回りませんよ。先方の要望もわかりませんし。乗客を船内に留まらせるつもりなら手助けしかねます。待機して形勢を見守ったほうが……」

ラッセルは急に口をつぐむと、ブリッジの左側に大きく身を乗り出した。「何をしているんだ、あの人は死ぬつもりですか」

小型のクルーザーが荒々しい曲線を描いて左船首に近づく。巧みな操縦でその場に留まり続け、ややバックしてディキシー・ダンディー号の乾舷(水線から上甲板の面までの距離)が一番近い辺りに落ち着いている。クルーザーのデッキで大柄の男がよろめきながら、この船の手すりに手を伸ばしている。

「なんてことだ!」おれは大声を上げた。「あれはグロドニック警部だ! すぐに行って乗船を手伝ってくれ。それからきみのオフィスに連れていくんだ。誰にも言うな」

ラッセルは言い返さず、中央階段に向かって走っていき、階段を三区間、飛ぶような速さで駆け降りた。だがそれでもグロドニックの乗船のほうが早かった。筋骨たくましい警部はタイミングを見計らって硬い大きな手で支柱をつかんで飛び乗ろうとしたが、靴底が滑って、すぐに片手でぶら下がる格好になった。クルーザーの操縦士が何か呼びかけ、巧みな操縦で近づいてグロドニックがクルーザーに戻れるようにした。だが警部は無視して左手でしっかり支柱をつかんだままだ。ディキシー・ダンディー号が前進する弾みで警部の身体が揺れ、右手で鉄製の手すりにしっかりつかまることができた。グロドニックは腕の力で身体を持ち上げ、手すりを乗り越えてデッキに降り立った。濡れた靴をいら立たしげに振り、目を丸くしている甲板員たちに顔をしかめる。甲板員のひとりに何か尋ねたが答えが得られなかった。そこへラッセルが到着し、何を言ったにせよ的を射ていたようで、グロドニックは彼と一緒に中央階段に向かった。おれも船内に入り階段を下りてパーサー室に向かう。

ふたりはドアの外に立っていた。おれが静かに近づくと、ラッセルが鍵をぎこちなく扱っていて、怒った顔をしたグロドニックが湿った靴をぐちょぐちょいわせながら足の重心を片方から片方へ替えていた。

おれは言った。「中へ、急いで」

三人ですばやくパーサー室に入りラッセルがドアを閉める。おれの指が鳴るほどグロドニックが強く握ってくるのに任せた。

「会えて嬉しいよ、カーニー」グロドニックはにっこり笑い、ラッセルが投げたタオルを手を伸ばして器用に受け取る。「足がびしょ濡れだ」

「あのサーカスまがいの曲芸は何だ、警部？　あと一時間もすれば到着なのに」おれは尋ねた。

「抜けがけさ」グロドニックが言う。靴下を脱いで絞り、足を拭いてから靴下の中にタオルをねじ込んで水気を取る。靴も丁寧に拭いてから再び履いた。「波止場であちこちのサツが山ほど待ってるぞ。おれは先手を打って真っ先に乗船した。おまえが手がかりを得ているかと思って。どうだ、ワイルド？」

おれは唸った。「ほんの少しだ。命知らずの芸当に見合うほどじゃない」

「張り切り過ぎたか」グロドニックが静かに言う。

ラッセルが口を挟む。「そうですよ。手を滑らせて落ちていたら外輪に引き込まれて、ぼくたちが見つけたところで、いまごろ魚の餌だったでしょう」

おれは言った。「この元気印はラッセルだ、まさにミスター・デルタ、またの名はアシスタントパーサー。こちらは前に話したフィラデルフィア警察殺人課のグロドニック警部だ」

グロドニックとラッセルは機械的に握手をした。互いに気に入ったようだ。

「援軍に来てくれたようだな、警部」しばらく置いてからおれは言った。「この状況に手を焼いていたんだ。おそらく……」

おれはグロドニックのそばの椅子に座り、ボルティンクについて把握した点や疑念について報告した。ラッセルも気を利かせて、頭部を殴打された事案について報告した。

「それで、どうすればいい?」グロドニックが尋ねる。「その男がスチュワートの国外逃亡を手助けしていると思うか?」

おれは答えた。「確信はない。込み入っているんだ。奴には女の連れがいる。共犯かもしれないし、違うかもしれない。こういう作戦はどうだ。ラッセルが下へ行ってボルティンクに、ここへ少しの間来てくれるよう頼む。奴がここにいる間、あんたがバッジを持ってボルティンクの部屋に行く。連れの女にあんたお得意の手強いサツの対応をする。女を調べて手がかりが出るかどうか確かめ、荷物も徹底的に捜索する。その頃おれはボルティンクを締めあげている。どうだ?」

グロドニックが即答する。「いいな。さっそく取りかかろう」

「そうだラッセル、ボルティンクを丁重に扱ってくれ。お手の物だろう、いつものように記録の不手際とか言って誘い出せ。何も心配はいらない」

「お任せあれ」ラッセルはドアの錠を開けて廊下へ出ると、グロドニックが出るのを待ってドアを閉めた。

おれはグルニエの紫檀材のデスクの椅子に座り、三八口径のリボルバーを出し、すぐ取れるよう書類の山に隠した。それから光沢紙の雑誌を手に取ってゆっくりページをめくり、いかにも時間をつぶしているよう装った。あくまでも外見だが、エレンに少し似た写真をまた見つけた。隣のページは前にも見た、バグパイプ奏者が行進しているウイスキーの広告だ。雑誌を開いたままにして頬杖をつきながら待った。

火をつけたばかりの葉巻をくわえて大股で颯爽と部屋に入ってきたミスター・エド・ボルティンクは、おれに気づくと一瞬ためらいを見せた。それからシェットランドウールの滑らかな黄褐色のスプリングコートを、近くの椅子の背にぽんと投げ、デスクに対面するように置いてある椅子に腰かけた。ワイシャツの袖をまくり、乳白色のシルクシャツの袖によく合う、ダイヤとサファイアの装飾の豪華な千ドルはするロレックスに目をやってから、悲しげな笑みを見せた。

「あなたも何か困ってるんですか、ミスター・ワイルド?」優しく問いかけてくる。

おれは首を横に振った。ラッセルに目をやると、すぐにドアに錠をかける音が響いた。

ボルティンクは急に顔をしかめて頭をぐるりと回したが、ラッセルの動きは滑らかで静かだった。いまはボルティンクの真後ろに立っているのでほぼ姿が隠れている。

「これはいったい?」立ち上がらんばかりに身を乗り出しながらボルティンクが声を荒げた。

その肩にラッセルが手を置き、背中を叩いて深椅子に戻す。

おれはあっさり言った。「あいにくだったな、ボルティンク。あんたはもう終わりだ」

「終わりだと？　何が終わったんだ？　おい、げす野郎、おれが貴様に……」

「おれには何も迷惑はかかっていない。でもラッセルが八針縫って頭に包帯を巻いているのはあんたのせいだ。ラッセルは心底あんたを嫌ってる」

ボルティンクは隙のない眼差しでちらりとラッセルを見て、それで後ろめたさが露呈されたと気づき、前を向いておれを睨んだ。

「何を言ってるのかわからないな、ワイルド。こんな風に監禁する権利はおまえにはない。すぐ船長に会わせてくれ。しかるべき……」

「ばか言うな、ボルティンク」おれはきっぱり言った。「到着するまであと三十分ばかりここにいてもらう。そして陸に上がる時には手錠をかけることになるぞ」

「手錠？」ボルティンクは怒り心頭に発している。相当なものだ。

「波止場にディキシー・ダンディー号が到着するとサツやＦＢＩの連中が待っている」おれは辛抱強く続けた。「そうなればあんたをボルティンクと呼ぶ必要もなくなるな？　本名が知れるわけだ。まあたいして影響はないが」

ボルティンクはベルトの辺りで両手の指を組み合わせると、あざとそうにこちらを見た。無感動、無表情、無関心。ぼんやり自分の殻に閉じこもる。おれと目を合わせてはいるが、おれを見ていない。沈黙で空気が張り詰める。ラッセルが口を開かないでいてくれたら、と願った。ラッセルが身体の重心をずらした。するとボルティンクは両方の親指をすばやく上げて肩をすくめた。

「取引しないか？」

「あんたには交換するものがない」おれは軽蔑して言った。「なぜこっちが話に乗らなきゃならない？　あんたがスチュワートと共謀してるのはお見通しだよ」

ボルティンクが神経質に言う。「そんな奴とは何のかかわりもない。おれは一介の市民だ。凶悪な殺人犯や泥棒に野次馬的興味があるだけだ」

「そうだろうとも」おれはあくびをして椅子を一インチほど後ろに押した。「いまの発言を裁判の時まで取っておくんだな。容赦ないだろうから」

「待ってくれ、ワイルド」ボルティンクが前屈みになり、柔らかな椅子の縁から滑り落ちそうになる。おれは表情を変えないよう努めた。動揺する暇はない。彼の背後で微動だにしないラッセルは、おれたちのはったりが功を奏するか、息を殺して見守っている。

「いい話かもしれないぞ、ワイルド」ボルティンクが下唇をなめる。「このお粗末なクルーズツアーに参加しているうちに、スチュワートに関するネタを見つけたんだ。なあ、悪くないだろう？」

おれは怪我していないほうの肩を上げ、うんざりした顔をした。

「情報を手に入れたんだよ」ボルティンクが言い張る。「船以外の情報もあるぞ」両眉を上げると、いかにも銀行家らしい颯爽とした雰囲気が急に消えた。いまはいかにも詐欺師がしそうなずる賢そうな表情になり、こちらに揺さぶりをかけて内情に詳しいと思わせ、〝解決策〟について自信たっぷりに話している。この頭で法の目をくぐり抜けてきたと言わんばかりの表情、ちんぴらの典型だ。見る者が見ればすぐわかる。ぽん引きのにやけ顔しかり、優勝経験のない馬の勝ち馬情報をふっかけるダフ屋しかり。ボルティンクの表情は、豪華すぎる服装や派手な装飾品とぴったりだ。

おれはどなった。「そうかもしれないな、いいから黙ってろ」

「役に立つぞ、ワイルド」ボルティンクが囁く。「スチュワートをつかまえたいんだろ？　じゃあおれなんか忘れてくれ、下船したら消えるよ。駆け引きなし、掛け値なしに……」

「断る」振り返って、壁に掛かっている真鍮で装飾されている高精度時計を見た。「十分か」

「待て、ワイルド、落ち着け」ボルティンクが身を乗り出して立ち上がろうとする。

ラッセルが押さえようとしたが、少し遅かった。ボルティンクはその手を振りほどいて、ほぼ顔から椅子に倒れ込む。顔を椅子に埋めながらも内々の話をずっとまくし立てる。誰かが少しでも耳を貸せば取引ができそうだ。

「丸腰か確かめたほうがいい」おれはラッセルに言った。

おそらく映画で学んだのだろう、ラッセルはボルティンクのそばに立つと、古株の刑事さながらの無駄のない動きで、ポケットをまずは軽く叩き、次に中に入っている物を出して、確認すらせずにこちらに放り投げてきた。パンツのポケットから出てきたのは、シルクのハンカチーフ二枚、財布、鍵、携帯用の櫛、小銭。ジャケットのポケットからはゴールドの葉巻ケース、ペンに鉛筆、ハンカチーフ、シガーライター、読書用メガネ、トラベラーズチェックの厚い束が見つかった。ラッセルはボルティンクの身体の向きを変えさせ、椅子に座らせた。

ボルティンクがあざ笑う。「銃なんか持ってないぜ。おれがまともだってわからないのか？」

「わかるもんか」ラッセルがむきになって言う。

おれが首を横に振ると、ラッセルは合図に気づき、奴を黙らせるには腕ずくでやる必要があると悟って口を引き結んだ。

おれは人差し指でボルティンクの所持品を探り、財布を見つけると手元に引き寄せた。

「そんなの見てもしょうがないだろう、ワイルド」ボルティンクが切羽詰まって言う。「聞いてくれるか？　とびきりの情報を持ってるんだ。おれの知ってる組織がスチュワートの女に接近して……」

おれはかすかに反応した。手がピクッと動いただけだが、ボルティンクは見逃さなかった。

「ほお、ピンと来たな？」ボルティンクが言う。

おれは言った。「オーケイ、信じよう。何を知ってるんだ？」

「おれをサツに指さないでくれよ、いいな？」ボルティンクが言い張る。

「いいだろう」おれはラッセルに目を向けずに言った。

「女はスチュワートとニューオリンズで落ち合う。本国送還がないブラジルへ高飛びするんだ」

「どこで会う？」期待が高まるのを気取られないよう、なるべく声を抑えた。

ボルティンクは首を横に振った。「何らかの手段があるんだ、場所じゃない。よくあるパターンだ。スチュワートと女は手立てを講じている。場所じゃない、ということしかわからない」

おれはいかにもうんざりしたように奴を見つめた。書類の山からリボルバーを出し、軽く叩いて銃口を下にしてデスクの上に置く。「それで全部か？」静かに尋ねる。

ボルティンクは必死に言う。「神に誓うよ。一言一句……」

「その手がかりだけで、ここまでずっとスチュワートを追ってきたのか？」

「うまくいくはずなんだ」ボルティンクが言い切る。「組織と通じているから連絡を取るつもりだった。サツは知らない件だから思い切ってやってみた。陰でサツが動いたらうまくいかない」

「つまり、あんたをこのまま解放したら、スチュワートと女が落ち合う場所がわかるというのか。ふたりをつかまえて金を横取りする。そういう算段か？」

「違う。そんなんじゃない。信じてくれ、ワイルド。一緒に来てもらったっていい。おれはシカゴに戻る飛行機をいますぐ予約するつもりだ、午前中にでも」ボルティンクが唇をなめて椅子の肘掛を拳で殴った。「いいか、聞いてくれワイルド。腹を割って話すぞ。おまえも正直になれ。いまFBIの連中に会うわけにはいかない。本当だ。乗客に紛れて下船してから身を潜める。誓うよ。頼む、下船させてくれ。それでおまえの……」

オフィスのドアを強く叩く音にボルティンクは口をつぐみ、怒りに燃えた目で振り返った。

「じっとしてろ」おれは言い、立ち上がってドアに向かった。

鍵に手を伸ばした時、船の外輪が逆回転し始めた。ディキシー・ダンディー号の速度が次第に遅くなり、少しずつ係留所に近づく。ドアを開けた時に船が急にがくんと揺れたので、おれはドア枠にしがみついた。

「あっけなかった」グロドニックが静かに言って中に入ってきた。「強奪事件について奴らはある情報を手に入れた。たくさんではないが役立つものを入手したんだろう。船について、ニューオリンズで落ち合う件について。だが場所まではわからない、そうあの女が言っている。どう確かめる？」

おれはうなずいた。「ちょうど同じ情報を手に入れたところだ。ほかには？」

「ない。奴らはなにか恐れているようだ。武器もないし、身分証明書もない。それにあの女は正気じゃない、ひどく怖がっている。それについてどう思う？」

「FBIが奴らの首根っこをつかまえるさ。構うもんか。ボルティンクと取引したんだが、オーケイか？」

グロドニックが答える。「おれは関知しない。好きにしろ」

心底ほっとしたようにボルティンクが息を吐いた。

「約束通りだ、ボルティンク。サツなし、密告なし。あんたは下船して北へ向かう。長く自由でいられるよう、朝のうちはあんたを泳がせておく。わかったな?」

「ああ、ワイルド、もちろん」

おれは渋々言った。「よし、決まった」豪華な装いのちんぴらに作り笑いをする。「でもラッセルとは何の取り決めもしていない。おまえと折り入って話がしたいそうだ。カミソリ刃の箱についてだろう」

おれはグロドニックを押して廊下に出させて、すばやくドアを閉めた。彼の後に続いて歩き出したが、それでもラッセルのそばでボルティンクが最初の悲鳴を上げたのは聞こえた。

第二十四章

パーサー室の前に広がるデッキにグロドニックを案内する。そこからは出入口のそばでマルディグラの始まりをいまかいまかと待ってひしめき合っている乗客を見下ろせた。ディキシー・ダンディー号が滑らかに波止場に近づき、タラップが渡される。

「警察はうまくやってるな」おれはぼやいた。「姿がまったく見えない……」

「向こうにニュース映画撮影隊がいる」カメラを持って移動する一団を載せた軽トラックを指しながら、グロドニックが落ち着いて言う。青果店のような細長い小屋の端にトラックが停まっている。川岸に沿うその区域は実ににぎわっていた。船についてくるカモメのように、見慣れたタクシーの列がタラップに連なっている。川沿いの石敷きの道を散歩する人々は立ち止まったり、何かにもたれかかったりしながら、波止場に入った巨大な船尾外輪船を見守っている。すべてが円滑に進んでいる。いかにも警官然とした者は見つからないものの、午前中にくつろいでいる人たちにしては、下級管理職のような身なりの三十歳くらいの男性が多すぎた。

撮影班にまた目を戻したおれは、ふと思い出して手すりから大きく身を乗り出し、首の筋を違えそうになりながら上のブリッジを見上げた。激しく揺れる三脚の上に黒の大きな蛇腹式カメラを設えたエレンがいた。新しい感光板を力任せに差し込み、覆いをかぶせてレンズの微調整をしている。おれが甲高い口笛を吹くと彼女は手を振った。あの紺と緑の格子柄のスーツが陽光の中で輝きを放っている。彼女は温かい笑みをたたえていた。

グロドニックが不機嫌そうに唸る。「新しい恋人がすぐ見つかったんだな」

エレンが仕事を続けている。おれはグロドニックに向き直った。「ジェーンから手紙が来たよ、警部」

部」静かに言ってポケットから手紙を取り出してから、ろくに読んでいなかったのをおれは思い出した。でも読む必要すらないのだ。ざっと目を通すと、いかにもジェーンらしい内容だった。あなたはひとりで生きていけるけれどペン・マクスウェルにはわたしの支えが必要、新生活は幸せ、あなたの今後の幸運を祈っている、と明るく和やかな言葉で綴られている。ご多幸を祈ります、と締めくくり、大きな字で署名されていた。おれはグロドニックに手紙を差し出した。「ジェーンは幸せだよ、警部。ミセス・マクスウェルは幸せだ。もうあんたが出る幕じゃない」

グロドニックが大きな顔をしかめたので、口を挟まれる前におれは続けた。「ジェーンとうまくいかなかったのは、互いに思いやりに欠けていたから。理由はそれだけだ。マクスウェルと結ばれて彼女は幸せを嚙みしめている。それにおれも新しい相手がどうやら見つかった」

グロドニックの視線は暗く疑わしげだ。「娘が選んだ男はいまだにうだつが……」

「最愛の人を選んだのさ、警部。あんたに人の人生をとやかく言う権利はないよ、たとえそれが自分の娘でも。ジェーンの幸せを本気で祈ってやってくれ。ついでにおれの幸せも」

「本気か？」

「本気も本気さ。けど、あんたにどう思われているかわかるよ。よくある失恋の反動、恋人を取られたから最初にアプローチしてきた女性と手を打ったと思われても仕方ないが、違うんだ。ジェーンが見つけたように、おれも見つけたのさ。そう願ってる」

グロドニックが傷跡のある大きな拳を、おれの怪我していない肩に載せた。沈黙ののちに彼は笑みらしきものを浮かべて、その拳で軽く叩いた。「わかったよ、カーニー、幸運を祈る。おれがどう思っていたか知ってるだろう。ジェーンとのことだ。うまくいけばいいと……」

「おれもさ。でも現実はそう甘くなかった。さあ、下りてあんたの同僚と会うとしよう。仕事が待ってる」

仕事は山ほどある。何時間も。いまはスチュワートに総額三万五千ドルの報奨金がかけられ、近辺のサツは散歩を装いディキシー・ダンディー号の周囲を調べている。乗客の不満をものともせず暗い積荷スペースを探る。スチュワートが水差しと現金二十万ドルを持って隠れていないか確認するために、日の当たらないかび臭さと蒸し暑さに堪えながら、全部の木枠を開けるようラッセルに指示している。しばらくするとおれは見飽きてエレンを探しにいった。タラップで声を張り上げているグルニエによれば、エレンはドク・リッグズと陸に上がっていて、午後の撮影を済ませてから夕食前に戻ってくるらしかった。グルニエはさらに話しかけてきたが、たいていは一般的な警官に対する考察だった。暗に批判されたので、おれは黙ってご高説を承った。それから頃合いを見計らって別れ、おれはグロドニックを積荷スペースから引っ張り出して昼食を取りにいった。

ダイニングサルーンに入ると、ラッセルと船長はちょうど食事を終えたところだった。ラッセルは一瞬立ち止まり、赤くはれた拳に息を吹きかけておれに目配せした。

「ボルティンクと女性が無事下船したと聞いても退屈でしょう。ここでは誰も彼らを引き留めませんからね。身ひとつで立ち去りましたから、彼らの荷物はシカゴの局留め郵便で送りますよ」

それは結構だ、とおれは言った。グロドニックをジェリコー船長に紹介してから席に着いた。

「ここはステーキならいつもうまいよ、警部」彼の優柔不断を見越しておれは言い、メニューを手渡した。

グロドニックが威勢よく言う。「そう願いたい。昨日の晩、ニューオリンズのフレンチクォーターのしゃれた地区の店でステーキを食べたが、硬すぎて肉汁を切るのにも鋭いナイフが必要だった」

昼食には一時間余りかかった。空腹だったグロドニックはフィレ肉二枚を軽々と平らげた。早く食べろと急かしはしなかった。急いだところで次の手順を考えていない。もしボルティンクを地元警察に引き渡していたら、捜査に加わらせてくれたかもしれない。だがほとんど役に立たないと現状では思われる情報で奴と手を打ってしまった。〝手段〟と言っていた。〝場所じゃない。手立てを講じている〟そして手がかりはない。おれは椅子の背にもたれてタバコに火をつけた。

「何か思いついたか、警部?」

「食ってるうちは無理だ」グロドニックが悠然と言う。スプーンブレッドをさじ一杯にすくい、肉を食べやすい大きさに切る。

「FBIが手がかりをつかんだら、おれたちに伝えてくれると思うか?」

口の中をいっぱいにしてグロドニックが言う。「ない。望みなし。所轄から追い出されはしない。おれは孤軍奮闘しているが、奴らは手を差し伸べてくれない。FBIは無理だ」

「同感だ。とにかく、こっちにはボルティンクの情報がある。スチュワートと恋人はニューオリンズで落ち合うが具体的な場所は決まっていない。それでも納得のゆく計画を立てていて、うまくいくと思っている。結局どういうことだ?」

グロドニックが食べ物をぐっと飲み下す。「少なくとも場所がニューオリンズだとはっきりしているわけだから、地元警察やＦＢＩより有利なのは確かだ。陸では強奪された金を血眼で探していて――鉄道、旅客機、船舶を調査中だ。おれたちにはまだ出し抜く機会がある」ナイフとフォークでステーキを切り、大きな肉片を挙げておれを見る。「そう聞いても気が休まらないだろうな？」

「ああ。おれが知らないうちにＦＢＩに先を越されるのはご免だが。スチュワートに話を戻そう。ボルティンクが言っていた手立てっていうのは、落ち合うのは落ち合うが、場所がはっきりしていない、という意味じゃないか。落ち合い場所が郵便局や結婚証明書発行局じゃあ……お粗末だろう？　筋が通らない」おれはしばらく親指を噛んだ。「もしかしてスチュワートと恋人……何て名前だったっけ？」

「メアリー・マクヴィッカー」グロドニックが静かに言う。

「そうそう、ひょっとして奴らは……」目を見開いてドア口を見ながらおれは言葉を飲み込んだ。髭面の恐ろしげな海賊が立っている。裂け目のある幅広帽、くたびれた半ズボンに留め金のついた靴、身体にぴったりしたニットシャツからは胸毛が覗いている。おれは椅子から立ち上がりかけて、帽子の下からぐるぐる巻きの包帯が見えるのに気づいた。「何の真似だ？」

「ドミニク・ユーだ」ラッセルが唸る。前腕に入れたタトゥーを見せびらかすように腕を組む。銀飾りのついた決闘用ピストルが深紅の肩帯から突き出ている。

「ドミニク・ユーダ」おれはオウム返しに言った。「何を考えてる」

「ユーダじゃないですよ」ラッセルがにっこり笑う。「ユーだけです。ドミニク・ユーはジャン・ラフィットの右腕でした。これはマルディグラの扮装です。怖いでしょう？」

グロドニックがぽかんとしてこちらを見る。乗船したばかりで話が見えないようだ。

おれは言った。「実に見事だ。おまえはパレードのメンバーなのか？」

「乗務員のですか？　いやいや。パレードするのは地元の人だけです。これは仮面の日用《マスキング・デー》です。全員扮装しますが、その中でも上出来なんじゃないかな？」

「確かによくできてる。現地ではみなそうなんだな？　限られた人じゃなくて？」

「全員ですよ、軽蔑している旦那、きっとあなたもですよ」

「わかった。三角帽子でも用意しておいてくれ。おれに似合うはずだ」

「踊りたくなりませんか？　ぼく、ご機嫌なんですよ。ボルティンクのあごに数発お見舞いして、気が晴れたので。さてと、船長を驚かせにいくので失礼します。またのちほど……」

おれは叫んだ。「おい、仮面の日はいつだ？」

「マルディグラですよ、最終日です」

ラッセルは忙しい乗客係に飛びかかる真似をしてから、サルーンを出ていった。おれはグロドニックに片眉を上げてみせた。

「どう思う？」

「どうって何が？」

「仮面の日だよ。ラッセルの言葉を信じれば、誰もかれも仮面をつけて、ふざけた扮装で動き回るらしい。サツの目をくぐり抜けたい奴にうってつけじゃないか」

「そうかもな」グロドニックが落ち着いて言った。コーヒーを飲み、さらに五杯目を注ぐと、椅子の背にもたれて安葉巻の包装を取った。「片っ端から仮面を剝いでいったりしたら、耳をもぎ取られるぞ」

「笑えないね。ふざけてるのか、警部？　もしスチュワートと恋人が……」

　おれは口を開けたまま思いを巡らした。一見すると可能性は低いが、またとないチャンスだ、うまくいくかもしれない。

「どうした？」グロドニックが穏やかに尋ねる。

「いい考えがある」われながら間抜けな言い方だ。「ひらめいたんだ。訊き込みをしてどれくらいになる、警部？」

「ずうっとさ」グロドニックが葉巻を吹かす。凝った装飾の天井に向かって紫煙がゆっくり立ち上る。

「考えがある。それを確かめたいんだ。あんたも来るか？」

　グロドニックが頭をこちらに向ける。「本気か？」

「さあ警部、すぐ行きたいんだ」

　グロドニックはためらうことなく立ち上がった。グレーのフェルト帽を椅子から取ると、両手でつばを持って慎重に被りながら、口だけで葉巻をいつもの位置に落ち着かせた。

　船からすばやく下りる。引き留める者はいなかったが、おれたちが石敷きの土手を上がるのを、眼光鋭い青年三名が注意深く見ていた。

「ちょっと待ってくれ」おれはすばやく言って、倉庫脇の電話ボックスに入り、鎖でぶら下がっている電話帳を手に取った。案内広告ページに捜していたものを見つけ、そのページを破る。急いでグロドニックのところへ戻ってタクシーを呼んだ。

「どうした？」グロドニックがどなる。

おれは電話帳の業種別案内のページを出し、太字で印字されている箇所を指さした。〝貸衣装〟

「スチュワートか？」グロドニックが尋ねる。

「スチュワートだ」おれは答えた。

第二十五章

マルディグラは大都市ニューオリンズで最大の行事だ。一週間にわたるパレードやダンスを目当てに繁華街に誰もが集い、仮装の日で締めくくられて四旬節に入る。旅行者は宿を借りてその日を待つ。パレードやその後の非公開のダンスパーティーに参加できるのは内部の人だけだが、仮装の日は基本的に誰でも参加できる。自らを解放するための数ヤードの布と仮面を持っていなければ野暮だ。地元住民の間では手作りの衣装が代々引き継がれてきたが、旅行者は借りなければならない。

マルディグラに関する予備知識をタクシー運転手は伝授してくれた。そしてわざわざ数ブロック遠回りしてジャクソンスクエアに行き、参事会会議場や大聖堂、国内で最初に建てられたアパートメントと称される年季の入った大型建造物を案内してくれる。運転手のわが街自慢をおとなしく拝聴し、歴史的に有名な場所を拝見したので、運転手も満足したようだった。

グロドニックと一緒に貸衣装の店を片っ端から当たって客の住所や記録などの調査に取りかかった。アルファベット順に調べれば一週間はかかっただろうが、運転手の知恵を借り、店を区域ごとに分け、辺鄙な区域にある小さな店は外した。それでも相当な数だったが、だいぶ絞れた。四時間かけて汗だくで回り、その間運転手は上がってゆくメーターを見ながら目を輝かせていた。

おれたちは商業オフィスのぐらぐらする狭い階段を三階まで上がり、卸売店などの前を通って延々と進み、いつだって建物の一番奥に位置する貸衣装屋に行った。カナルストリート沿いの大きな店舗で、一階に店を構えているところが二軒あったが、たいていは繁華街にほど近い、安い貸店舗で営まれている。巡査時代さながらの訊き込みに、グロドニックの足は悲鳴を上げ始めた。

「で、収穫は?」落ち合うとグロドニックがむっとして尋ねた。

「怪しいのが十四人」おれは疲れ気味に言い、腕時計を見た。午後五時三〇分、帰宅しているか怪しい時間帯だ。「ホテル滞在者は全員飛ばして、それ以外を当たろう。そうなると……」走り書きした用紙に鉛筆を走らせ、貸衣装屋の記録から拾い上げた客の名前を確認する。「……六人だ。おそらく地元住民だろうが、まずこっちを当たって、ホテル滞在者は夜になってからにしよう」

「いい案とは思えんな、カーニー」グロドニックがぐちり始める。

おれはすかさず言い返した。「体力が落ちたな。疲れてると難癖つける。聞き飽きたよ。善は急げ、だろ」身を乗り出して一番初めの人物の住所を運転手に見せた。

グロドニックがゆっくり言う。「確かに、おまえの言う通りかもしれない」

運転手がうなずく。「この先のフレンチクォーター地区、いわゆる古き街《ビュ・カレ》だよ。すぐそこだ。ところで、お客さんたちは警察かい?」

「いや」おれはあっさり言った。

運転手がつぶやく。「初めに二十五ドルいただきましたが、メーターがそろそろ……」

「オーケイ」おれは財布を出して二十ドル札を渡す。「これで足りるか?」

足りたらしい。運転手は嬉しそうに口笛を吹いた。彼にとってはいい日になったようだ。グロドニックの足は疲れ、おれの肩は痛み、名案だと思っていた捜査に嫌気がさしているが、運転手にはいい日だ。

長い木の柵の先の格子戸の玄関の前で車が停まる。ベルに針金の輪が繋がっていて、引けば屋内でベルが鳴る仕組みのようだ。

グロドニックは身をよじらせてタクシーから下りると、うめき声を上げた。「この名前の六人だけか、カーニー？」

おれは針金を引っ張ってベルを鳴らし、グロドニックにうなずいた。この六人。その後には八人控えている。それともディキシー・ダンディー号に戻って屈辱にまみれるか。

おれはまたベルを強く鳴らした。しばらく待つ。タバコに火をつけ、火のついていない葉巻をくわえているグロドニックに、火を貸してやった。再度針金を引っ張ったが、諦めてタクシーに戻った。

「おれは意志が強くないらしいよ、カーニー」グロドニックがため息をつく。「一杯やらないか？」

「あと一軒。まったく、他にやることがないときてる」おれは身を乗り出して運転手にリストを見せた。「ここから近いのはどれだ？」

運転手が指の爪でリストを辿る。指を止めると金歯を見せて笑った。「これは通りの向こう、ほんの一、二軒先でさあ」

グロドニックが深いため息をつく。内側のノブを下ろして車のドアを開けると、恐る恐る道路に出た。おれも後をついて赤いレンガ造りのアパートメントに向かい、花崗岩の階段を駆け上がった。

「そいつの名前は？」

「パットン」おれはリストを読み上げた。「Ｈ・Ｌ・パットンだ」

「一階奥だな」グロドニックは郵便受けを指さすと、共通玄関のドアを開け、未舗装の通路を重い足音を響かせながら進んだ。ドアの前でグロドニックが片手を上げてノックしようとしたので、おれは警部の肩をそっと小突いて、銃を持つよう身振りで示した。おれもジャケットのポケットからリボルバーを出して安全装置を外す。おれに倣ったグロドニックが、左手で控えめにドアをノックした。

スリッパを履いた足音が近づいてくる。「誰だ?」声がこもっている。

明るい口調でグロドニックが答える。「大家です、ミスター・パットン。ちょっと……」語尾を濁らす。

ドアの錠がすぐに開いた、とすかさずその隙間にグロドニックが訊き込みで幅広になった靴を差し込む。

スチュワートが右手に持っていた新聞越しに銃を放った。グロドニックは片膝をついて身をかわし、ポケットに入れたままの銃で応酬する。おれも銃を構え、狙いを定めるために身を乗り出した。スチュワートが三発続けざまに撃ってきた。例の二二ターゲットピストルか。奴は逆上して撃ちながら部屋の奥に逃げてゆく。グロドニックが狙いを定めて一発撃った。

スチュワートがこわばった指でドアの縁をつかみ、よろめく身体を必死で支える。それから潜水夫のように身体の釣り合いを取ったと思うと、くすんだ色の敷物に崩れ落ちた。染められたダークブラウンの髪は、沈んだ色合いの床と同じ色だ。

奴の手から滑り落ちた二二ピストルが床を滑り、椅子にぶつかった。おれは中に入ってピストルを拾い上げた。視線の先の薄汚れたソファーベッド脇の台に、けばけばしい衣装がきちんと掛けてある。ベッチンの黒いジャケットに赤が映える、ロイヤル・スチュアート・タータン・チェックのキルト。

「正当防衛だ」おれの声が上ずる。「奴は死んだか?」

第二十六章

スチュワートはこと切れた。

通路から悲鳴のような神経質な声がいくつも聞こえる。スチュワートの身体から身を起こしたグロドニックは、何かつぶやいて銃を腰にしまった。ケースから金色の警官バッジを取り出して襟の折り返しの正しい位置につけ、ドアを開けて通路に出た。置時計のぜんまいの巻きが解けたかのように通路の喧騒が収まる。

おれは当てもなくスコットランドの衣装の薄い布地に触れた。女性物の服のように安っぽいベッチンのチェック柄ジャケットで、洗ったらほころびそうな代物だ。椅子の肘掛に座ってキルトを見た。これが手がかりか。スチュアート・タータン・チェックの衣装をチャールズ・スチュワートと恋人メアリーは目印にするつもりなのだ。よく考えたものだ。少し間抜けで見え透いているが、いい案だ。単純な案ほどうまくゆくものだ。

他にスチュアート・タータン・キルトを借りている人は十四人いる。それに、その扮装が好きな地元の人もいるだろう。スチュワートが借りた衣装だ、と恋人がはっきり見分ける目印はなんだ？

掛かっているキルトは何も語りかけてこない。おれは小さな居間をぐるりと見た。椅子の横のタバコの箱と雑誌の山のほか目ぼしいものはない。スチュワートの遺体をまたいで短い廊下を覗く。片側の開いたドアから、奥にくしゃくしゃのままのベッドのある小さな部屋が見える。廊下の反対側にはガスコンロや木製冷蔵庫、ブリキの流しがあるキッチンと思われる小部屋があった。まさに独身者のアパートメントだ。安物のコーヒーポット、薄い片手鍋、縁の欠けたカップがふたつに家具付きで週十五ドル。ひとり住まい用のアパートメント。結婚を——間近に——控えた者が二週間ほど厄介になる場所。

おれは金が隠されていないか、壁紙の継ぎ目をはがして探したくてたまらなかったが、何も触らないほうがいいとわかっていた。その場に留まり、グロドニックが地元警察を引き連れてくるのを待つ。

グロドニック警部は署内の有力メンバーだが、ここニューオリンズでも大物として扱われている。警察署長が五名の職員を引き連れて来て、そのうちのひとりはＦＢＩ捜査官だ。全員やや気落ちしている。報奨金獲得に至らず意気消沈しているのだ、と気づくまで数分かかった。

スチュワート死亡の調査は形式的だった。現場にグロドニックがいたので彼の供述を鵜呑みにして、署長は死因調査すら飛ばしたようだ。全員の関心は二十万ドルにある。猟犬の群れのように、全員で室内のはがせるものはすべてはがし始めた。

グロドニックはスチュワートに再び屈みこみ、ポケットの中をあらため始めた。奴の頭は床でぴくともしない。横顔は鋭く繊細でギリシャの円形浮き彫りのようだ。色白の肌に濃い色の髪が違和感を与える。今日は髭を剃らなかったらしく、あごの線に沿って無精髭が生えていた。まるでぐっすり眠っているように見える。濃いまつげが頬に影を作り、口はわずかに開き、子供の寝顔のようだが、こめかみには青く焦げた弾痕がある。グロドニックの弾が入った場所だ。弾が出た側は見えなかったが、見たくもなかった。

グロドニックは所持品を出すと何気なく見てこちらに渡した。財布にはスチュワートの本来の身分証明書が入っている。シャツポケットからは彼のフィラデルフィアの住所宛てとなっている恋人からの手紙が三通。グロドニックは片手いっぱいのコイン、二枚のハンカチーフ、キーホルダーを渡した。そして奴の尻ポケットに薄い革張りのケースを見つけた。掛け金を外すと、唸り声のような音を立てて蓋が開いた。

ケースは紫色のビロードで内張りされていて、大きな銀のブローチが収まっていた。小皿のように丸く平らで、大きさもそのくらいだ。中央に荒い彫面の大きなトパーズ、その周りを小ぶりな宝石が囲んでいる。見覚えはあるが、署長におれの手からケースをもぎ取られるまで思い出せなかった。それから雑誌に載っていたスコッチウイスキーの広告を思い出した。キルトを誇示しているたくましいバグパイプ奏者の写真だ。チェックの布を肩から垂らして、大きな宝石のブローチで留めていた。そう、スチュワートのポケットの中にあったこれのように。

「がらくたか」署長が鼻を鳴らす。「時代遅れだ。こいつは金を渋ったと見える」

グロドニックがしゃがんだまま、こちらに振り返る。その薄いゴールドの斑点のある瞳が静かにこちらを見上げる。問いは明らかだ。

おれははっきり言った。「そうだな。これが女への目印だ。衣装自体は安物だが、このブローチは家に伝わる物だろう。本当にスチュアート王家のものかもしれない。奴はキルトと一緒にこのブローチを身につけるつもりだった。チェックの布を肩の高さで留めるんだ」

グロドニックが口を開く。「ケアンゴームズという名だと思う。そう、確かそのはずだ」苦労して立ち上がり手のほこりを払う。

「何の目印だって？」署長がいら立ってグロドニックに尋ねる。おれは警部の影に過ぎない。

「手がかりを得たんだ」グロドニックがうんざりした様子で言い、椅子にどっかりと座り両脚を投げ出す。「スチュワートはフィラデルフィアに女がいた。女は少し前に行方をくらました。入手した情報によると女はここでスチュワートと落ち合う予定だが、具体的な場所は決まっていなかった。奴らはスチュアート王家の衣装を目印にするつもりでは、とミスター・ワイルドは踏んだ。読みは当たり、キルトの衣装でスチュワートまで辿り着いた。スチュワートはカナルストリートで衣装を借りた時に、ここの住所とパットンという名を記した。仮面の日に備えてスチュアート家のキルト衣装を借りた人物は十四人いる。だからこそ、このブローチが重要になってくる。これが目印に違いないんだ。スチュワートの恋人はまずキルトを探し、次にケアンゴームズで確認する。バッジをつけていればスチュワート。単純だ」グロドニックは両手を大きく広げて署長に笑いかけた。

署長が驚いて言う。「ニューオリンズの人混みの中から？　仮装の日に？　そんなのばかげてる！

火曜日には百八十万人が通りに繰り出すんだ、どうやって……」

おれは口を挟んだ。「待ってくれ。この街にスチュワートという名の場所はないか？　メアリー・スチュアートという名は？　それともチャールズ……」

「セント・チャールズ・ホテルならあるが？」署長が言う。

グロドニックがくすくす笑う。「ほら。あるだろう」手のひらでバッジケースを弾ませ嬉しそうに微笑む。「これで女をつかまえられる。実にすばらしい。だが、そうなると金は？　まだ見つからないか？」

署長が同じ質問を部下に投げかける。発見に至っていないと回答があった。

三時間後の回答も同じだった。最終的に金は見つからなかった。

おれの形勢は不利になった。おれたちが推理に沿って一歩一歩進み、この隠れ家まで到達したのを、署長はいかめしく問いただし、彼の部下も上司を真似て睨みつけてくる。周囲の者はおれに疑念を抱いている。

「スチュアート王家のチェックが鍵だ」おれがこれを言うのは十回目か。「逃亡犯の名はチャールズ・スチュワートだ。奴はロマンチストだったのだろう。自分を王家のチャールズ・スチュアートと思い込んでいたのかもしれない。だから権威を象徴するチェックを選んだ。筋が通っているし単純だ、だろう?」

「筋が通っていて単純というのは、どうも怪しい」署長が意地悪く言う。

グロドニックが割って入る。「署長、落ち着いて。ミスター・ワイルドは道理をわきまえている。怪しくても真実である可能性が高い」

「スチュワート捜索にかかわっているのは一万人近くだ」署長がお手上げのしぐさをしてうめく。「動員をかけた署員とおおぜいの郡警察、州警察、ＦＢＩ。それがひとりの直感で犯人を見つけたというのか」

「物事は得てして、そういうもんだ」グロドニックがさらりと返す。

すると所長は話題を強奪金に変えた。二十万ドルを持ってるのか、とおれに尋ねる。

持っているわけがない。

グロドニックが署に電話をしている時おれがひとりだった、と誰かが署長に進言したらしい。グロドニックがいるおかげで、おれはぞんざいな扱いを受けずに済んでいたのだ。署長が入念に確かめる。

玄関からおれは出ていなかった、と通路にいた署員が証言した。そしてこの部屋に勝手口はない。窓はすべて施錠され、ひどく埃がたまっていて去年の夏から窓を開けていないようだ。グロドニックを通じての申し出を受けて、おれは身体検査にも応じたが、できたら、まずおれに訊いてほしかった。検査が終わった時、署長から南部ならではの熱心さで謝罪されたので、おれも気を悪くしていないふりをした。

金はここにはない。スチュワートのキーホルダーに手がかりがあるかもしれないが、調べるのに時間がかかりそうだ。ひとつはアパートメントの鍵、もうひとつはGM自動車のキー、三つめは明らかに家の鍵、そして四つ目はどこでも使われている、刻み目のあるイェール社の鍵だ。署長は鑑識に送るよう部下にキーホルダーごと渡したが、そこから何か見つかる可能性は低いと思われた。

「女は？」おれはグロドニックに尋ねた。

グロドニックがにっこり笑う。「おれもそれを考えていた。スチュワートは女を信用していた。奇妙な計画を立てて、この街で落ち合うくらいだからな。ところで、フィラデルフィアの現場から逃走した時、奴はバッグを持っていたか？」

「銃だけだった」

「それじゃ参考にならないな。仮に女が金を持ってるとしよう。さて捜査はどうやって……」

おれがぐるりと署長のほうを向くと、相手は反射的に一歩後ずさった。おれは尋ねた。「こいつがスチュワートだと誰かに言ったか？　署内の誰かしらには？」

「誰にも」署長が鼻を鳴らす。

「するとスチュワートが確保されたと知っているのはこの部屋にいる署員だけ。そうだな？」

署長がうなずく。その血色のよい顔が、話が見えてきたという表情になる。

おれは続けた。「じゃあこの遺体はスチュワートじゃない。身元不明ということで死体安置所に入れておいてくれ。いや、できたら名前があったほうがいい。新聞に向けて適当に話をでっち上げろ。この建物の住人は発砲事件を知っていて取材に応えるだろうから、銃撃戦そのものは隠ぺいできないが、スチュワートの身元を隠すことはできる」

署長が言う。「そうだな。確かに。そしてマルディグラの日に……」

「女の身柄を確保する」グロドニックは締めくくると、バッジケースを高く放り投げた。「これでおびき寄せる。朝飯前だ」

第二十七章

朝飯前、何のことはない。仮装の日に、スチュワートにやや似た若い新人警官にスチュアートキルトを着せればいい。もちろん左肩にはスチュワートのケアンゴームズ。警官のふだんの歩き方がスチュワートとひどく違う場合に備えて、むき出しになる膝に包帯を巻いて、足をひきずって歩かせる。すべて対策済み。朝飯前だ。

でも火曜日まで待たねばならない。土曜の夜、日曜、月曜、そして当日。どれほどの長さだ？　たいしたことはないはずだ、こうしてじりじりと待っているのでなければ。

いまは奴の計画の穴を辿れているので、おれのいら立ちも収まっていた。殺すのは好きじゃない、できればスチュワートを生かしたまま裁判にかけたかった。だが奴を確保したこと自体が重要だ。そしてすでにおれは一枚噛んでいる。もう冷笑やあざけりを気にせずフィラデルフィアに戻っていい。それにグロドニックは喜んでいる。もっとも彼も奴に法の裁きを受けさせたかっただろう。だが警官殺しのスチュワートは死んだ。フィラデルフィア郡にいるごろつきどもは、銃で警官を撃つような不始末をしでかす前にびびって足を洗うだろう。

金は重要、それは確かだ。地元に持って帰れたら立派な手柄となる。そうとなれば、百貨店協会との今後の大型契約だって心配無用だ。もっとも実際には問題にならない。警官をもうひとり殺そうとして撃たれたチャールズ・アレクサンダー・スチュワートが確保されているのだから、イーライ・ジョナスはおれの味方だ。そう、おれは安泰だ。

グロドニックも金をそう気にしていない。もっとも二十万ドルを見つければ刑事として面子が立つし、職を持つ者ならみな仕事に誇りを持っているものだ。グロドニックもおれもジョナスの金を奪還したいし、スチュワートの恋人の張り込みを計画している地元警察にできるだけ協力するつもりだ。スチュワートの替え玉の警官に、おれは奴の外見やしぐさについてできるかぎり伝えて指導した。グロドニックは署長のオフィスにこもり切りで、仮装の日に替え玉が行動する際に周囲を包囲する、扮装した警官の編隊を組んでいる。

基本的に、おれたちができることはわずかだ。待機は初日から辛く、日が経つほど神経がいら立つ。冷静沈着が売りのグロドニックでさえ、火曜日を前にしていつもの落ち着きを失っていた。

ディキシー・ダンディー号での生活はあまり緊張を軽くするものではなかった。ラッセルがミスター・エド・ボルティンクについてドク・リッグズにすべて報告したので、小柄な学者兼詐欺師は、近くにいると、いかにも不安そうに油断なくおれを監視し、できるだけおれを避けているようだった。ラッセルは川上へ向かう復路の準備で忙しいため、あまり姿を見せない。そして誰よりもおれを恐れていたダンバー師はみなと同じような反応で、のちにテーブルで同席するのを嫌がった。エレンだけが前と変わらなかったが、彼女には仕事があった。日曜日の午後には波止場にいるエレンが航行中の船のいい写真が撮れるように、ジェリコー船長がディキシー・ダンディー号を川中に移して二度ほど船の向きを変え、二本の煙突から黒煙を出してみせた。ヴァケーション誌用なら派手なら派手なほどよい。おれが彼女のすぐそばにいるので、ジェリコー船長はおれにいっそう無愛想だ。

スチュワート確保については エレンに内密に伝えた。意中の女性に対して、活躍を大げさに自慢してしまったかもしれない。彼女に話すに至ったのは、スチュワート確保後のおれの大きな変化に彼女が気づいていたからだ。だが奴が死んだとは伝えなかった。何も嘘はついていない、その部分を省いただけだ。のちのちエレンも知るだろうが、先延ばしすればするほど、おれたちにとって楽になる。

三脚やフラッシュの球のバッグを運びながら彼女の後をついて回った。フレンチ・マーケットやスペイン統治時代の公共建造物を撮影する。中庭や、レース編みのような鉄製の手すりの写真を何十枚も撮る。

しばらくして撮影が終わると、レンタカーで観光としゃれこんだ。有名店で食事もした。〈アントワーヌ〉ではランチに二時間待たされたが、それだけの価値があった。紙袋で給仕されたコバンアジは、マーク・トウェインによると「罪深さを超えるおいしさ」だ。他の事柄同様、それについても御大マークは正しい。だがその後その足で〈ギャラトワ〉という店に行き、騒々しさや煩わしさのない、さらによいディナーに与った。その店では、雄牛の咆哮のような声をした男からアルジェという町について聞いた。川向こうのニューオリンズの郊外で――製油所、波止場、倉庫、コンビナートと――見どころは限られている。でもそこは地元のグレトナグリーン（スコットランド南部のイングランドとの国境の近くにある村。イングランドの法律で結婚を認められない男女が、ここへ駆け落ちして結婚した）なのだ。ニューオリンズの街中の同様の場所より証明書の日付自体は三日遅くなるものの、川向こうにひとっ飛びすれば、じゃーん――夫婦になれる。件の男がアルジェについて大声で説明している時にエレンに目をやると、彼女は少し頬を赤らめていた。船への帰り道、彼女はとても静かだった。

「仮面の日は明日ね、カーニー」ディキシー・ダンディー号の停泊所に向かう、ほの暗い灯りの下で、エレンが言った。「何枚か撮らなくちゃ。午後に数枚、夜に五、六枚。でもそう時間はかからない。わたしたちも仮面をつけない？　面白い仮面と騒がしいラッパを買ってパレードに参加するのはどう？」

彼女の腕に手を添えてタラップを渡るのを助ける。彼女の声は期待に弾んでいる。めったにない娯楽、街で酔っぱらい無邪気に楽しむ休日。おれはイエスと言いたかった。この時ほど自分の仕事が心底嫌になったことはない。

川からの刺すような冷風を感じながら、ふたりで幅広の階段を上がる。

「無理だ」おれは言い訳がましく言った。「仕事がある」

エレンの足取りがかすかに乱れ、動揺を示すのに充分だった。だがおれの手をきつく握って、さらなる説明を促す。

おれは体裁ぶって言った。「決着するまで話したくなかった。きみがどう感じるかはすべて……わかっている。でも仕事がまだ終わっていない。話した通りスチュワートは確保した。でも奴が盗んだ金はまだだ。明日奴が交際相手に会うという情報をつかんでいる。奴らは扮装を目印にしている、少なくともそう推理している。そして交際相手が二十万を持っていると、おれたちは予想している。明日確保できるはずなんだ」

「なるほど、わかったわ」エレンが静かに言った。テキサス・デッキの踊り場で立ち止まり、強風が吹く遊歩道へおれを先に行かせた。彼女は黙ったまま、夜が更けるにつれて暗さを増す川面を長い間眺めていたが、怒気を含んだ声で囁いた。「かわいそうなカーニー。カーニバルもお預けなんて」

「ラッキーなカーニーさん」早口の明るい声が聞こえる。「カーニバルは質《たち》の悪い仮装大会です、参加しないに越したことはありません」

大西洋の強風に立ち向かうかのように手すりをつかみながら、ドク・リッグズが近づいてきた。

「若い女性たちに説明していたところです」早口で不明瞭にまくし立てる。尖ったあごを襟に埋めて小首を傾げた。「戦争のせいなんですよ、断言します。もう一度戦争が起きればニューオリンズは壊滅状態になります」

おれはいら立って唸り、エレンが不平をつぶやいたが、その時にはドクは先を続けていた。

「彼らは一九一七年にストーリーヴィルを排除しました」きびきびと話す。「ジャズ発祥の地、人生の悦楽のために生まれた唯一無二の場所。それを海軍が一掃したんです。そして長い困難な時期を経て、絶えていたお祭り騒ぎがニューオリンズに戻り、マルディグラは男性が享楽にふける象徴となってしまった。そして何があったか？」

「テレビの発明かしら？」エレンが言う。

「第二次世界大戦ですよ」ドクが抑揚をつけて悲しげに言う。「この時は軍がいわば純潔の軍隊を率いたのです。そして新たな禁酒法にニューオリンズは再び勢いを失いました。享楽の余韻はごくわずかに残りましたが、行政改革で徹底的に排除されました。そして朝鮮戦争が始まり、キーフォーヴァー上院議員がダンディ・フィル（フィリップ・カステル。ユダヤ系ギャング）に強制的に〈ザ・ベヴァリー〉を閉店させ、それからはニューオリンズの終わりの始まりというわけですよ、ご両人」

「賭博場か？」おれは飽き飽きして言った。「いったい誰がわざわざ……」

ドクが口を挟む。「〈ザ・ベヴァリー〉はおっしゃるように賭博場であり、当時の象徴でもあります。最後の象徴ですね。あなたの言うようにそれ自体は意味がない。ホットスプリングズでつかの間の休暇を取っていた時、かの有名なイエロー・キッド・ウェイル（ジョセフ・ウェイル。〔1875―1976〕有名な詐欺師）から聞いた話を覚えていますよ。いかさま手品師のガリバルディ・ボールデンと一緒に架空の採掘企業の株式を売り払って、大儲けしたそうです。公共投資としてニューオリンズに株式を買わせたんです。イエロー・キッド・ウェイルの巧妙な手口でペテンにかかり、長い間大損害を被った市の庁舎を、今日われわれは目にしているわけです」

「でもそのイエロー・キッド・ウェイルは問題を起こした張本人ではないでしょう？」エレンは尋ねた。

「彼は疑いなく、その計画の首謀者でした」ドクが答える。その声はウェディングベルのごとく麗らかだ。「彼は利益を少なくとも四等級付の市職員に分配するよう求められました。いいですか、株に価値がないとは誰も気づかなかったんです。株の高配当の結果を少しでも見せてくれ、と市職員たちはイエロー・キッドに迫りました。卑劣な振る舞いじゃありませんか。そんな職員の末路は刑務所がお似合いですよ。彼らはいわば泥棒ですから。そして彼らの末路を予知したウェイルは予言者と言えましょう。目の前に広がる高潔ぶった街は、そういう輩の魂胆の置き土産です。腹立たしくも……」

おれは割って入った。「おやすみ、ドク。おれはもう目を開けていられない。失礼していいか？」

すばやくエレンをドア口に誘って通路を進む。

「かわいそうなカーニー」エレンがさらりと言う。「あなたってやっぱり……」

おれは唸った。「おれはかわいそう、か。犬も食わないな。きみはどうだい？　それにおれたちは？」

「いまはやめましょう」エレンは静かに言って立ち止まると、両手をおれの腕に置いて瞳を曇らせた。

「いまはやめてカーニー、お願い」

「アルジェという町の話をしていた奴がいたろう」しつこく続ける。「もしおれたちが……」

「お願い、明日にして、ね、カーニー？」彼女が懇願する。「まだ……いまは」

「わかったよ、エレン」その言葉が喉に重く引っかかる。わかった、忘れよう。わかった、オーケイだ。すべて結構、わかった、よし。でもアルジェは？　おれたちは？　どうなる？

黙って並んで歩きながら、おれは心の中で叫んだ。静かな廊下をゆっくり彼女の部屋まで歩く。おれの中の駄々っ子のような気短かさが薄らいでゆく。明日、と彼女は言った。いままでずっと彼女抜きの長い日々をおれは送ってきたんだ。三十三年にもう一日加わったところでなんだ？

「明日にしよう」おれは言った。「そのほうがいい」

第二十八章

翌朝九時過ぎにグロドニックの部屋に行った。朝食の時間より前に下船する。エレンとまた顔を合わせたくなかったのかもしれない。それとも、天才だとうぬぼれている貧乏男に引っかかってとんだことになったと彼女に思われたくなかったのか。

今日は祝典の日だと思いながら通りを歩く。今日、団体ごとの山車が出るパレードがある。ほどなく沿道を埋める多くの観客に向かって、ラッパを吹きならしては記念品を放り投げるはずだ。ささいな理由から、個人的にはズールー組を楽しみにしていた。以前、ズールーの山車のキングがルイ・アームストロングの時、シャンパンのケースを横に金の王座に座り、陽光が降り注ぐ中すばらしいトランペットを奏で続けたそうだ。ジャズ界の先駆けとして活躍し、ジャズの生きる伝説となったルイが、人々に音楽の魔法をかけたのだ。おれはパレードを見逃すだろうから、今年がルイの年じゃなくて、よかった。

おれはグロドニックの宿泊するホテルに立ち寄り、階段を上がって開けっ放しのドア口から中に入った。グロドニックはバスルームから顔だけ出した。赤ら顔の半分に白い石鹸の泡をつけたまま、ぶっきらぼうにうなずいてカミソリ刃を振ってみせる。おれもバスルームに入り、バスタブの端に座って警部が髭を剃り終えるのを待った。

グロドニックが静かに言った。「昨日の晩ジェーンに手紙を書いたよ。おれを粗野な奴だと思っているだろう？　そうじゃないんだ。昨日の夜それを考えながらここにただ座っていた。それで手紙を書いたんだ。娘の幸運を願って」

「それは何よりだ、警部」

「ああ。おまえはときどきやけに身の引き方がうまいな」グロドニックは口を閉じてカミソリを喉に滑らせる。カミソリを洗って顔を拭くと、両方の手のひらでローションを受けて少しなじませてから丁寧に顔を包んだ。髭剃り後の男によくあるように、ローションが沁みてたじろいでいる。「返すも」タオルで手を拭きながら言う。「おれはたいした父親じゃなかった。ただの癇癪持ちだった。男には面子があるんだ、わかるだろう。自尊心が強い男は自滅する。愚かなものだ」

「愚かだな」おれは彼の求める言葉を発した。「でもたいていそれを繰り返す」

「ああ」グロドニックはシャツのボタンをかけ、裾をパンツの中に入れてサスペンダーを引き上げた。ものものしい咳払いをして、父親から刑事に切り替わる。

「船でおまえが締め上げた男は何ていったっけ？　べべは妻の名だったな。ボルトンか？」

「ボルティンク」

「それだ。空港で張っていたＦＢＩが、告発を待たず拘束した。政府の権限でイリノイから情報を入手したらしい」

「オーケイ」おれはバスルームから出て椅子に腰かけた。「向こうに任せときゃいいだろう？」

「署長のオフィスで逮捕令状を見たぞ」グロドニックが愛想よく言う。「おまえが興味を持つと思った」

「まあ多少はな。ボルティンクについて興味があるといえば、わざわざＦＢＩの連中に身をさらした理由かな。奴はスチュワートの金を奪おうとして、連中が病気の犬にまとわりつくノミのようにうごめくのを予想していた。案の定ボルティンクは起訴された」

「いや」グロドニックはネクタイと格闘しながら言った。「ボルティンクはスチュワートと女の件で儲けを手に入れたと思う。思惑通りにいったと思っているはずだ。そうなれば、ＦＢＩだろうと地元警察だろうと気にする必要があるか？」

「かもな。そんなところだ」

「まったく、妙な話だな？」グロドニックがにっこり笑う。「昨日の夜じっくり考えたんだ。眠れなかったからいろいろと思いを巡らせた。ときどきそういうことあるだろう。おまえが言ってた二重人格について気になった。おまえの言う通りだと思う。今度の事件でスチュワートは、ある時はとても賢く、ある時はひどく愚かだ。でも二重人格説というよりは、共犯がいると踏んでいる。こつを知っている玄人筋が。素人のはずのスチュワートが札束を手に入れたと思ったら、とたんに冴えた動きを見せた。よっぽど切れる奴でもない限り、わざわざ素人の真似などしない。つまりスチュワート自身は愚かな田舎者なんだ。奴はぐずぐずしてもう少しでつかまりそうだった。チケット入りの封筒や毛染め薬の箱のような手がかりも残した。そして乗船し、おまえがいると聞いて逃げた。それから街で一番大きな貸衣装店でハリー・ローダー（（1870－1950）スコットランドの歌手、コメディアン）の衣装を借りて、ばか正直に住所を書いた」

おれは言い返した。「店は嘘の住所を書かれて逃げられるのを予防するために、衣装を配達するんだ」

「そうか、覚えておく。それにしても奴は間抜けだ。そんな間抜けであるのと同時に、あの逃亡計画を思いつくほど悪賢くもある。おれは単独犯じゃなくてふたりだと思う」

おれはやんわり言った。「反論はしないよ、警部。スチュワートが単独犯だと思いたいのは、この事案を終わらせたいからだ。うんざりだよ。スチュワートの女から金を取り返したら、すっぱり忘れて人並みの生活に戻りたいね」

グロドニックは肩をすぼめてジャケットを着て、銃を腰のホルスターに収めると帽子を手に取った。

「結構まいってるようだな?」心配そうな口調だ。「大丈夫か?」

「ほっとけ」おれは声を荒げた。「ああ、大丈夫さ。何べんも同じせりふを言うのも飽き飽きした。おれは撃たれたんだぜ。ずっと入院していた。だから倦怠感が取れなくて、すぐに疲れる。でも、大丈夫だ。さあ……」

グロドニックが拳を固めておれの右肩を殴る。手加減なしだ。おれはカバーのかかったベッドにひっくり返った。

「大丈夫なら、そんな口のきき方はするな」グロドニックが穏やかに言った。

おれは頭に血が上るのを感じながら身動きせずにいた。グロドニックに食ってかかるなんて、大ばかだと頭ではわかっている。気が鎮まってからベッドから起きた。「オーケイ、警部。あんたの勝ちだ。でもいまはその話題はなしにしてくれないか?」

グロドニックは愛想よく言った。「もちろんだ。おまえは何か食ったほうがいい。ここの名物のシートラウトを食べにいこうじゃないか。フィラデルフィアがシーフードの街だと思ってるだろう、ニューオリンズも捨てたもんじゃないぞ。ここの……」

警部は朝食の間ずっとしゃべりっぱなしだった。シートラウトはうまかった。おがくず《ソーダスト》だってうまいんだろう。おれはすぐに食べ終えたので、グロドニックが食べ終わるまでコーヒーを飲んでいた。腹いっぱいになって満足そうにため息をついて警部がテーブルから立ち上がったので、タクシーを拾って警察署へ行き、署長室へ向かった。

グロドニックがノックして大きくドアを開けたのは午前一〇時一五分だった。控室のデスクの奥に、にわか受付係の恰幅のいい巡査部長が悠然と座っている。エイモス・アンド・アンディーという番組の登場人物のような口ごもった不明瞭な話し方だが、さらに聞き取りにくい。彼の案内で奥の部屋に入ると、署長がこちらに背を見せて、長く連なる窓のほうを向いていた。

「うちの連中には厄介な日になりそうだよ、警部」振り返らずに署長が言う。「迷子を千人ほど、酔っ払いは百万ほど、スリは手に負えないほど……」肩越しに振り返っておれに気づくと、あからさまな内輪の話題をやめ、作り笑いをして言った。「フィラデルフィアではカーニバルでのトラブルなどないんだろうね、警部?」

「これほどのものはないね」グロドニックは署長を立てた。「うちではママーズ・デーというのがある。盛大なパレードなどがあるが、開催されるのは一月だ。寒すぎてトラブルも起こらない。むしろ一番厄介なのはフットボールの陸軍海軍戦だね。大騒動になる。穏便に対処するために、ここの署員に援軍を頼むべきだ」

署長はおだてられるのが好きらしく、満足げにほくそ笑み、ずんぐりした両手をしきりに揉む。

「われわれはすべて組織化している」今度はおれに向かって陽気に言う。能天気な男だ。「ハリガンが例のキルト衣装を着て歩き回って、その周囲を残りの署員で固めている。時間の問題だよ。すぐにも……」

ドアが勢いよく開き、もう時間の問題ですらなくなった。控室にはスチュアート家の衣装を身に着けた痩身の新米警官がいる。肩に掛けた鮮やかなタータンチェックにトパーズのブローチが燦然と輝き、雄鶏の長い羽根のついた平らな縁なし帽から、明らかに染めたとわかる赤毛がはみ出ている。勇ましい赤い付け髭がいかにもいんちきくさい。若い警官の容貌はすっかり消えて、スチュワートの恋人に不信感を抱かせない扮装になっている。

そう、恋人は不審に思わなかった。

痩せた女だ。これほど怯えていなかったら、かわいらしく見える。美人と言ってもいいだろう。いまその口元は恐怖に歪み、瞳は大きく見開かれたまま空を見ている。首に大きなひだ飾りをつけたピエロ姿の警官が、女を椅子のそばに導いてそっと押して座らせた。

おれは女の服をちらりと見て、目を逸らしたくなった。エレンをスチュワートの恋人ではないかと疑っていた頃の、嫌な気持ちがよみがえる。いったんそう思うと、罠にかかったウサギが、じっとしているのが防御になると思って微動だにしないでいるように、無感覚で控室に座っているこの女がエレンのように思えた。

女の服は雑な作りだ。偽物の小粒なパールのぶかっこうな胸飾りや喉元の貧相なひだ襟など、やっとエリザベス朝とわかる代物だ。偽の宝石もたくさんつけていて、頭には金メッキの王冠まで載せている。少なくとも彼女、スチュワートの恋人のメアリーはエリザベス朝のブロケード（綾地・しゅす地に多彩なデザインを浮き織りした紋織物）を再現するつもりはないらしい。流れるようなドレスはスチュアート家のタータンチェックでできていて、チャールズ・スチュワートの手がかりとなり、探しやすかったはずだ。メアリー・アンド・チャールズ・スチュワート。王冠が哀れさを増す。メアリー・オブ・スコットランドであり、メアリー・オブ・スチュワートである女の愚かさに腹が立ってたまらず、女を傷つけたい衝動に駆られた。女のロマンティックな格好の無様さを、痛い目に遭わせ思い知らせたかったのだ。王族チャールズ・スチュアートの美しさや名声に迷わされ、偽物の王冠や宝石、チャールズ・アレクサンダー・スチュワートのようなろくでもない人間を受け入れてしまう、この女をはじめとする女たちを、おれがどれほど気の毒に思っているか。

ピエロの扮装の警官が署長室に入ってきてドアを閉めたので、メアリーの姿は見えなくなった。署長のデスクに車のキーを落とす、その警官の悦に入った表情は、署長のほくそ笑む様子といい勝負だ。

「女はモーテルに滞在しています。ジョージア州で車を購入して南下してきました。いまはモーテルに駐車されています。供述によると、金は車のトランクの中とのことです」

それでおしまいだった。

控室で瞳孔の開いたままじっと座っている女の横を、グロドニックとおれは通り過ぎた。最悪の瞬間だった。ドアを出る頃にはほとんど駆け出していた。

第二十九章

よろめくようにして通りに出た。グロドニックに右肘をつかまれて押されるがまま石敷きの道路を渡り、豪邸の車寄せのような建物に連れていかれた。中に入ると少なくとも五十フィートはあるマホガニー材のカウンターがあり、等間隔にスツールが置かれていた。春先に森の奥深くに立ち入ったかのように暗くて涼しい。中庭からのそよ風が心地よく、ミントやレモン、ビールのかすかな風味やバーボンウイスキーのきりりとした香りが鼻をくすぐる。

グロドニックがふたり分の飲み物を頼み、ふたりでコーナーテーブルに座る。おれは椅子の肘掛に肘を置いて頬杖をついた。息が浅くなり、手のひらは冷たいのに顔は焼けるように熱く、ひどく気持ちが落ち込む。

ウェイターがショットグラスをふたつ持ってきたので、立ち上がって自分の分を取る。一息に飲み干すと身震いがして、その後に気持ちが落ち着いた。少なくとも震えは止まった。

グロドニックが言う。「さっきは見ていてひやひやしたぞ。長丁場のきついヤマだったようだな?」

「ああ、そのようだ。あの女を見ていて……あの顔を見ていただけで……おれは……」

「黙ってろ、カーニー」グロドニックが静かに言い、彼のグラスをこちらに滑らせる。「ほら、こいつを飲んでしばらく座ってろ。妙な感覚に怯える必要はない。おれだって駆け出しの頃は家に帰ると冷汗が出て、夜中に泣きわめきながら目を覚ますことが何度もあって、女房を怖がらせたもんだ。捜査に本気で取り組んだら緊張の連続だからな。終わったからってそう簡単にリラックスできない」

おれはうなずいた。グロドニックの分の酒をゆっくり啜り、チェイサーを一口飲んでからタバコに火をつけようとした。ライターのホイールを親指でうまく回せず、強く押しすぎてライターを取り落とした。グロドニックが静かに拾い上げて点火し、おれのタバコの下に炎を差し出す。

グロドニックが淡々と言う。「たいていは二分程度続く。そういえば昨日の晩、署長室に行った時、奴は事件解決を見越して新聞への記者発表原稿を書いていたよ。自分の有能さを強調して株を上げるつもりらしい。だがおまえについてはよく書いていたはずだ。貸衣装の件やケアンゴームズを用いた罠のかけ方について。文章は完成していたから、いまごろ発表している頃だ。少なからずフィラデルフィアにも影響があるだろう。数日間は一面に出るはずだ。でも心配には及ばないぞ、カーニー。名士に格上げだ。何も気にする必要はない」警部は静かに笑った。

「ああ。そうだな。これでも感謝してるんだぜ、警部。あんたが示唆しなきゃ署長はおれなんて、とうに忘れていたはずだ。その重要さはよくわかるし、おれの将来にかかわるのもわかってる。でも、このむかつく瞬間には、事件もあんたもおれも、どうだっていい。あんたは……」

グロドニックの顔から笑みが消え、心配そうに瞳が曇った。「気にするな、カーニー」すかさず慰める。勘定書きをテーブルに置いてウェイターに手振りでお代わりを頼んだ。「おれはしばらく署長室に戻って、署長が事件の経緯を正しく把握しているか確かめる。おまえは後で船に戻るのか?」

おれは答えなかった。自分でもわからなかった。その時は決断する回路が停止していた。

グロドニックが穏やかに言う。「オーケイ、おまえの居場所は探すからいいさ。くつろいで二、三杯飲め」警部はおれの肩に手を置いて立ち上がると微笑みかけた。長年の習慣で対処法を心得ている大男。もう悪夢を見はしないが、その頃を忘れてもいない男。

細長い静かなバーにひとり座ったまま、おれは二時間ほど過ごした。寡黙なウェイターに何度か注文し、五人のバーテンダーと会話を楽しんだ。通りには浮かれている連中がいるが、まだ空間に余裕がある。仮面の日は午前中にはあまり動きがないのだろう。扮装した客がふたり入ってきたが、一杯ひっかけて出ていった。おれは酒やタバコでやり過ごして社交辞令を言わねばならない、日ごろのストレスのせいで神経過敏になっていた。バーで過ごしているうちに楽になるのを感じた。しばらくすると気分がよくなった。グロドニックに感謝する。こんな時にたいていは見守っていてくれる。

新聞売りの少年が新聞を持ってバーに入ってきた。ウェイターは立ち上がって追い払おうとしたが、おれは構わず合図して新聞を買った。一面に事件の記事が載っている。

署長と部下が推敲したらしく、すらすらと読めた。南部的騎士道に徹し、あらゆる部門に合理的に署長がかかわっている。グロドニックが言っていたように、おれのことも書いてある。納得のいく内容だと確認して新聞をテーブルに置く。思うに、署長は現金を確保したらすぐ発表できるよう迅速に動いていたのだ。スチュワートの女が盗んだ金に少しだけ手をつけたので、総額は当初より四千ドルほど少なかった。女の身柄が確保されて二時間足らずで記者発表がなされ、新聞の一面に掲載された。一面だ……。

ふいにエレンを思い出す。スチュワートをつかまえたとは言ったが、すでに絶命しているとは伝えていなかった。彼女には紙面で知ってほしくなかった。じきにわかるとはいえ、おれの口から伝えたほうがましだろう。

代金を払い、湿っぽいマホガニー材のバーカウンターを通り過ぎて通りに出ると、空は晴れ渡っていた。街もにぎわっている。進もうとしている山車が二、三台あるが、一時間で四ブロックも進まない。タクシーはつかまえられそうにない。

歩いて波止場に戻る。石敷きの土手に着く前から速足で汗だくになりながら、坂を下ってディキシー・ダンディー号に向かった。

乗船すると奥のほうで、疲れ知らずのラッセルが片足を手すりにひっかけて立っているのが見えた。例の仮装の日用の衣装だが、銀飾りのついた決闘用ピストルと幅広帽は身に着けていなかった。手すりに身を乗り出し、ここからは姿を確認できない誰かに叫んでいる。おれは近づいていってエレンを見たか尋ねた。

「朝食の後は見ていませんよ。それはそうと、おめでとうございます、ミスター・シャーロック」デッキの幅広帽のそばに置かれている、畳んである新聞を指さす。「いま読んだところです。あなたが……」

「新聞を買ってからどれくらい経つ?」

「売り子が来たのは三十分ほど前ですよ。まさに名探偵ですね?　どうして気づかなかったんだろう?　念のために内緒にして……」

「エレンはいま船内にいるか?」乱暴に口を挟んだがラッセルは不服を唱えなかった。

「いないと思います。デッキにいるのを見かけた時、カメラ機材を持っていましたから」繋がれている平らな船から差し出された新聞の束を受け取ろうと、ラッセルが危険なほど身を乗り出す。

おれは手振りでその船を示して尋ねた。「これはなんだ?」

「はしけですよ。明日積荷を運搬できるように繋いでいるんです」

「どこへ？」

「下流のあの船に運搬します。かご状になったマストの先が見えるでしょう？　さびついたあの船がモンテルーム号です。千ヤードほどでしょうか。陸揚げして再び船に積むより安価なんです」

「ふーん」おれは聞き流そうとしたが、何かひっかかるものがあった。「でも関税は？　あれは遠洋航海の船だろう？　どうやって……」

「税関吏の姿が見えるでしょう」はしけの乗務員を指さしながらラッセルが言う。「彼がすでに積荷を検査しています。たいした量じゃありません。この船の積荷スペースは狭いので、ここに来て検査したりはしません」

「すると積荷はあの船に運ばれて国外へ行くんだな」独り言のようにつぶやいてから、ラッセルの腕をつかんだ。「なぜ積荷をもっと早く運搬しない？　ここに三日間いるのに」

ラッセルが言い返す。「落ち着いて、ミスター・ワイルド。ここは働きづめの奴隷船じゃありません。乗務員だってマルディグラに参加したいんです。乗客が食事をできるよう、あらかじめ料理を準備していますし、給仕する乗客係もいます。カーニバルの最中に積荷を運べと言われたら乗組員は辞めちゃいますよ。運んだとしても、あっちの船の人手がないでしょうね。とても効率がいいとはいえませんが、このやり方がぼくは好きですよ」

「それは慣例か？」おれは興奮して尋ねた。「いつもそうやってるのか？」息を吸って、ラッセルの腕を放す。「待てよ、順番に訊こう。まずこの船はいつも積荷があるんだな？」

「はい。前にも話したように……」

「それは覚えている。確認したいのは、常にあるかということだ、ときどきではなくて。それと、積荷を運ぶ時は常にはしけを使って別の船まで運ぶのか？」

「船に運ぶ積荷に関してはそうですね、市街地宛ての荷物は陸に上げることもあります」

「オーケイ、外地の港行きの船に運搬される荷物は、運搬する前日に、必ず船倉で検査されるのか？」

ラッセルが唸る。「うーん、何とも言えませんね。通常はそうだと思います。戦闘武器が武装集団へ渡るのを防ぐ、いつもの検査ですよ。だからときどき……」

「つまり検査をしてはいるが、そう厳密ではないんだな。さあ、一緒にいてくれラッセル。ふざけて訊いているんじゃないんだ」

「いつだってそばにおりますよ、ミスター・ワイルド。重要なことなんですね？」

「重要極まりない。さあ、最後の質問だ。マルディグラの翌日以外に積荷を運んだことがいままでにあったか？　いつもカーニバルが終わるまで待つのか？」

「待ちますね、乗務員は陸に上がりたいですから。積荷の運搬は急ぎませんし、マルディグラは最大のショーです」

「なんてショーだ」おれは呆然として言った。「なんてことだ……」

ラッセルが鋭くこちらを見る。「いったいどうしたんです、ミスター・ワイルド？　具合が悪いんですか？」

おれはつぶやいた。「おれの目は節穴だった。もう終わったと思っていた」頭をはっきりさせようと首を横に振る。「なあ、頼みを聞いてくれるか、ラッセル？」

「ええ、もちろんです」

「商店横の電話ボックスへ行って、グロドニック警部に電話してくれ。いま警察署の署長室にいる。いなかったら居場所を突き止めて、おれが船にいる、戻ってきてほしい、と伝えるんだ。地元警察も同行させたほうがいい、とも付け加えてくれ……早く切り上げ過ぎたと」

ラッセルが口笛を吹くそぶりをする。デッキの上の新聞が彼の足に触れた。「同じ事件ですね？先があるんですか？」

「ああ、最後の部分だ。急いでくれるか？」

ラッセルはタラップをひとっ飛びに渡って土手を軽快に走ってゆく。留め金のついた靴が見る見るうちに壊れていった。

おれは幅広の階段をゆっくり上がり、テキサス・デッキに向かう通路を歩きながら、右手の一番奥のデラックスベッドルームを目指した
スチュワートが逃亡したと思っていたのが、そもそもの間違いだった。スチュワートを逮捕し恋人を見つけ、金を確保する、それで充分だと思ったが、スチュワートだって、ニューオリンズの死体安置所で終わる計画など、決して立ててはいなかったはずだ。今日観光客に紛れていた恋人と共にディキシー・ダンディー号に乗船するつもりだったろう。そして積荷に身を潜めて、明日、船倉からウィンチで巻き上げられ、はしけに載せらせて千ヤード先のさびた船に運ばれるはずだった。スチュワートとメアリーは積荷の中に潜むつもりだったのだ。単純かつ理想的な計画だ。しくじりようがない、ただその計画に堪えられないほどスチュワートが愚かだった。

万事うまくいっていたら、スチュワートはディキシー・ダンディー号の乗客に紛れ込んだはずだ、

以前にもまして地味な客だったろう。ニューオリンズで恋人と金を得て、積荷に紛れて難なくモンテルーム号に移動できたはずだ。だが、その方法は。警官たちが船倉でスチュワートを捜して、木枠に詰められた機械を突いて穴を開けて調べていた時にはばかばかしいと思ったが、早計だった。機械の詰められた箱に、男と女と札束の入る空間があれば、話は簡単だ。たった千ヤード。手順が狂い、どういうわけかうまくいかなかったが、それは背後で糸を操る者の落ち度ではない。

すべてがわかりかけている。当初の予定がだめになった理由がわからなかったが、スチュワートの証拠隠滅が中途半端だったために痕跡が残り、われわれは船について知り、その瞬間から当初の計画は崩れたわけだ。

だが練られた計画で、スチュワートより賢い者が計画したに違いなかった。

ドアを軽くノックすると自然と開いた。前にも来たことがある。そして注意を逸らす品々に騙された。疑うように仕組まれ、用意された結論を信じるよう念を入れていた。見事だ。スマートで隙がなく、ユーモアさえあり、まさにドク・リッグズにふさわしい。

部屋は空だ。荷物はまだある。室内は少し乱れていて、滞在者が戻ってくるのがわかった。

おれはドアを閉じると、無駄な行動をとらないよう、ゆっくりと自分の部屋へ向かった。ドク・リッグズは乗船していて、スチュワートが来るのを待っている。だが新聞を見たら計画が終わったと知ってしまう。さて今度は？　荷造りをしていなかったから逃げるつもりはないようだ。どうもドクは逃走する柄じゃない。

部屋の鍵を出して錠を開けて中に入る。遮光カーテンはまだ引いたままで内部は薄暗いが、ベッドがまだ乱れたままだった。仮面の日にはラッセルもメイドに休みをやるのだろう。カーテンを開けると、椅子に背筋を伸ばして座る彼が、こちらを向いていた。足を組み、片手をジャケットのポケットに、もう一方を膝に載せて、スミス・アンド・ウェッソン社製の青みがかったスチール製マグナム銃を構え、その銃口をこちらに向けている。

第三十章

おれは凍りついたまま、年の割には派手なスーツに明るい黄色の蝶ネクタイを締め、鳥のように小さな頭を傾げているドクを見つめた。おなじみのいでたちだが、薄いブルーの瞳にもうユーモアはない。氷のような冷たさでこちらを睨んでいて、大きく表情豊かなはずの口元は陰気に引き結ばれている。しみのある細い手で銃をしっかり握っているが、指の関節が白くなっていて、緊張が見てとれる。

「撃つ気なんかないんだろう、ドク」か細い声になる。「もう手遅れだ。じきに警察が……」

ドクが静かに言う。「百も承知だ。声を落とせ、ミスター・ワイルド。この階の部屋のドアはところどころ開いている。座れ……そこはだめだ！」奴の大きな銃を蹴り落とせる距離にある椅子に座ろうとしたら、銃を持つ手を振って立たされたので、おれはベッドの端に腰かけた。「そこのほうがいい。気分はどうだ、ミスター・ワイルド？　さぞかし歓喜に酔っていたんだろうな」ドクの口調の荒々しさが弱まり、毛皮のように滑らかで柔らかになる。

おれは食ってかかった。「とにかくもう終わりだ、ドク。スチュワートは死んだ。女と金は確保している」

「おれの金だ」ドクがどなる。「新聞を見た。ミスター・ワイルドの名推理も読んだぞ、このくそったれ！　おまえが乗船した日に始末しておくんだった、でも……」

「でも怖かったんだろう。すべて裏目に出たようだな、ドク？　何があった？　あまりにもお粗末続きだから、あんたの狙いがわからないくらいだ」

「スチュワートめ」ドクが吐き捨てるように言う。「いっちょう前に女がいやがった。まさか本気とは思わなかった」

おれは全容がわかりかけてきた。いまこの小柄な男がいくらめかしこんでいたところで、おかしくてたまらず、笑いがこみ上げてくる。「女か。とんだ打撃だったな。奴が金を女に渡したのをあんたは知らなかった。奴が女を連れて逃げようとしたのは知ってたか？」

ドクがどなる。「シンシナティで奴と落ち合った時に初めて聞いた。妙なデニムの上下を着て、青臭さを振りまいていた」

「そりゃ大変だ。わかるよ。綿密な計画でうまくいくはずだったが機会を逸した。身に沁みてるだろう、ドク」

「ばかな、機会はいくらでもあった。終盤に挽回できるはずだった。スチュワートにそこそこの脳みそさえあれば、船に辿り着いて女と一緒に万事丸く収ま……」

「思いあがるな、ドク。奴をモンテルーム号へ潜り込ませ海外へ逃亡させるつもりだったのはお見通しさ。もう少し早く気づいていたら船上で待って、ふたりを無事に確保できた。流れをつかんだのが、ついさっきなのは残念だ。あんたは初めっから振り回されたんだな、ドク」

「あのとんまのボルティンクのせいだ！」ドクが陰気につぶやく。「あばずれ女まで連れてきやがって。警告文を置きっぱなしにするわ、人を疑心暗鬼にはさせるわ……」

「まだゲームの続きをしているんだな、ドク」その頃には、自分の部屋にドクがいると知った時の驚きを克服していた。さらに落ち着こうと座り直す。「これからタバコを取り出すから、撃つなよ」奴に笑いかけ、銃口から目を離さずにいた。くしゃくしゃのタバコの箱とライターを出す。「ボルティンクを責められないさ、ドク。計画を台無しにしたのはスチュワートだ。助ける必要などなかった。でもあんたは手を貸してやったんだ。そう、あんたが」タバコの煙を銃口に吹きかける。

「何か打ち明けたいことがあるんじゃないか、ドク？　手近な話題を本から選んでただろう。歴史上の場所や希少な宝石にまつわる話題は、異彩を放つ民間伝承の教授にぴったりだが、香具師にはやや不似合いだ。あんたが演じる愉快な教授にまんまと乗せられていたよ。悪賢いペテン師と思わせて捜査員をかく乱したのは見事だった。おれもあっさりひっかかってしまった。そして見つけやすくするためにわざと本を残していたな。あんたの部屋を調べた後、すまなかったと思ったくらいだ。気づいていたか？」

老人はにやにや笑った。「おまえの気が咎めたような表情を楽しんだよ」やや軽蔑したように言う。

「でもあんたは自滅したんだ。どの時点でかわかるか、ドク？」

ドクは何も言わずに冷笑した。

「スチュワートなど関係なしに、すべてあんた自身のせいであんたはしくじった。自業自得。何が起ころうとも誰もあんたを探しに来ないだろうに、あんたはあのイエロー・キッド・ウェイルの与太話を持ちだした」おれはタバコの煙を吸い込み、片手をゆっくり動かしてドクが騒がないようにしつつ、グロドニックやラッセルの到着の遅さを心の中でののしっていた。「イエロー・キッド・ウェイルだ。覚えているか？」

ドクは何も言わない。このまま続けていいかわからないが、他に案が思いつかなかった。

「おれもとんだ間抜けだな、ドク。すっかりあんたを信じ込んだ。ときどき手助けしたくらいだ。鈍いおれではあるが独身男の習慣はおれにもある――読書だ。探偵の端くれとして同業者やサツや悪党についての本を好んで読む。数年前に読んだ本の中にイエロー・キッド・ウェイルの自叙伝があった。あのベストセラーだよ、ドク。ウェイルとの思い出話をする時に本の読者がごまんといることを思い出すべきだったな。おかげでウェイルや奴の一番有名な詐欺行為について思い出せたよ」

「何の話かさっぱりわからん」ドクが噛みつく。

「何だと。ウェイルは掘削の専門家を装い、偽の株を売りつける時、疑り深い人を納得させる方法を編み出したんだ。その分野の権威が執筆した書籍を買い、見返しに自分の写真を載せて、人々が本を見つけるよう仕向ける。見つけるのが遅ければ、サインまで書いて本をプレゼントする。いかにも詐欺師だ。そのやり方でずっと人を欺き続けた。でもその猿真似はやめとけばよかったな、ドク。真似するならイエロー・キッド・ウェイルの話をすべきじゃなかった」

ドクが無言を貫くのでおれは心配になってきた。おれが知るドクは始終しゃべっていた。ドクに何か逃げ道があるのか気が気でない。

「このヤマにいくらつぎ込んだんだ、ドク?」同情の言葉をかけて、銃に集中している奴の気を逸らそうとした。

ドクは耳障りな声で言った。「五千ドル以上だ。船倉の積荷箱はおれが用意した。モンテルーム号の乗組員の半分に袖の下を渡し、スチュワートにも前もって五百ドル渡した。あのばかは逃亡経費すら取っておかず、すべて女に渡しちまった」

おれは首を横に振った。タバコを喫い、前を開けたジャケットの襟元近くに手の位置を保つ。自分の銃を取るには充分だが、ドクがこちらに向けている銃に立ち向かうには、遠すぎる位置だ。

ドクが引きつって言う。「おれはすっからかんだ、ワイルド。五万ドル儲かるはずだったんだ。まずスチュワート、次におまえ、それからボルティンク、お節介なばか者たちのせいで完璧な計画が水の泡だ。あの若造のために強盗からおぜん立てしてやったんだ。リハーサルもして、船の予約金も払ってやった。手取り足取り教えてやった挙句におまえが……くそ……」

ドクが泡をあごにまで飛ばしてわめき、目を見開いて強く睨んでいる。

憤怒のあまり正気を失っている老いぼれから目を離さないようにしながら、おれは手の中でゆっくりタバコを動かした。親指と人差し指でつまんだものの、奴に抵抗する機会がない。ひどく緊張しているドクは、おれが瞬きする前に撃ってくるかもしれない。こっちだって何もせず撃たれるわけにはいかない。おれは指に力を込めた。

ドアの外をそっと撫でる音がした。

ドクが反射的にドアを見た。おれはタバコを奴の顔めがけて弾き、勢いよく立ち上がった。タバコは奴の肩口に落ちた。おれは床に落ちていたベッドの上掛けの上に滑り込み、片膝をついてそのまま勢い余って椅子の脚に頭をぶつけた。

ドアが開いたのは見ていなかった。ドクがおれにかぶさるように立ち、マグナム銃がおれの目を狙っていた。と、艶のある革張りのカメラケースが弧を描いて、ドクのこめかみに命中するのが見えた。

ドクはゆっくりと膝を折り、力なく銃を落とした。おれはそのまま右手を床について身体を支えたが、ぶつかった衝撃で頭はひどく痛んだ。すぐそばでドクがくずおれる。おれが呆然と奴を見ていると、エレンがそばにひざまずいて、立ち上がるのを助けてくれた。

目の前で起こったことが、万華鏡を見ているようにかすんで見える。グロドニックとラッセルが視界に入っては消える。そしておれは外に出てデッキチェアに座り、優しく撫でるエレンの手を南部のそよ風とともに頬に感じた。

「もういやだ」そう言ったのを覚えている。エレンに言わせると、おれは何度も言ったそうだ。「もういやだ」

それからおれはまた気を取り直したが、一週間寝ていなかったかのように疲れが一気に押し寄せた。

グロドニックがおれの横の椅子に座り、乱ぐい歯をむき出しにして笑いかける。

「なんとも威勢のいい爺さんだったな」グロドニックは陽気だ。「奴がまともだと思うか？」

おれはぼんやりと言った。「もう、無理じゃないか。奴は高望みして自分を見失った。もう終わりだ」

「ああ。おまえを恨んだに違いない。さて、おれは署長のところへこの事案を報告してくる。はっきりさせておかないとな」グロドニックは立ち上がり、大きな手をエレンに差し出した。「また会えるといいが、ミス・ポメロイ。奴を一撃した時は見事だったよ。カメラが壊れたんじゃないか？」

「それでもいいんです」エレンが静かに答える。

グロドニックがこちらを向いた時の表情で、おれと同じくらい彼女を大切に思ってくれているとわかった。

「後で戻ってくる」ためらいがちに警部が言う。「何かほかにできることはあるか？」

「今日の夜には戻ってこられるな、警部」おれははっきり言った。「これからふたりでアルジェに行くんだ。警部にも一緒に来てほしい」

「アルジェだって？」グロドニックが目を見開く。「ああアルジェか。グレトナグリーンのニューオリンズ版だな？」驚いてエレンに目をやる。「少し遠いんじゃないか？」

「遠いもんですか。警部、お願いだから来てください」

訳者あとがき

本書『嘆きの探偵』は、米国のミステリ作家バート・スパイサーの"The Taming of Carney Wilde"（一九五四）の邦訳です。二〇一六年刊行の『ダークライト』（原著一九四九年）に続く私立探偵〈カーニー・ワイルド〉シリーズの作品です。前作同様、グロドニック警部補も警部に昇進して登場します。

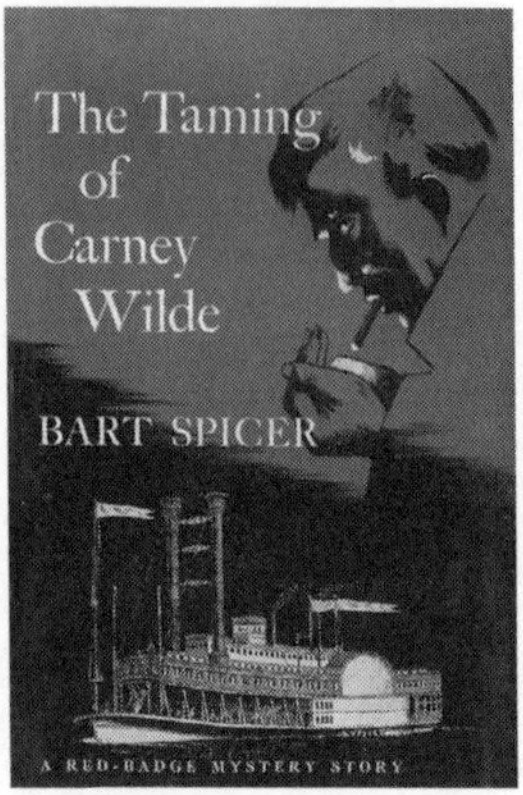

The Taming of Carney Wilde
(1954, Dodd,Mead)

警察の捜査に加わっていたカーニーは銀行強盗犯の潜伏先の銃撃戦で肩を負傷し、犯人は逃走しました。肩の治療のための入院生活の先に待っていたのは、恋人だと思っていたグロドニックの娘が、自分の部下と結婚するという現実でした。グロドニックから捜査の一環として逃走犯人が乗船すると思われる蒸気船に乗るよう依頼されたカーニーは、傷の回復を待たずにミシシッピ川をクルーズする蒸気船に乗り込みます。船という閉鎖された空間で隠密に捜査するつもりでしたが、ひょんなことから彼の立場が乗船している大半の人物に知られてしまいます。果たしてカーニーは犯人を逮捕できるのでしょうか。

　本作品にはいくつかの特色があります。

　まずは言うまでもなく、蒸気船やミシシッピ川を含めてアメリカ近代史にまつわる描写が多い点です。かつては川を航行するのは命がけだったこと、川の支配を巡る血なまぐさい攻防が繰り広げられていたことが、わかりやすく具体的に綴られています。現在の蒸気船ツアーという平和な観光が、かつての数々の暴力的事象を経た上で構築されていると痛感できるでしょう。

　次に、カーニーが出会う個性的な面々です。一癖も二癖もありそうな登場人物たちが生き生きと描かれています。また主要メンバー以外の、いわゆる社会生活を支えている人々への温かな眼差しも注目に値します。本作品が出版されたのはアメリカで公民権運動が盛んになる少し前ですが、作者の視点は人種を問わず公平で温かみがあります。これは前作『ダークライト』と共通するところで、作品に清廉さを加えるものとなっています。

1950年代に撮影された著者近影

　そして女性との恋愛模様も大切です。前作でもそうでしたが、体制におもねらない一匹狼でありながら繊細さも備えたカーニーは、今回も女性を引きつけています。恋の行方はいかに。
　また忘れてはならないのがグロドニックとの友情です。お互い信頼し合っているのが随所に窺えます。娘婿に望んでいたほどカーニーを買っているグロドニックとのバディぶりが見事です。
　ぜひ皆さんもミシシッピ川の蒸気船ツアーに参加している気分で、カーニーと共に犯人探しをお楽しみください。

なお、本文8頁と31頁で注記を入れた強奪金額について簡単に補足させていただきます。奪われた金額について、それぞれ原文は"nearly two hundred thousand dollars"、"just a bit more than two hundred thousand dollars"となっており、「二十万ドル足らず」、「二十万ドル余り」と違いが生じております。この部分を本書では「二十万ドル」と訳出しました。

本書の訳出と刊行に当たり、解説者の二階堂黎人氏を始め多くの方々にお力添えいただきました。心より感謝いたします。

驚きの『嘆きの探偵』

二階堂黎人（作家）

1

この解説は、ハードボイルド小説についてあまり精通していない本格ミステリー作家（つまり私）が、多少、妙なことを書いているかもしれない——という試みである。よって、何か勘違いがあっても、そのまま読み流していただけたら幸いである。

そんな私が好きなハードボイルド作家は次のとおり。

クレイグ・ライス（全作品！）
B・S・バリンジャー（『歯と爪』は最高！）
ロス・マクドナルド（〈リュウ・アーチャー〉シリーズの中期以降）
ローレンス・ブロック（〈マット・スカダー〉シリーズ）
スティーヴン・グリーンリーフ（〈ジョン・タナー〉シリーズ）

マイクル・Z・リューイン（〈アルバート・サムスン〉シリーズの半分くらい）
ビル・プロンジーニ（〈名無しの探偵〉シリーズの幾つか。時にマニアック）

対して、まったく惹かれるところがないのが次のとおり。

ダシール・ハメット（『マルタの鷹』とか。単なるギャング小説だし）
レイモンド・チャンドラー（探偵の独善的な気取りのみ）
ミッキー・スピレーン（暴力だけ）
ロバート・B・パーカー（チャンドラーの亜流）

要するに、作品内に本格要素のないものは好きになれず、私の場合、これらの作家にはまったく面白みを感じなかった。

あえて言うと、私に限らず、たいていの本格ミステリー作家はロス・マクドナルドには好感を持っているけれど、チャンドラーはぜんぜん眼中にない。理由は簡単で、ロス・マクドナルドの作品には、謎を作り、謎を解明するための本格風の凝ったプロットがあるからだ。例えば、失踪人探しの中からアメリカの病巣的な家庭の悲劇を炙り出すにしても、何らかのトリックが仕掛けられているので油断できない。

対してチャンドラーの方は、ハードボイルド特有の暗さや気取りだけが特徴だ。中でも、『長いお別れ』などは、本格派の立場からすると、まるっきりの凡作である。冒頭にあんなイベントがあれば、最後がどうなるかは自明すぎる。あとは、中盤の長々とした退屈な物語を我慢して読むしかない。

しかし、本格ミステリに馴染みのないハードボイルド愛読者や作者からすると、あの程度でも驚きの結末に見えるらしい。だから、日本のハードボイルド作家には、あのプロットを丸々踏襲して書く者がいて、私が知っているだけでも三作もある。中の一つは江戸川乱歩賞作品だが、もしも私が選考委員だったら、それだけでも落選させるには充分な理由になる。

よって、本格派の作家は、評論や随筆でロス・マクドナルドを取り上げることがあるにせよ、チャンドラーを話題にすることはまずない。唯一、島田荘司氏がチャンドラーを称揚することがあるけれども、それも〈騎士道精神〉という側面からのみである。

2

一般的に言って、ハードボイルドの魅力とは何だろうか。

・気の利いたセリフ
・洒落た言い回しと比喩
・無駄を削ぎ落とした鋭利な文体
・底知れぬ哀惜感
・悲劇の痛ましさ、暴力の生々しさ

等々であろうか。

また、誰かの紹介文章に——孤独な探偵の格好付けによる男臭さ（チャンドラーやロス・マクの時代の話である。ウーマンリブ運動以降は、突っ張った女性の強さも描かれる）、痩せ我慢と自己満足の美学、特別なコミュニティと余所者探偵との相剋の度合い——なども魅力だ、と書かれていた。

確かにそうかもしれない。

この私立探偵カーニー・ワイルドの活躍するシリーズでも、その要素は多分にある。

ただ、バート・スパイサーの場合、探偵も物語も、それほど深刻すぎはしない。また、気持ちの良いユーモアが通底している（その点は、クレイグ・ライス寄り）。さらに、女嫌いというわけではなく、第一作の『ダークライト』では依頼人の娘とすぐに懇《ねんご》ろになり、シリーズ第六作となる『嘆きの探偵』の冒頭では、理解者であるグロドニック警部の娘との別れで悄げてしまう（二作目からここまでの間に、何があったんだ?）。かと思ったら、間を置かずに、フォトグラファーの美女になびいてしまうのだ（おいおい、無節操だぞ）。

ところで、ハードボイルドというジャンルの時代を辿ると、ハメットなどの初期からネオ・ハードボイルド、あるいは私立探偵《プライベート・アイ》小説へと年代が進むにつれ、読んでいて気になることが出てきた。それは、探偵が聞き込みをする際、相手が簡単にベラベラと情報を明かしてしまう、ということだった。

ハードボイルドの時代には、探偵が聞き込みをしても、相手はいっさい協力的でなく、警察も完全に敵対関係にあった。だから、探偵が苦労に苦労を重ねて真相を暴き出す過程に読みごたえがあった。それが、近年のものの一部には失われた感がある。

幸い、本シリーズでは、それほど安易に情報は得られないし、警察とも適度な距離がある。ＦＢＩなどは、嫌な奴らとしてカーニーの前に立ち塞がる。だからこそ、彼《カーニー》という探偵のタフさが強調されるではないか。

そうした数々の点を踏まえると、〈カーニー・ワイルド〉シリーズは、ハードボイルドとネオ・ハードボイルドの中間くらいに位置する感じである。謎解き要素も、ちゃんと三割以上はある。『ダークライト』では、複数のラジオ台本から、ある人物の失踪を確定する気の利いた推理が披露されるほどだ。

主人公のカーニーについて、『ダークライト』の解説で訳者の菱山美穂さんがこう書いている。

ぶっきらぼうで言葉遣いが荒いが、情に厚い。体制におもねることなく、世間の常識に惑わされず、自ら信じる正義のために真相を究明してゆくその姿は頼もしい限りです。また繊細さと勇敢さを兼ね備え、ユーモアに長け、シニカルな発想も豊かなカーニーは、状況に柔軟に対応してゆきます。

充分すぎる紹介であり、これ以上付け加えることはない。『ダークライト』は失踪人探しの王道的な物語で、良くも悪くも、八〇点的な物語だった。また、時折、カーニーが「ホームズ」とか「ファイロ」と呼ばれる遊びもあって、けっこう心をくすぐられた。

「ファイロ」というのは、ヴァン・ダインの作品に出て来る名探偵の名前である。よく評論などで、ヴァン・ダインはアメリカでは忘れられた作家だなどと馬鹿にされる文章が見受けられるが、少なくとも、一九五〇年頃までは、こうして読者に受ける存在だったことが解り、彼のファンである私はニヤリとした。

そして、この『嘆きの探偵』を読んでみての感想は、いきなりカーニーが窮地に陥る出来事から始まり、そのせいで、犯人を追って、ある特別な客船に乗らなくてはならなくなった——その意外性のある展開にとても驚いた、というのが正直な気持ちだ。

さらに、一作目とこの作品で感じたのは、登場人物たちのキャラが良く立っているな、ということ。そして、映像的な場面が際立っているな、ということだった。

試しに、英語でネット検索してみたら、バート・スパイサーの紹介記事に、「何作かはテレビ・ドラマになった」と書いてあった。良質なユーモアも含めて、なるほどそうだろうな、と思わせる描写が彼の本には多々見受けられる（一九七五年からのテレビ探偵もの『ロックフォードの事件メモ』は、〈カーニー・ワイルド〉シリーズと似た感触がある）。

3

推理小説には、〈船上ミステリー〉というジャンルがある。
モーリス・ルブラン「アルセーヌ・ルパンの逮捕」（1905）
ルーファス・キング『緯度殺人事件』（1930）
パトリック・クェンティン『死を招く航海』（1933）

ジョン・ディクスン・カー『盲目の理髪師』（1934）
アガサ・クリスティー『ナイルに死す』（1937）
カーター・ディクスン『九人と死で十人だ』（1940）
林熊生『船中の殺人』（1943）
西村京太郎『名探偵が多すぎる』（1972）
ピーター・ラヴゼイ『偽のデュー警部』（1982）
ボリス・アクーニン『リヴァイアサン号殺人事件』（1998）

などというのが、今、パッと浮かんだ作品で、舞台となるのは、大型客船や観光船である。たとえば、ある大型客船があちこちの観光名所である港に停泊しながら、大海原を進んで行く。その際、客船の中で殺人事件が起きるが、犯人が解らない。しかし、犯人は客船の外に逃げ出すことができない密室状態であるから、乗船している人間の誰かであることが間違いない。さて、誰が犯人か——というフーダニット（犯人捜し）となるのが、このジャンルの王道的方向である。当然、風光明媚な場所やエキゾチックな港が出て来るので、〈観光ミステリー〉としても楽しめる。

この『嘆きの探偵』は、まさにその〈船上ミステリー〉なのだ。しかも、ハードボイルド＋〈船上ミステリー〉という趣向で、それほどハードボイルド分野に詳しくはない私にとっては、初めて出会う新鮮な組み合わせであった。

それだけではなく、事件が起きる観光船がミシシッピ川を遡上する外輪船（蒸気船）であるという点も、私の心に強く響いた。

ミシシッピ川、そして外輪船、と言えば、すぐに思い浮かぶのが、『トム・ソーヤの冒険』（一八七六）などで有名な小説家のマーク・トウェインである。彼の書いた『ミシシッピの生活』（一八七四年）という名随筆には、彼が作家になる前、外輪船の水先案内人をしていた若かりし頃の様子が描かれている。水上での生活様式やミシシッピ川周辺の状況が生き生きと紹介されており、『嘆きの探偵』の中でも、トウェインに関する言及が何度もある。

アメリカの本や映画、テレビ・ドラマを見たりすると、アメリカ人にとって、ミシシッピ川の船旅というものは、特別な羨望と感慨があるようだ。単に景観を眺めて喜ぶというだけではなく、南部の生活や産業を支えて来た母なる川としての存在を、存分に味わうものとなる。南北以前のアメリカ勃興期に対する郷愁や憧憬、ロマンスなどが、この船旅には溢れているらしい。

乗客たちは、船の上でお洒落なジャズを聴きながら飲食し、踊り、停泊したニューオリンズなどの美しい町を歓楽する。そうした楽しみの数々も、この『嘆きの探偵』の中に存分に取り込まれている。つまり読者は、この『嘆きの探偵』で、カーニーと共に、犯人捜しはもちろん、ミシシッピ川の贅沢な旅も同時に味わえるのだ。一挙両得ではないが。

余談だが、ＳＦ小説でも、フィリップ・ホセ・ファーマーの『リバーワルード』シリーズや、ジョージ・Ｒ・Ｒ・マーティンの『フィーヴァードリーム』などが、ミシシッピ川と外輪船の旅に基づいて描かれている。アメリカ人にとって、ミシシッピ川とその水運が特別な存在である証左の一つである。

4

この『嘆きの探偵』の原題は“The Taming of Carney Wilde”である。正直言って、英語力の乏しい私には、「Taming」がどういう意味か、そして、題名全体をどう訳したら良いかまるで解らなかった。

そこで、Google翻訳してみたところ、『カーニー・ワイルドの飼いならし』と出て、もっと解らなくなった。

本書の担当編集者を通じて訳者の菱山氏に問い合わせたところ、「tame（taming）」の訳語と共に、題名はシェイクスピアの『じゃじゃ馬ならし』（英原題：The Taming of the Shrew）とかけてあるのではないか、という示唆をいただいた。

なるほど、確かに髣髴《ほうふつ》とさせる。

となると、誰が探偵カーニー・ワイルドを飼い慣らしたのか、気になるが——それは、読者の皆さんも考えてみてほしい。

なお、私は『ダークライト』と『嘆きの探偵』を読んで、すっかり〈カーニー・ワイルド〉シリーズのファンになった。こうなったらぜひ、二作目から五作目も、論創海外ミステリで出して欲しい。シリーズものは、読めば読むほど、主人公やその取り巻きたちに愛着が湧き、彼らの変化というものにも興味が湧くからである。

〔著者〕

バート・スパイサー

本名アルバート・サミュエル・スパイサー。妻のベティー・コー・スパイサーとの夫婦合作の別名義はジェイ・バーベット。1918年、アメリカ、バージニア州リッチモンド生まれ。幼少期からアメリカ国外の様々な地域を転々とし、英国、インド、アフリカ、フランスなどで過ごした。ジャーナリスト、ラジオのニュース・ライターなどの職を経て、1949年に「ダークライト」で作家デビュー。同作は1950年度にアメリカ探偵作家クラブのエドガー賞最優秀処女長編賞候補に挙げられた。1978年死去。

〔訳者〕

菱山美穂（ひしやま・みほ）

英米文学翻訳者。主な訳書に『運河の追跡』、『盗聴』、『悲しい毒』（いずれも論創社）など。別名義による邦訳書も多数ある。

嘆《なげ》きの探偵《たんてい》

——論創海外ミステリ　278

2022年1月10日　初版第1刷印刷
2022年1月20日　初版第1刷発行

著　者　バート・スパイサー

訳　者　菱山美穂

装　丁　奥定泰之

発行人　森下紀夫

発行所　論 創 社

〒101-0051　東京都千代田区神田神保町2-23　北井ビル
TEL:03-3264-5254　FAX:03-3264-5232　振替口座 00160-1-155266
WEB:https://www.ronso.co.jp

組版　フレックスアート

印刷・製本　中央精版印刷

ISBN978-4-8460-2111-5
落丁・乱丁本はお取り替えいたします